um

AMOR PERDIDO

ALYSON RICHMAN

um
AMOR
PERDIDO

Tradução
Ana Carolina Mesquita

2ª edição

Rio de Janeiro | 2019

THE LOST WIFE © 2011 by Alyson Richman

Título original: *The Lost Wife*

Capa: Renata Vidal

Texto revisado segundo o novo
Acordo Ortográfico da Língua Portuguesa

2019
Impresso no Brasil
Printed in Brazil

CIP-BRASIL. CATALOGAÇÃO NA PUBLICAÇÃO
SINDICATO NACIONAL DOS EDITORES DE LIVROS, RJ

R376a
2ª ed.

Richman, Alyson
Um amor perdido / Alyson Richman; tradução de Ana Carolina Mesquita. –
2ª ed. – Rio de Janeiro: Bertrand Brasil, 2019.

Tradução de: The Lost Wife
ISBN 978-85-286-2264-5

1. Ficção americana. I. Mesquita, Ana Carolina. II. Título.

CDD: 813
CDU: 821.111(73)-3

17-46332

Todos os direitos reservados. Não é permitida a reprodução total ou parcial desta obra, por quaisquer meios, sem a prévia autorização por escrito da Editora.

Direitos exclusivos de publicação em língua portuguesa somente para o Brasil adquiridos pela:
EDITORA BERTRAND BRASIL LTDA.
Rua Argentina, 171 – 3º andar – São Cristóvão
20921-380 – Rio de Janeiro – RJ
Tel.: (21) 2585-2000 – Fax: (21) 2585-2084

Atendimento e venda direta ao leitor:
sac@record.com.br

Com amor a Charlotte, Zachary,
Stephen e meus pais.

Um agradecimento especial à Book Revue.

Eu sou do meu amado, e meu amado é meu.

CÂNTICO DOS CÂNTICOS 6:3

Capítulo 1

Cidade de Nova York

2000

Ele se vestiu especialmente para a ocasião; o terno passado, os sapatos engraxados. Ao se barbear, verificou cada bochecha cuidadosamente no espelho para ter certeza de que não havia deixado passar nenhum pelo. Naquela tarde, tinha comprado até mesmo um creme com fragrância de limão para estilizar os poucos cachos remanescentes de seu cabelo.

Ele não tinha nenhum outro neto e havia esperado ansiosamente, durante meses, por aquele casamento. Embora tivesse visto a noiva poucas vezes, gostara dela desde o início. Ela era inteligente, charmosa, risonha, e tinha uma elegância típica dos velhos tempos. Ele só havia percebido quanto aquela era uma qualidade rara agora, que estava ali sentado olhando para ela, que estava de mãos dadas com o seu neto.

Mesmo no momento em que entrava no restaurante para o jantar do ensaio de casamento, ao ver a jovem, ele teve a sensação de ser transportado no tempo. Observou enquanto alguns dos convidados inconscientemente tocavam suas próprias gargantas porque o pescoço da moça, projetando-se do vestido de veludo, era tão belo e comprido que ela parecia ter sido recortada de um quadro de Klimt. Seu cabelo fora preso num coque solto, e duas borboletinhas de joias com antenas cintilantes estavam apoiadas logo acima de sua orelha esquerda, dando a impressão de que aquelas criaturas aladas tinham acabado de pousar em seu cabelo ruivo.

Seu neto, que herdara os cachos escuros e indomáveis dele, era o contraste da futura noiva: remexia as mãos nervosamente, enquanto ela parecia deslizar pelo salão. O rapaz dava a impressão de que se sentiria muito mais à vontade segurando um livro em vez de uma taça de champanhe. Entretanto, uma sensação de harmonia fluía entre os dois, um equilíbrio que os fazia parecer perfeitos um para o outro. Ambos eram norte-americanos inteligentes, a segunda geração de suas famílias a ter um elevado nível educacional. Suas vozes não apresentavam nem o mais leve traço do sotaque que entremeava o inglês de seus avós. O anúncio do casamento publicado no *The New York Times* na manhã de domingo diria o seguinte:

> Eleanor Tanz casou-se com Jason Baum na noite passada, no Rainbow Room, em Manhattan. O rabino Stephen Schwartz oficiou a cerimônia. A noiva, 26, formou-se na Amherst College e atualmente trabalha no departamento de artes decorativas da casa de leilões Christie's. Seu pai, o Dr. Jeremy Tanz, é oncologista do hospital Memorial Sloan-Kettering, em Manhattan, e sua mãe, Elisa Tanz, trabalha como terapeuta ocupacional do sistema público de ensino da cidade de Nova York. O noivo, 28, formado pela Brown University e em Direito pela Yale, é sócio na Cahill Gordon & Reindel LLP. Seu pai, Benjamin Baum, advogava até recentemente na Cravath, Swaine & Moore LLP, em Nova York. A mãe do noivo, Rebekkah Baum, é professora de primeiro grau aposentada. O casal foi apresentado por amigos em comum.

Na mesa principal, os únicos avós ainda vivos de ambos os lados foram apresentados. Mais uma vez, o avô do noivo sentiu-se transportado no tempo pela imagem da mulher diante dele. A mulher era décadas mais velha do que a neta, mas havia algo de familiar nela. Ele sentiu isso imediatamente, desde o primeiro momento em que viu seus olhos.

— Eu a conheço de algum lugar — conseguiu dizer por fim, mas sentia como se estivesse falando com um espectro, e não com uma mulher que acabara de conhecer. O corpo dele reagia de alguma maneira visceral que ele não conseguia entender. Arrependeu-se de ter tomado aquela segunda taça de vinho. Seu estômago estava se revirando, e ele mal conseguia respirar.

— O senhor deve estar enganado — disse ela, cortesmente. Não queria ser mal-educada, mas ela também havia esperado ansiosamente durante meses pelo casamento da neta e não desejava ser distraída das festividades daquela noite. Ao ver a jovem movimentando-se pelo aglomerado de pessoas, os vários rostos voltando-se na direção dela para serem beijados e os envelopes sendo pressionados nas mãos da neta e de Jason, ela precisava se beliscar para ter certeza de que de fato estava viva para ver aquilo.

Porém, aquele senhor ao lado dela não desistia.

— Eu tenho certeza absoluta de que a conheço de algum lugar — repetiu ele.

Ela se virou e, então, mostrou seu rosto de forma ainda mais clara para ele. A pele suave e macia. O cabelo grisalho. Os olhos azul-claros.

Mas foi a sombra de algo azul-escuro sob o tecido diáfano da manga do vestido dela que fez com que um estremecimento percorresse as velhas veias daquele homem.

— A manga do seu vestido... — O dedo dele tremia quando se esticou para tocar a seda.

O rosto dela se retorceu quando ele tocou seu pulso, e o incômodo que sentiu registrou-se em seu rosto.

— Sua manga... posso ver um instante? — Ele sabia que estava ultrapassando os limites.

Ela o olhou diretamente nos olhos.

— Posso ver seu braço? — pediu ele mais uma vez. — Por favor. — Dessa vez, a voz dele parecia quase desesperada.

Ela agora o encarava, sem desgrudar os olhos dos dele. Como se estivesse em transe, ela subiu a manga do vestido. Ali, em seu antebraço, ao lado de uma pequena marca de nascença castanha, estavam seis números tatuados.

— Lembra-se de mim agora? — perguntou ele, tremendo.

Ela o olhou mais uma vez, como se estivesse emprestando carne e ossos a um fantasma.

— Lenka, sou eu — disse ele. — Josef. Seu marido.

Capítulo 2

Cidade de Nova York

2000

Ela havia retirado a pintura de seu tubo de papelão na noite anterior, esticando-a como se fosse um mapa antigo. Por quase sessenta anos ela a carregara consigo aonde quer que fosse. Primeiro, escondida numa mala velha, depois enrolada num tubo de metal que enterrara sob as tábuas do assoalho, e mais tarde escondida atrás de várias caixas num armário abarrotado.

A pintura fora feita com finos traços pretos e vermelhos. Uma energia cinética se desprendia de cada linha; a artista tentara captar a cena o mais depressa possível.

Ela sempre sentira que aquele trabalho era sagrado demais para ser exposto, como se a mera exposição ao ar e à luz ou, talvez pior, aos olhares de espectadores, pudesse ser demasiado para a sua pele fina. Assim, permanecera guardado numa caixa bem fechada e trancafiada, como os pensamentos de Lenka. Semanas antes, deitada na cama, ela decidira que aquela obra seria seu presente de casamento para a neta e seu noivo.

LENKA

Ao congelar, o Vltava assume a coloração de uma concha de ostra. Quando criança, eu ficava observando os homens resgatarem os cisnes que ficavam presos em sua correnteza congelada, cortando o gelo com picadores para soltar as patas membranosas.

Meu nome de nascença é Lenka Josefina Maizel, a filha mais velha de um comerciante de copos em Praga. Morávamos na margem de Smetanovo nábřeži, num apartamento amplo com uma parede de janelões que davam de frente para o rio e a ponte. Havia paredes de veludo vermelho e espelhos com moldura dourada, uma sala íntima com mobília de madeira entalhada e uma linda mãe que cheirava a lírios-do-vale o ano inteiro. Ainda penso na minha infância como se tivesse sido um sonho. Palačinkas servidas com geleia de abricó, xícaras de chocolate quente, patinação no gelo do Vltava. Eu protegia meus cabelos com um chapéu de pele de raposa quando nevava.

Víamos nosso reflexo por todas as partes: nos espelhos, nas janelas, no rio abaixo e na curva transparente dos copos e taças de papai. Mamãe tinha uma cristaleira especial repleta de copos para todas as ocasiões. Havia taças de champanhe ornadas com delicadas flores, taças de vinho especiais com bordas douradas e hastes foscas, e até mesmo copos para beber água de cor vermelho-rubi que refletiam uma luz rosada quando erguidos contra o sol.

Meu pai era um homem que amava a beleza e as coisas belas, e acreditava que sua profissão criava ambos utilizando uma química de proporções perfeitas. Era preciso mais do que apenas areia e quartzo para criar vidro; eram necessários também o sopro e o fogo.

— Um soprador de vidro é, ao mesmo tempo, um amante e alguém que dá à luz — dissera certa vez a uma sala cheia de comensais. Ergueu um dos copos para água de nossa mesa de jantar. — Da próxima vez que beberem em uma taça, pensem nos lábios que criaram essa forma sutil e elegante de onde agora vocês sorvem, e quantos erros foram estilhaçados e reciclados para produzir um conjunto perfeito de doze.

Todos os convidados ficaram enfeitiçados enquanto ele girava a taça contra a luz. Não fora a intenção dele, porém, convencer ou dar um espetáculo naquela noite. Ele realmente amava o modo como um artesão era capaz de criar um objeto que fosse tanto forte como frágil, transparente, mas, ao mesmo tempo, capaz de refletir a cor. Ele acreditava que existia beleza tanto na mais lisa das superfícies de vidro como naquelas completamente tomadas de suaves ondulações.

Seus negócios o levavam a todas as partes da Europa, mas ele sempre entrava pela porta de casa da mesma maneira que saía: com a camisa branca e engomada, o pescoço cheirando a cedro e cravo.

— *Milačku* — dizia ele em tcheco, agarrando a cintura de mamãe com suas mãos grossas. — Amor.

— *Lasko Moje* — respondia ela, quando os lábios dos dois se tocavam. — Meu amor.

Mesmo após uma década de casamento, papai continuava fascinado por mamãe. Muitas vezes voltava para casa com presentes comprados unicamente porque eles o haviam feito lembrar-se dela. Um pássaro *cloisonné* em miniatura com penas intricadamente esmaltadas poderia surgir ao lado da sua taça de vinho, ou um pequeno medalhão com pequeninas pérolas numa caixinha de veludo poderia ser colocado sobre seu travesseiro. Meu preferido era um rádio de madeira com estampa de raios de sol brilhantes irradiando do seu centro, com o qual ele surpreendera mamãe depois de uma viagem a Viena.

Se eu fechasse os olhos durante os primeiros cinco anos da minha vida, seria capaz de ver a mão de papai sobre o painel daquele rádio. Os pelos negros em seus dedos enquanto ele ajustava o sintonizador para encontrar uma das poucas estações que tocava jazz — música exótica e revigorante que recentemente começara a ser transmitida pelas ondas de rádio do nosso país, em 1924.

Posso ver a cabeça dele virando-se para sorrir, seu braço estendido para minha mãe e para mim. Posso sentir o calor de suas bochechas quando ele me levanta e coloca minhas pernas ao redor de sua cintura, enquanto, com a outra mão livre, rodopia a minha mãe.

Posso sentir o cheiro de vinho com especiarias subindo de xícaras delicadas em uma noite fria de janeiro. Lá fora, os altos janelões do nosso apartamento estão cobertos de neve, mas o interior é quente como uma torrada. Longos dedos de luz alaranjada das velas bruxuleiam nos rostos de mulheres e homens que se reuniram na sala íntima para ouvir um pequeno quarteto de cordas que papai convidou para tocarem ali naquela noite. Vejo mamãe no centro, seus braços brancos e compridos estendidos para apanhar um pequeno canapé. Uma pulseira nova em seu pulso. Um beijo de papai. E eu espiando tudo isso do meu quarto, *voyeur* daquele glamour e daquela harmonia.

Há noites quietas, também. Nós três aninhados em torno de uma mesinha de carteado. Chopin na vitrola. Mamãe abanando suas cartas, para que apenas eu as veja. Um sorriso em seus lábios. Papai fingindo se preocupar, enquanto deixa minha mãe vencer a partida.

À noite, mamãe me põe na cama e me diz para fechar os olhos.

— Imagine a cor da água. — Um sussurro em meu ouvido.

Em outras noites, ela sugere a cor do gelo. Noutra, a cor da neve. Adormeço pensando naqueles tons modificando-se, rodopiando sob a luz. Ensino a mim mesma a imaginar os diversos tons de azul, os traços delicados da lavanda ou o mais pálido dos brancos. E, ao fazer isso, meus sonhos são semeados pelo mistério da mudança.

✺

Lucie chegou certa manhã com uma carta. Entregou o envelope a papai, e ele o leu em voz alta para mamãe. *A garota não tem qualquer experiência prévia como babá*, escrevera o colega dele. *Porém, tem um talento natural com crianças e é mais do que confiável.*

Minha primeira lembrança de Lucie é que ela parecia ter muito menos do que seus 18 anos. Quase infantil, seu corpo parecia perder-se em seu casaco e vestido compridos. Quando ela se ajoelhou para me cumprimentar naquele primeiro dia, porém, imediatamente fui atingida pelo calor que emanava de sua mão estendida. Todas as manhãs, quando ela chegava à nossa porta, trazia consigo o aroma suave de canela e noz-moscada, como se tivesse sido recém-assada naquela manhã e entregue ainda quentinha e fragrante — uma encomenda deliciosa que era impossível recusar.

Lucie não era nenhuma beldade. Era como uma obra arquitetônica de linhas retas e toda angulosa. Suas duras maçãs do rosto pareciam ter sido esculpidas com um cinzel; seus olhos eram grandes e negros; os lábios, pequenos e finos. Mas, como uma ninfa morena da floresta roubada das páginas de algum antigo livro de contos de fadas, Lucie tinha sua própria magia. Bastaram poucos dias trabalhando para a minha família e todos estávamos encantados por ela. Quando contava uma história, seus dedos desenhavam o ar, como uma harpista tocando cordas imaginárias. Quando havia tarefas a executar, cantarolava canções que aprendera ouvindo sua própria mãe entoar.

Lucie era tratada pelos meus pais não como serviçal, mas como um membro de nossa família estendida. Fazia as refeições conosco, sentada à grande mesa de jantar, que sempre tinha um exagero de comida. E, embora não comêssemos apenas kosher, nunca tomávamos leite ao fazer uma refeição com carne. Na sua primeira semana de trabalho, Lucie cometeu o erro de me servir um copo de leite com meu *goulash* de carne, e mamãe deve ter-lhe dito mais tarde que não misturávamos as duas coisas, pois não me lembro de ela ter voltado a cometer o mesmo erro.

Meu mundo tornou-se menos protegido e com certeza mais divertido com a chegada de Lucie. Ela me ensinava coisas como caçar pererecas ou pescar peixes de uma das pontes do Vltava. Era mestre na arte de contar histórias, criando uma gama de personagens a partir das diversas pessoas que encontrávamos ao longo do dia. O homem que nos vendera sorvete ao lado do relógio na Praça da Cidade Velha poderia, naquela noite, na hora de dormir, reaparecer como um mago. Uma mulher de quem compráramos maçãs no mercado poderia mais tarde surgir como uma princesa envelhecida, que jamais se recuperara de uma decepção amorosa.

Sempre me perguntei se foi Lucie ou minha mãe quem descobriu que eu tinha talento para desenhar. Nas minhas lembranças, é minha mãe quem me dá minha primeira caixa de lápis de cor, e é Lucie quem, mais tarde, me compra meu primeiro conjunto de tintas.

Sei que foi Lucie quem começou a me levar ao parque com meu bloco de desenho e uma latinha de lápis. Ela estendia um cobertor perto do laguinho onde os meninos brincavam com seus barquinhos de papel e deitava-se de costas, observando as nuvens, enquanto eu desenhava, página após página.

No começo, eu rabiscava animaizinhos. Coelhos. Esquilos. Um pássaro de peito vermelho. Mas logo já estava tentando desenhar Lucie, depois um homem lendo jornal. Mais tarde comecei empreitadas mais ambiciosas, como uma mãe empurrando um carrinho de bebê. Nenhum desses primeiros esboços era bom, mas, como qualquer criança pequena que está aprendendo a desenhar, eu ensinava a mim mesma por repetição. Minhas observações aos poucos foram começando a conectar-se com a minha mão.

Depois que eu passava horas desenhando, Lucie enrolava os esboços e os levava para nosso apartamento. Mamãe me perguntava o que tínhamos feito durante o dia, e Lucie mostrava os desenhos de que ela mais gostara e os prendia na parede da cozinha. Minha mãe observava atentamente meu trabalho e depois me abraçava. Eu devia ter uns 6 anos na primeira vez que a ouvi dizer:

— Lenka, sabia que eu era igualzinha a você quando tinha sua idade? Estava sempre com um lápis e um papel nas mãos.

Foi a primeira vez que ouvi minha mãe nos comparar, e eu posso lhe garantir que, como criança, cujos olhos claros e cabelos escuros se assemelhavam mais aos do meu pai do que aos da minha elegante mãe, a emoção de nós duas sermos parecidas em alguma coisa comoveu diretamente o meu coração.

No primeiro inverno que Lucie passou conosco, mamãe quis lhe oferecer um presente que demonstrasse sua gratidão. Lembro-me dela conversando sobre o assunto com meu pai.

— Faça o que achar melhor, *Milačku* — disse ele distraidamente, enquanto lia o jornal.

Ele sempre lhe dava carta branca para escolher os presentes, mas ela sempre achava que precisava pedir-lhe permissão antes de fazer qualquer coisa. Mamãe acabou mandando fazer uma bela capeleta de lã azul com borda de veludo para Lucie. Ainda consigo ver o rosto de Lucie ao abrir o presente — ela hesitara em aceitá-lo de início —, quase constrangida com toda aquela extravagância.

— Lenka também vai ganhar uma — disse minha mãe, com gentileza. — Que dupla mais linda vocês duas farão patinando no Vltava!

Naquela noite, mamãe me pegou observando Lucie pela minha janela enquanto ela seguia na direção do bonde.

— Acho que terei de encomendar uma capeleta para você amanhã — disse ela, tocando meu ombro.

Nós duas sorrimos, observando Lucie, cujo corpo parecia centímetros mais alto, enquanto ela se afastava elegantemente no meio da noite.

<hr />

Embora nossa casa estivesse sempre repleta do som de taças tocando-se suavemente e das cores de meus desenhos, havia também uma tristeza silenciosa, mas palpável, escondida nas paredes. Quando Lucie ia embora, à noite, e a cozinheira arrumava a sua bolsa, nosso apartamento espaçoso parecia grande demais para nós três. O quarto extra ao lado do meu foi enchendo-se de pacotes, cestos e pilhas de livros velhos. Até mesmo o berço e o carrinho de bebê que tinham sido meus foram empurrados silenciosamente para um canto e cobertos com um lençol branco comprido, como se fossem dois fantasmas antigos, esquecidos e deslocados.

Havia fragmentos de vários dias, períodos inteiros, em que me recordo de ver apenas Lucie. Minha mãe quase sempre fazia suas refeições no quarto e, quando saía de lá, parecia inchada. O rosto mostrava sinais claros de que ela andara chorando. Meu pai voltava para casa e perguntava para a empregada, baixinho, como ela estava. Olhava de relance para a bandeja na frente da porta do seu quarto com o prato de comida intocado — a xícara e o pires com chá que esfriara — e parecia desesperado para trazer luz a seu lar sombrio.

Eu me lembro de Lucie me instruindo a não questionar esses episódios. Ela chegava mais cedo do que o normal de manhã e tentava me distrair com algumas coisas que trazia de casa. Alguns dias ela sacava de sua cesta uma foto de quando tinha 6 anos, ao lado de um pônei. Outras vezes ela trazia uma fileira de continhas de vidro e a trançava em meu cabelo, como se fosse uma guirlanda de hera retorcida. Amarrava uma faixa de seda azul em meu vestido, e eu imaginava que era uma princesa que reinava num reino em que todos eram obrigados a sussurrar. O único som que nos permitíamos fazer era o farfalhar de nossas saias quando rodopiávamos pelo quarto.

À noite, o médico da família vinha nos visitar. Fechava gentilmente a porta do quarto de mamãe e apoiava a mão no ombro de papai, conversando com ele em voz baixa. Eu os observava, sem conseguir discernir que doença minha mãe poderia ter que a impedia de sair do quarto durante o dia.

À medida que fui crescendo, tornou-se cada vez mais claro que essas sombras da minha infância eram as dificuldades que meus pais enfrentavam de conceber outra criança. Evitávamos conversas sobre famílias com muitos filhos, e eu aprendi a não pedir um irmãozinho ou irmãzinha, pois, nas poucas vezes que fiz isso, só consegui levar minha mãe às lágrimas.

Algo mudou em nosso lar depois do meu sétimo aniversário. Mamãe passou semanas com algo que parecia um problema de estômago e depois, subitamente, a cor de suas faces retornou. Nas semanas que se seguiram, ela parou de usar as saias justas e jaquetas de corte que estavam na moda e optou por trajes mais soltos. Tornou-se serena e seus movimentos passaram a ser mais lentos e cuidadosos. Porém, foi apenas quando sua barriga começou a ficar suavemente mais arredondada que ela e papai anunciaram que teríamos outro bebê.

Seria de imaginar que, depois de todos aqueles anos, mamãe e papai comemorariam a notícia de que eu teria um irmão ou uma irmã, mas eles tratavam aquele assunto com grande cautela, temendo que qualquer mostra de animação ou alegria pudesse prejudicar aquela gravidez saudável.

Isso, é claro, era um costume judeu — o medo de arruinar a boa sorte de alguém. A princípio, Lucie mostrou-se confusa. Sempre que ela tentava falar sobre a gravidez, minha mãe não respondia nada diretamente.

— Que linda e saudável você está — dizia ela para mamãe.

Ao que mamãe apenas sorria e assentia em silêncio.

— Dizem que, se você sentir desejo por queijos, terá uma menina e, se sentir desejo por carne, será um menino.

Novamente, apenas um sorriso e um assentir de cabeça da parte de mamãe.

Lucie chegou a se oferecer para arrumar o quarto do bebê com antecedência e, então, minha mãe finalmente se viu obrigada a explicar sua hesitação em tomar qualquer atitude antes de o bebê de fato chegar.

— Agradecemos seus votos de alegria e ofertas de ajuda — explicou minha mãe, gentilmente —, mas não queremos atrair a atenção para o nascimento do bebê ainda.

Imediatamente, o rosto de Lucie pareceu registrar o que mamãe estava dizendo.

— Tem gente no interior que acredita nisso também — disse ela, como se de repente o comportamento de mamãe enfim começasse a fazer sentido.

Mesmo assim, Lucie tentava expressar sua felicidade ante a boa notícia sem mencioná-la diretamente. Quando os lilases ficaram em flor naquela primavera, ela chegava com punhados de buquês fragrantes, os caules cuidadosamente envolvidos em tiras de musselina úmida, e os arrumava em vasos pelo apartamento. Eu me lembro de ver mamãe, com sua barriga cada vez mais redonda, indo de quarto em quarto, sorrindo, como se aquele perfume a colocasse em transe.

Às vezes Lucie chegava com uma cesta de pão escuro que sua mãe assara e a deixava sobre o balcão da cozinha com um pote de mel caseiro.

Mas foi somente quando o bebê nasceu que o seu presente mais lindo chegou.

Minha irmã Marta nasceu ao pôr do sol. O médico entrou na sala em que papai e eu estávamos sentados no sofá, e Lucie, em uma das poltronas forradas de veludo vermelho.

— Vocês têm mais uma linda filha — disse ele ao meu pai.

Papai entrelaçou as mãos e correu em direção ao quarto. Lucie assumiu o lugar dele no sofá e segurou minha mão.

— Quer dizer que agora você tem uma irmã — disse ela, baixinho. — Que presente!

Esperamos até papai dizer que eu poderia entrar e ver as duas.

Ele voltou alguns minutos depois e disse que Lucie e eu poderíamos entrar.

— Lenka, venha conhecer sua irmãzinha.

Lucie me deu um leve empurrão, gesto desnecessário, pois eu seria capaz de ter saltado do assento. A única coisa que queria fazer era correr até aquele quarto para beijar minha mãe e a bebezinha.

— Lenka, entre. — Minha mãe ergueu os olhos do embrulho em seus braços e sorriu para mim, à porta. Deu um tapinha na cama com uma das mãos, enquanto com a outra segurava firmemente o bebê no braço.

Fiquei maravilhada ao ver as duas, mas ainda me lembro da pontinha de ciúme que acometeu meu coração quando me inclinei e vi os tufos de cabelo ruivo na cabecinha da minha irmã.

— Parabéns! — disse Lucie, depois entrou e beijou as duas bochechas de mamãe.

Poucos minutos mais tarde, ela voltou com uma pilha de roupa de cama bordada. As bordas estavam entremeadas com fio rosa num padrão de volteios ornamentais.

— Escondi isso no armário — disse Lucie. — Bordei um conjunto em rosa e outro em azul, por precaução.

Minha mãe riu.

— Você pensa em tudo, Lucie — disse, enquanto Lucie pousava a roupa de cama sobre a mesinha de cabeceira.

— Vou deixar a senhora e Lenka a sós com a bebê. — Sorriu e me deu um tapinha carinhoso no alto da cabeça.

Olhei para minha nova irmã. Era a mamãe em miniatura. O queixinho redondo, os olhos verdes leitosos, o mesmo cabelo.

Minha reação, entretanto, não foi a que eu esperava. Lágrimas encheram meus olhos. Senti um nó na garganta. Até o meu coração... parecia que alguém tinha enfiado a mão no meu peito e agora o apertava com todas as forças. A única coisa em que consegui pensar é que eu seria substituída — esquecida — e que meus pais só dariam atenção àquela criaturinha de feição angelical e mãozinhas minúsculas estendidas.

Claro que não era essa a realidade, mas, ainda assim, o medo me consumia, e suponho que foi por isso que, nos primeiros meses de vida de Marta, me apeguei tanto a Lucie.

Aos poucos, comecei a perceber que a chegada de Marta não significava que seria substituída. Logo eu já estava segurando-a nos braços. Lia meus livros preferidos para ela e cantava as mesmas músicas que no passado embalavam o meu sono.

Também descobri que minha nova irmã era a modelo perfeita para minhas tentativas ambiciosas de retratos. Usei as etapas de crescimento de Marta como inspiração. Comecei com ela dormindo no carrinho, depois passei para ela engatinhando na praia, no verão.

Adorava desenhá-la em tons pastéis. A mistura suave de pigmentos facilitava recriar suas bochechas arredondadas e o comprimento de seus membros em crescimento.

Também adorava pintá-la. A pele de Marta era de um tom opaco de creme, e seu cabelo do mesmo vermelho profundo da páprica. Esses traços, que já estavam presentes desde o seu nascimento, tornaram-se ainda mais pronunciados à medida que sua gordura de bebê ia embora. Marta tinha a mesma testa alta que mamãe — e também o mesmo nariz pequeno e reto e a boca curvada para cima. Ao observá-la crescendo diante de mim, era quase como se eu estivesse presenciando a própria transformação da minha mãe de bebê em menina.

Marta tornava-se mais independente a cada dia que passava. Lucie não precisava mais ajoelhar-se para ajudá-la com seus sapatos nem trocá-la constantemente porque ela havia manchado o vestido. Seu corpo antes gorducho agora se encompridava, e sua vontade de expressar opinião própria também aumentava.

Mas, à medida que ela ia crescendo, nossa relação começou a mudar. Ela deixou de ser a bonequinha que eu podia vestir e de quem fingia cuidar. Éramos agora rivais não apenas pela atenção de papai e mamãe, como também pela de Lucie. E, mesmo tendo uma diferença de mais de sete anos entre nós, ainda brigávamos, e Marta frequentemente dava chiliques quando não conseguia o que queria.

Ainda assim, quando ela completou 8 anos, tínhamos um assunto sobre o qual adorávamos conversar mais do que tudo: a vida amorosa de Lucie. Depois de voltar da escola, éramos capazes de passar horas tentando adivinhar se Lucie tinha namorado. Eu perguntava quem tinha lhe dado aquele colarzinho de ouro que de repente aparecera em seu pescoço, ou a nova echarpe de seda que ela enfiava sob a gola de sua capeleta. E Marta perguntava se ele era bonito e rico, antes de cair no choro e implorar para Lucie prometer que, acontecesse o que acontecesse, ela jamais nos abandonaria.

CAPÍTULO 3

LENKA

No outono de 1934, Lucie anunciou que se casaria com um rapaz de nome Petr, que ela conhecia desde a infância e que agora conseguira um emprego de vendedor numa farmácia perto da casa dos pais dela, em Kalin. Mamãe recebeu a notícia como se uma de suas próprias filhas estivesse anunciando o noivado.

Quando Lucie chegou para trabalhar no dia seguinte, mamãe e a costureira, Gizela, já estavam à sua espera com uma dúzia de rolos de seda branca apoiados nas paredes.

— Vamos fazer o seu vestido de noiva — declarou mamãe. — Não ouse recusar a minha oferta.

— Tire a roupa e fique apenas de anágua e corpete — ordenou Gizela.

Ela retirou três alfinetes da almofadinha e começou a envolver a fita métrica no corpo de Lucie, primeiro em seu busto, depois em sua cintura e, por fim, em seus quadris.

Lucie tremia, de pé e em silêncio, vestida apenas com suas roupas de baixo.

— Sério, isso não é necessário. Vou usar o mesmo vestido que minhas irmãs usaram. Petr não se importa que ele esteja manchado ou gasto!

— Não queremos nem ouvir uma coisa dessas! — disse minha mãe, balançando a cabeça. Foi até Lucie, que estava vestindo-se rapidamente. Seu beijo me lembrou da forma como ela beijava Marta e a mim.

❧

Lucie usou o véu de renda de sua família, um véu simples cujo comprimento ia somente até a sua clavícula. Sua guirlanda era feita de margaridas e rosas selvagens. Seu buquê era uma mistura de ásteres e folhas amarelas. Ela caminhou pela ala de braços dados com o pai, os cachos negros artisticamente arrumados sob o enfeite em sua cabeça, o olhar voltado diretamente para a frente.

Todos choramos quando eles trocaram seus votos. Petr era tão jovem quanto Lucie — não tinha mais de 25 anos —, e eu me sentia felicíssima pelos dois. Havia uma beleza em quanto eram fisicamente diferentes. Ele era bem mais alto do que ela, com traços amplos e planos, e os cabelos loiros e cheios. Notei como suas mãos eram grandes quando ele ergueu o véu de Lucie e ergueu-lhe o queixo, evidenciando o quanto o rosto dela era pequeno. O beijo dele foi leve e cuidadoso, bem suave e gentil. Vi mamãe segurar a mão de papai e sorrir para ele, como se estivesse se lembrando do dia do casamento dos dois.

Os noivos deixaram a igreja para ir à recepção, na casa dos pais de Lucie. Era uma casa rústica de fazenda com vigas expostas e telhado de telhas vermelhas. No jardim, havia macieiras retorcidas e pereiras aromáticas que já estavam em flor. Um gazebo branco fora montado ali, com os postes envolvidos em fita amarela grossa. Num palquinho improvisado, quatro homens tocavam polca.

Foi a primeira vez que fui à casa da infância de Lucie. Ela trabalhava havia anos para nossa família e, mesmo assim, eu pouco sabia de sua vida além do que ela compartilhava conosco. Éramos tão unidos quanto uma família, mas sempre dentro dos limites de nosso apartamento ou da cidade de Praga. Agora, pela primeira vez, víamos Lucie em seu próprio ambiente, com sua família e seus amigos. Do canto do jardim, olhei para os rostos de suas irmãs e vi como todas elas se pareciam. Os traços pequenos, o queixo estreito e os ossos malares altos e pronunciados. Lucie e seu pai eram os únicos de cabelo escuro, enquanto o restante da família era loiro e branco. Eram um grupo ruidoso em comparação conosco. Na festa havia barris grandes de cerveja Moravian e *slivovice*, uma aguardente caseira de ameixa; além de bandejas de comida rústica de fazenda, como chucrute e salsichas, e o tradicional ensopado de bolinhos.

Marta e eu batemos palmas e rimos junto com todos os outros quando um círculo se formou em torno de Lucie e Petr. Ouvimos os gritos entusiasmados para que o prato cerimonial fosse quebrado. Era uma tradição tcheca, não muito diferente do costume judaico em que o noivo quebra um copo. Ao contrário do ritual judaico, que simbolizava os anos de tristeza de nosso povo, o tcheco tinha como objetivo apenas demonstrar a união dos recém-casados. Depois que o prato foi quebrado, entregaram uma vassoura a Petr e uma pá para Lucie, e eles limparam os cacos para demonstrar como seria o seu futuro juntos.

Lucie só ficou mais um ano conosco após o casamento. Ela engravidou em março, e sua viagem diária até Praga tornou-se exaustiva demais. Marta tinha então 9 anos e eu estava pleiteando uma vaga nas faculdades de artes plásticas, porém sentíamos muitas saudades dela. Ela vinha nos visitar pelo menos uma vez por mês, a barriga saliente sob a capeleta azul de veludo que mamãe lhe dera e que ela usava diligentemente. Lucie estava tão redonda quanto um bolinho, as faces rosadas e o cabelo mais brilhante do que nunca.

— Se for menina, vai se chamar Eliška, como a senhora — disse ela à minha mãe. As duas agora estavam unidas naquela irmandade secreta das mães, enquanto eu e Marta só podíamos observar de fora.

Enquanto o corpo de Lucie se modificava por causa da gravidez, o meu finalmente começava a mudar também. Eu vinha aguardando ansiosa, esperando que meu corpo acompanhasse o das outras garotas da escola — todas pareceram desenvolver-se antes de mim. Naquele outono, passei cada vez mais tempo na frente do espelho, olhando meu próprio reflexo; a imagem da menininha recuava, enquanto o rosto e o corpo de uma mulher começavam a vir à superfície. Meu rosto, antes recoberto de gordura infantil, agora estava mais magro e anguloso, enquanto meu corpo se tornara mais suave e cheio de curvas. No que me pareceu ser o golpe final sobre as minhas formas, meus seios pareceram crescer vários centímetros da noite para o dia, e logo descobri que já não conseguia mais fechar os botões de algumas das minhas blusas.

Parte de mim desejava ceder a todas essas mudanças e mudar minha aparência completamente. Voltei um dia para casa com uma revista de moda e apontei para uma foto de Greta Garbo.

— Por favor, mamãe — implorei. — Me deixe cortar meu cabelo curto!

Eu estava querendo ser adulta logo. Tinha metido na cabeça que poderia me transformar numa estrela de cinema americana da noite para o dia. Mamãe pousou a xícara de chá e apanhou a revista das minhas mãos, sorrindo.

— Conserve mais algum tempo as suas tranças, Lenka — disse ela, a voz com um quê de melancolia. — Você levou anos para conseguir que seu cabelo ficasse assim tão comprido.

E, assim, ficaram as tranças. Minha mãe, entretanto, veio a adotar algumas das tendências modernas que haviam chegado a Praga. Adorava o novo estilo de calças de pernas largas, usadas com uma blusa larga, com a cintura bem marcada. Ela comprava calças daquele estilo tanto para ela mesma como para mim, e chegou a encomendar com sua costureira, Gizela, vários pares de calças para nós a partir de um livro de moldes que encomendara de Paris.

Infelizmente, meu armário cheio de roupas novas e modernas não conseguiu alterar minha percepção de mim mesma. Ainda me sentia aprisionada num estado de estranheza. Queria ser mais confiante e feminina, mas, ao contrário, só me sentia pouco atraente e insegura. Meu corpo parecia completamente estranho para mim. Durante anos havia fitado uma garota de tranças com um corpo que parecia ter sido recortado de um livrinho de bonecas de papel, mas agora, com as mudanças da adolescência, eu tinha mais consciência da forma como caminhava — e mesmo de como usava as mãos para me expressar. Um dos braços de vez em quando podia roçar um seio, quando antes se movimentava livremente na frente do meu corpo. Até mesmo meus quadris pareciam me atrapalhar, quando me lembrava de que antes era capaz de me espremer entre duas cadeiras.

Tentei focar a atenção no meu portfólio para a faculdade de artes plásticas. Era algo tangível e em que tinha confiança. No meu último ano do ensino médio, eu havia progredido de simples aquarelas e pastéis para uma adoração pela tinta a óleo. Quando não estava fazendo o dever de casa, passava o tempo pintando ou desenhando. Nossa sala estava cheia dos retratos emoldurados que eu fizera ao longo dos anos. Os pequenos desenhos que fizera de Marta quando bebê agora tinham sido substituídos por um retrato grande que eu pintara dela no vestido branco com faixa azul de cetim — seu figurino para a ocasião do casamento de Lucie.

Esperava que meus retratos transmitissem mais do que apenas a aparência dos meus modelos; que transmitissem também seus pensamentos. As mãos, os olhos e a posição do corpo eram como os instrumentos de um relógio, e eu só precisava orquestrá-los de modo a conseguir retratar a vida interior de meu modelo. Imaginava-me como El Greco ao ajeitar meu pai no espaço amplo de sua cadeira intrincadamente entalhada, o veludo vermelho do assento como um contraste gritante com seu terno negro. Pintei suas mãos, com as listras azuis de suas veias, as unhas muito bem cuidadas e seus dedos entrelaçados e apoiados de leve sobre o colo. Pintei o verde-azulado de seus olhos, que refletiam a luz. O negror de seu bigode, apoiado sobre dois lábios pensativos, fechados. Minha mãe também se ofereceu para posar para mim.

O nome de mamãe, Eliška, quando abreviado para Liska, significava "raposa", apelido pelo qual meu pai a chamava carinhosamente. Eu pensei nisso quando a pintei. Pedi para que ela posasse com um vestido simples, feito de algodão branco engomado, com gola de ilhós e bordado nas mangas. Era como eu mais a adorava, sem seu rosto tipicamente empoado ou seu guarda-roupa elegante. Minha mãe, simples e natural. Sua pele clara, quando exposta, era ligeiramente sardenta, como flocos de aveia flutuando em uma tigela de leite.

Ela sempre ficava em silêncio ao observar algum de meus quadros finalizados, como se desejasse dizer algo, mas, em vez disso, se refreasse.

Mamãe nunca falava da época em que estudara na faculdade de artes, e certamente havia um ar de mistério em torno de sua vida anterior de estudante. Ela jamais mostrava os quadros que pintara antes do casamento. Eu sabia onde eles estavam porque topei com eles certa vez, mais ou menos na época em que minha mãe anunciou que estava grávida de Marta. Lucie e eu tínhamos ido ao pequeno depósito nos porões do nosso prédio para procurar por uma bomba de ar para a minha bicicleta. Cada apartamento tinha um, e mamãe nos dera a chave do nosso. Eu nunca estivera no porão, que mais parecia uma caverna escura e repleta das coisas esquecidas de várias pessoas. Passamos por móveis antigos cobertos com panos brancos pesados, baús de couro e caixas empilhadas até o teto.

Lucie apanhou a chave e abriu o depósito. A bicicleta de papai estava ali, junto com caixas de porcelana etiquetadas e mais caixas ainda de copos. Encontramos a bomba de ar: estava ao lado de, no mínimo, doze telas, apoiadas contra a parede e cobertas por um lençol branco.

Eu me lembro de Lucie mexendo nelas com cautela.

— Acho que são da sua mãe — disse ela, sussurrando, apesar de estarmos apenas nós duas ali no porão. Os dedos dela moviam-se depressa para separar cada quadro, a fim de que nós duas pudéssemos olhar as imagens.

As pinturas de mamãe me chocaram. Não eram reproduções elegantes e meticulosas dos grandes mestres, nem paisagens bucólicas e doces dos campos tchecos. Eram sensuais e escuras, com paletas de tons arroxeados e âmbar profundo. Havia uma de uma mulher reclinada num divã, seu braço branco apoiado atrás da cabeça e o torso nu, com dois mamilos rosados e um lençol cuidadosamente enrolado em torno de suas pernas cruzadas.

Algum tempo depois, fiquei intrigada com aqueles quadros. A mulher boêmia que os pintara, antes de se tornar esposa e mãe, não era a minha mãe, que administrava seu lar lá em cima. Tentei rever a imagem que tinha dela, imaginando-a como uma jovem estudante de artes plásticas e nos braços de papai, na época em que eles se conheceram, e me perguntei se aquela parte de minha mãe haveria desaparecido por completo ou se, de vez em quando, vinha à tona, quando eu e Marta estávamos dormindo.

Lucie jamais falou novamente naqueles quadros. Anos mais tarde, porém — quando eu estava tentando desesperadamente criar um retrato completo e preciso de mamãe —, voltei a pensar neles. Pois era impossível erradicar da mente o contraste entre aquela mulher e seus quadros.

⁂

Fui aceita na Academia de Artes de Praga em 1936, aos 17 anos. Ia a pé para as aulas todas as manhãs com meu caderno de esboços embaixo do braço e uma caixa de madeira repleta de tintas a óleo e pincéis de pelo de marta. Havia quinze alunos na minha turma e, embora fôssemos cinco garotas ao todo, logo fiz amizade com duas delas, Věruška e Elsa. Ambas eram judias e tínhamos vários amigos em comum dos nossos anos de escola. Algumas semanas depois do início do primeiro semestre, Věruška me convidou para ir à sua casa no Shabat. Eu pouco sabia sobre sua família, exceto que seu pai e seu avô eram médicos, e que seu irmão mais velho, Josef, agora estava na universidade.

Josef. Ainda consigo vê-lo claramente. Ele chegou molhado em casa naquela noite, os cabelos escuros cacheados pregados à cabeça por causa da chuva, e seus grandes olhos verdes da cor de cobre envelhecido. Eu estava no corredor quando ele apareceu, a empregada acabara de retirar o casaco de meus ombros. Ele estava entrando pela porta da frente enquanto eu seguia em direção à sala.

— Josef — apresentou-se, sorrindo, enquanto pousava a bolsa de livros e entregava o casaco à empregada. Então, estendeu a mão para mim e eu o cumprimentei, seus dedos largos envolvendo os meus.

Consegui balbuciar meu nome e sorrir para ele, mas estava lutando contra minha timidez constante, e a confiança e a beleza dele me deixaram muda.

— Lenka, aí está você! — cantarolou Věruška, disparando pelo corredor.

Tinha trocado as roupas que eu a vira usando na aula daquela tarde por um belo vestido cor de borgonha. Abraçou-me e me deu um beijo.

— Ah, estou vendo que já conheceu meu irmão. — Ela se aproximou e beliscou o rosto de Josef.

Eu estava vermelha.

— Věruška. — Ele riu e afastou a mão dela. — Vá avisar a mamãe e papai que estarei lá em um instante.

Věruška assentiu, e eu a segui pelo corredor até uma ampla sala de estar, onde os pais dela estavam envolvidos numa conversa animada.

O apartamento dos Kohn não era muito diferente do nosso, com suas paredes de veludo vermelho antigas, as vigas de madeira em tom castanho-escura e as grandes portas de vidro. Mas havia algo de sombrio naquele lar que me incomodava.

Meus olhos percorreram a sala íntima. Em seu perímetro, havia evidências da vida acadêmica da família. Grandes periódicos de medicina em encadernação pesada atulhavam as prateleiras junto com outras coleções de livros com encadernação de couro. Diplomas emoldurados da Universidade de Charles e um certificado de recomendação da Associação Tcheca de Medicina lotavam as paredes. Um robusto relógio de pé imponente soava para marcar as horas, e havia um piano de meia cauda num canto do cômodo. A mãe de Věruška estava sentada no sofá com um bordado no colo. Baixa e gordinha, a Sra. Kohn usava vestidos simples que escondiam seu físico macio e cheio. Um pequeno par de óculos de leitura pendia sobre seus seios grandes, e seus cabelos estavam presos de modo prático e sem adornos num coque na altura da nuca.

O pai de Věruška também parecia um contraste completo com o meu. Enquanto os olhos do meu pai emanavam candor, os do Dr. Jacob Kohn eram clínicos. Quando ele me olhou pela primeira vez, erguendo os olhos de seu livro, ficou claro que estava analisando a pessoa à sua frente.

— Lenka Maizel — apresentei-me. Meus olhos caíram nas mãos perfeitamente alvas do Dr. Kohn, as unhas meticulosamente lixadas e limpas, quando seus dedos se desentrelaçaram e ele se levantou para me cumprimentar.

— Obrigado por juntar-se a nós nesta noite — disse ele, a voz rígida e contida. Eu sabia por minha mãe que o Dr. Kohn era um obstetra renomado de nossa comunidade. — Minha esposa, Anna... — Ele tocou o ombro dela delicadamente com a mão.

A mãe de Věruška sorriu e estendeu a mão para mim.

— Estamos felizes por passar o Shabat com você, Lenka. — Seu tom soava formal e meticuloso.

— Obrigada. Obrigada pelo convite.

O Dr. Kohn assentiu e fez um gesto para que eu me sentasse.

Věruška estava fervilhante, como sempre, e desabou sobre um dos sofás vermelho-escuros. Alisando em silêncio meu vestido sobre as pernas, eu me sentei ao lado dela.

— Então, você está estudando artes plásticas com nossa Ruška — disse sua mãe.

— É verdade. E estou em boa companhia. Věruška é a mais talentosa de nossa turma.

Tanto o Dr. Kohn como a Sra. Kohn sorriram.

— Tenho certeza de que você está sendo modesta, Lenka. — Ouvi uma voz suave e grave dizer atrás de mim. Era Josef, que tinha entrado e agora estava de pé atrás de mim e de sua irmã.

— É uma característica nobre, a modéstia — acrescentou o Dr. Kohn, entrelaçando as mãos.

— Não, é verdade. Věruška tem o melhor olho da classe. — Dei um tapinha carinhoso na perna dela. — Todos nós a invejamos.

— Como pode ser? — perguntou Josef, divertido.

— Ah, mamãe, fala para ele parar! — protestou Věruška. — Ele já tem 20 anos e continua me atormentando!

Josef e eu nos entreolhamos. Ele sorriu. Meu rosto corou. E de repente, pela primeira vez na minha vida, tive a sensação de que eu mal conseguia respirar.

⁂

Naquela noite, durante o jantar, mal consegui comer qualquer coisa. Meu apetite sumiu completamente, e me preocupava excessivamente com cada movimento que fazia à mesa. Josef sentou-se à esquerda do pai, seus ombros largos ampliando-se para além dos limites do encosto da cadeira. Eu estava envergonhada demais para olhá-lo nos olhos. Meu olhar focou suas mãos. As mãos da minha mãe eram suaves, mas fortes; as de papai eram largas e cobertas por um fino véu de pelos. As mãos de Josef eram diferentes das mãozinhas brancas do Dr. Kohn. Tinham a mesma musculatura que se vê nas estátuas — o dorso largo, as veias pronunciadas, os dedos fortes e grossos.

Observei atentamente as mãos da família Kohn, como se cada par refletisse as emoções que atravessavam a sala. Havia uma tensão incontestável durante o jantar. Quando o Dr. Kohn perguntou ao filho como iam as aulas, Josef segurou a faca e o garfo com mais força ainda que antes. Os nós de seus dedos ficaram tensos, as veias tornaram-se ainda mais pronunciadas. Ele respondeu de forma sucinta à pergunta do pai, sem fornecer maiores detalhes nem tirar em instante algum os olhos do seu próprio prato.

Věruška era a única pessoa animada da mesa; gesticulava suas mãos como uma dançarina flexível. Temperava a conversa com pequenas fofocas: a filha do vizinho tinha engordado tanto que parecia um bolinho recheado de creme; o carteiro fora pego tendo um caso com a empregada. Ao contrário de seus pais, mais reservados, ela se comprazia em relatar cada pequeno detalhe. Suas descrições tinham grandes volteios e floreios. Quando Věruška falava, era impossível não pensar em um quadro rococó, em que todos os sujeitos estão envolvidos em atos amorosos furtivos, seus casos retratados com grandes pinceladas volumosas de cores vibrantes.

Fiquei ali, sentada, observando a dinâmica daquela casa; todos os contrastes destacavam-se em alto-relevo diante de mim. A elegante toalha de mesa branca arrumada com as velas do Shabat, as travessas cheias de carne e batatas, os aspargos organizados como teclas de piano em uma travessa comprida de porcelana. O Dr. Kohn, sério com seus óculos; a voz cuidadosa, medida; as mãos que jamais gesticulavam, permanecendo sempre à beira da mesa. Josef, o gigante silencioso e divertido cujos olhos pareciam arder com fogo e gaiatice sempre que olhava em minha direção; sua irmã efervescente e borbulhante como uma taça alta de champanhe. E a Sra. Kohn, sentada em silêncio à outra cabeceira da mesa, com as mãos cruzadas, redonda e roliça como um capão recheado.

Por fim, a sobremesa foi servida. Bolo seco de maçã com um leve toque de mel. Pensei em papai e mamãe em casa, em como eles adoravam creme chantilly. Bolo de chocolate, torta de framboesa, palačinka, tudo era motivo para mais uma colherada.

— Você não tem muito apetite, Lenka — comentou o Dr. Kohn ao perceber que eu mal tocara em meu prato.

Peguei o garfo e me obriguei a engolir mais um punhado de comida.

— Acho que exagerei no almoço — falei, com uma risada nervosa.

— Está gostando da faculdade tanto quanto minha filha? — Ele olhou para Věruška e sorriu. Era a primeira vez que eu o via sorrir em toda a noite.

— Sim. É desafiador. Não tenho o mesmo talento que Věruška, portanto, preciso me esforçar mais para acompanhar.

— Espero que Věruška não seja uma grande distração na sala de aula. Como pode ver, é difícil para a minha filha ficar quieta...

— Papai! — interrompeu Věruška.

Ele sorriu mais uma vez.

— Ela é cheia de vida, essa minha filha. Não sei como nossa casa seria sem ela e suas histórias...

— Com certeza muito mais quieta... — murmurou Josef, sorrindo.

Eu sorri também.

Josef percebeu e pareceu achar graça do meu afeto por sua irmã.

— Devíamos fazer um brinde a Věruška! — Ele olhou para mim e ergueu a taça. — E à amiga dela, que claramente é modesta demais.

Todos ergueram suas taças e olharam em minha direção. Senti meu rosto corar de vergonha.

E, claro, foi Věruška quem se deleitou em observar isso.

⚜

Os pratos de sobremesa foram levados. Atrás da porta da cozinha, ouvia-se o som de louças e talheres sendo lavados e guardados.

O Dr. Kohn levantou-se. Todos o imitamos. Ele caminhou até um pedestal onde havia um gramofone.

— Mozart? — perguntou, com uma sobrancelha erguida. Segurava um disco com uma de suas mãos perfeitamente brancas. — Sim. Um pouco de Mozart, suponho.

Ele retirou o disco da capa e abaixou a agulha sobre ele. E então a sala se encheu com uma chuva de notas musicais.

❧

Bebi um pequeno cálice de xerez. Věruška, dois.

Depois que a música terminou e o decantador foi levado por uma empregada, Josef pediu licença para se retirar de nossa companhia. Momentos mais tarde, ele estava de pé no corredor como um guardião convocado. Ficou evidente que seria ele quem me acompanharia até a minha casa.

Insisti que poderia ir sozinha sem problemas, mas nem Josef nem seus pais quiseram ouvir. Meu casaco foi colocado sobre meus ombros, e Věruška beijou minhas duas faces. Fechei os olhos, momentaneamente distraída pelo cheiro de xerez misturado ao perfume dela.

— Vejo você na aula segunda-feira — disse ela, antes de apertar minha mão.

Eu me virei para partir e entrei no elevador de metal trabalhado com Josef. Ele estava vestindo um casaco verde-escuro, a boca e o nariz cobertos por um cachecol de lã grossa. Seus olhos, da mesma cor do casaco, me espiavam como os de uma criança curiosa.

Caminhamos por alguns minutos sem dizer nada. A noite estava escura. O céu parecia um veludo, pontilhado por umas poucas e brilhantes estrelas.

Sentimos o frio. Era o frio que se sente pouco antes de a neve cair. Uma umidade que atravessa as roupas, a pele, os ossos.

Na rua Prokopská, ele finalmente quebrou o silêncio e me perguntou sobre os estudos. De que matérias eu gostava mais? Sempre gostei de desenhar?

Respondi que tinha dificuldade nas aulas de anatomia e, ao ouvir isso, ele riu. Respondi também que aquilo de que mais gostava, acima de tudo, era pintar.

Ele me contou que estava no primeiro ano da escola de medicina. Que desde o dia em que nascera lhe disseram que seria médico.

— Você tem interesse por mais alguma coisa? — perguntei a ele. Era uma pergunta ousada, mas o vinho e o xerez me deixaram mais confiante.

Ele ponderou brevemente aquela questão antes de parar para refletir melhor. Estávamos a uns poucos passos de distância da Ponte Charles. Longas faixas de luz emanavam dos postes a gás. Nossos rostos estavam metade dourados, metade cobertos de sombras.

— Eu amo medicina — disse ele. — O corpo humano é, em parte, ciência e, em parte, arte.

Fiz que sim e lhe disse que concordava.

— Mas existe outra parte do corpo que não pode ser aprendida nos livros, e é a parte mais desafiadora para mim.

— É o mesmo na pintura — digo. — Muitas vezes me pergunto como posso me sentir tão insegura às vezes com algo que amo tanto.

Josef sorriu. Ele virou o rosto para o outro lado por um instante antes de voltar o olhar novamente para mim.

— Lembro-me de algo na minha infância. Eu e minha irmã encontramos um pássaro ferido. Nós o colocamos com todo o cuidado sobre um lenço e o trouxemos para o nosso pai. "O que é isso?", perguntou ele, quando pousamos o passarinho em sua escrivaninha. "Ele está doente, papai", lembro que Věruška disse. Sua voz estava muito baixa, suplicante. Tínhamos trazido ao nosso pai algo que, com toda a certeza, ele seria capaz de curar. Era nisso que acreditávamos.

A essa altura, eu já estava olhando para Josef. Os olhos dele estavam repletos de lembranças.

— Meu pai apanhou o lenço com o passarinho trêmulo e o segurou entre as mãos em concha. Vi o corpo da criaturinha relaxar com o calor das palmas de meu pai. Ele o segurou pelo que pareceram ser vários minutos, antes que os movimentos do pássaro cessassem.

Josef respirou fundo.

— O passarinho tinha morrido nas mãos dele.

— Ah, que terrível — falei, levando a mão à boca. — Você e Věruška devem ter ficado arrasados.

— Provavelmente você pensou que eu iria lhe contar que quis ser médico porque vi meu pai ressuscitar algo tão frágil e machucado, não é? — Ele estava balançando a cabeça. — Mas, sabe, Lenka, eu me lembro desse incidente muitas e muitas vezes. Meu pai deve ter percebido que não poderia salvar a vida do pássaro, portanto ele o segurou com todo o cuidado entre as mãos até que a vida o abandonasse.

— Mas como deve ter sido doloroso para você e Věruška assistir a isso...

— Foi sim — disse ele. — Foi a primeira vez que percebi que meu pai não era capaz de curar tudo o que estivesse machucado, que, algumas vezes, ele podia fracassar.

Ele olhou para mim de novo.

— Tento me lembrar disso quando sinto que o desaponto.

Senti vontade de tocá-lo quando ele disse isso, mas minhas mãos permaneceram coladas às laterais do meu corpo.

— O que você tem, Lenka, que me faz sentir vontade de lhe contar todas as histórias da minha infância? — Ele se virou para mim, e seu rosto se transformou num sorriso. Soltou uma risada baixinha e percebi que ele estava tentando tornar o clima mais leve. — Seus olhos estão arregalados, enormes. Sinto como se eu pudesse entrar neles e me sentir em casa.

Quem riu então fui eu.

— Pode entrar. Posso inclusive lhe servir um café.

— E vai pôr o gramofone para tocar? Coloque Duke Ellington para mim.

— Se você quiser... — provoquei.

— E vai me oferecer sua mão para eu tirar você para dançar, Lenka? — Agora a voz dele estava cheia de luz e travessura.

— Sim! — respondi, sem conseguir represar a vontade de rir.

Ele deu uma risada. E no riso dele escutei uma grande alegria. Escutei pés dançando, o farfalhar de saias rodando. O som de crianças.

Seria esse o primeiro sinal de amor?

Escutar, na pessoa que se está destinada a amar, o som daqueles que ainda não nasceram.

✦

Caminhamos um pouco mais, atravessamos a ponte e descemos a margem do Smetanovo, até estarmos diante das grandes portas de madeira do meu edifício.

— Espero ver você de novo — disse ele.

Sorrimos um para o outro, como se ambos soubéssemos de algo que nenhum dos dois tinha coragem suficiente para dizer.

Então, em vez disso, nos despedimos.

Não trocamos nenhum beijo, apenas o mais leve roçar de mãos.

✦

Věruška, Elsa e eu continuamos a ser um trio inseparável na faculdade ao longo daquele inverno de 1937. Vestidas com nossos casacos pesados e usando nossos chapéus de pele, subíamos as compridas escadarias da Academia de Arte, tirávamos as camadas de roupas para nos proteger do frio lá de fora e sentávamos em nossos lugares diante dos cavaletes. As salas de aula eram quentes, e o vapor da condensação nublava as janelas enquanto nossa modelo vivo posava, nua, de pé, ao lado de uma cadeira coberta por um pano.

Às vezes, deitada em minha cama, eu tentava imaginar Josef. Tentava visualizar como deviam ser seus ombros, ou a fenda onde os músculos se uniam no centro de seu peito. Minha imaginação, no entanto, jamais era capaz de convencer minha mão. Meus desenhos saíam estranhos e quase todos eles terminavam amassados em bolas de papel atiradas na lixeira.

Descobri que eu tinha, sim, talento — que aparecia quando me concentrava para desenhar o rosto do meu modelo. Descobri que era capaz de enxergar coisas que passavam despercebidas com frequência a meus colegas, talvez por causa de todos os meus anos de timidez, ou de minha tendência natural à observação. Quando estava desenhando uma senhora idosa, eu me pegava fitando seus olhos pálidos, úmidos.

Enquanto outros se concentravam apenas em captar sua pele enrugada, ou o peso da carne pendendo sobre uma estrutura óssea antes robusta, eu me concentrava na pele flácida das pálpebras dela. Pensava em como poderia desenhar aquela pele delicada, parecida com duas cortinas finas como papel, como um véu cobrindo sua visão já comprometida.

Eu atenuava os contornos de seu rosto passando o dedo sobre o carvão no papel. Emprestava suavidade a ela, quando a pele de seu rosto mais parecia pergaminho do que seda. Porém, ao fazer isso, os traços do rosto da senhora — tão cuidadosamente desenhados — eram como um friso contando uma história em um trecho de mármore alvo. Pareciam ter sido entalhados em pedra.

Outra habilidade que tentei desenvolver nas aulas de pintura foi emprestar certa psicologia às minhas telas. Usava cores que não eram típicas, misturando por vezes pigmentos de azul e verde aos tons de pele para transmitir tristeza, ou colocando pequenos pontos cor de lavanda no interior das íris dos olhos para conferir melancolia, ou vermelho para transmitir paixão.

Estava intrigada com os quadros do Secessionismo, de Schiele e Kokoschka, com suas linhas cinéticas e mensagens emocionais. Nosso professor, Joša Prokop, era duro comigo e não me elogiava tão prontamente quanto fazia com outros colegas meus. Porém, por volta do fim do semestre, ele começou a reconhecer meus esforços de me arriscar nos desenhos, e eu sentia que minha confiança aumentava a cada dia. Mesmo assim, continuava trabalhando até tarde da noite para melhorar meus pontos fracos. Marta às vezes fazia o sacrifício de posar para mim. Desabotoava seu vestido de algodão e me deixava desenhar sua clavícula e seu pescoço. Às vezes me deixava desenhar também suas costas, e então eu me concentrava em retratar as asas delicadas de suas escápulas.

Quanto mais eu trabalhava, mais era capaz de enxergar o corpo humano como as partes conectadas de um quebra-cabeça. Com o tempo, aprendi como cada vértebra se ligava a outra para criar uma postura. Eu estudava livros de anatomia para aprender como cada osso se unia a outro, e por fim percebi que nossa pele não passava de uma lona encerada esticada sobre uma máquina extremamente eficiente.

⚜

Quando eu não estava em casa ou na escola, estava na casa de Věruška. Aceitava todo convite que recebia para visitá-la, na esperança de ver Josef. À noite, sonhava que era capaz de pintar seu rosto moreno e pensativo, o tom negro intenso dos cachos de seu cabelo, o verde de seus olhos.

Eu não me vestia mais despreocupadamente, sem pensar em minha aparência. Nas aulas, me arrumava de um jeito conservador, com cores escuras, quase sempre com calças e suéteres. Quando ia à casa de Věruška, entretanto, escolhia roupas que valorizavam o meu corpo. Estava perto de fazer 18 anos e sentia a pulsão do desejo. Queria atrair a atenção para mim, algo que nunca havia feito antes.

Comecei a mexer na penteadeira de mamãe quando ela não estava em casa, e passava agora pó facial e uma leve camada de batom e ruge. Era mais cuidadosa com meu cabelo; não o trançava mais em duas tranças perto das orelhas como uma menininha, mas prendia as tranças acima do meu pescoço, num coque.

Com frequência, me perguntava se era possível vestir-me apenas para minha própria indulgência, e não na expectativa de atrair o olhar de um homem. Algumas mulheres amam a sensação da seda em suas mãos, o peso do veludo sobre sua pele. Acho que minha mãe era assim. Ela sempre nos disse que existem dois tipos de mulher: as que são iluminadas pelo exterior e as que são iluminadas pelo interior. A primeira precisa do brilho dos diamantes para cintilar, mas a beleza da outra resplandece unicamente pela luz de sua alma.

Um fogo ardia nos olhos de mamãe. Sua pele corava não com a cor do ruge, mas com seu próprio sangue. Quando ela estava imersa em pensamentos, sua compleição se alterava de um tom leitoso para o rosado. Quando estava brava, ficava carmesim. E, quando estava triste, assumia um leve tom azulado. Minha mãe era elegante, mas vestia-se não para conquistar o olhar de aprovação de seu marido ou de qualquer multidão, mas para estar à altura de seu próprio ideal. Uma fantasia extraída de algum romance do século XIX, uma imagem ao mesmo tempo atemporal e eterna. Uma heroína romântica claramente feita para si mesma.

Capítulo 4

JOSEF

Meu neto diz que não sou romântico. Não discordo, pois essa impressão moldou-se pela observação dele ao longo dos anos. Ele não sabe como eu era antes da guerra, quando meu coração se enlevava por uma mulher cujo nome ele não reconheceria, e cuja foto ele jamais viu.

Casei-me com a avó dele em 1947, num apartamento mal-iluminado a poucos metros de distância do rio East. Montes de neve alta empilhavam-se lá fora, diante das escadas de incêndio, e as janelas eram tão embaçadas que pareciam de vidro fosco.

Acho que eu não conhecia Amalia havia mais do que três meses quando a pedi em casamento. Ela era de Viena, outra transplantada da guerra. Nós nos conhecemos na biblioteca pública. Ela estava encurvada sobre uma pilha de livros, e não sei se foi pela forma como ela usava o cabelo ou por seu vestido transpassado de algodão, inadequado para o clima, mas, de alguma maneira, eu soube que ela era europeia.

Ela me disse que era órfã de guerra, que tinha deixado a Áustria pouco antes do conflito. Não tinha notícias dos pais ou da irmã havia meses.

— Sei que eles estão mortos — confessou-me, sem rodeios. Imediatamente reconheci aquele tom de voz: fechado a emoções, um reflexo mecânico que funcionava apenas para a comunicação. Ela só tocava nos pontos necessários para uma conversa, como um dedo sobre um ábaco, sem fornecer nada a mais.

Ela era descorada, de pele clara, cabelo cor de mel e grandes olhos castanhos. Pude ver sua clavícula erguendo-se como o arco de um arqueiro por baixo de sua pele, e um pequenino medalhão circular aninhado entre seus seios pequenos.

Imaginei que dentro daquele medalhão estaria a foto de um amante perdido. Outro rapaz alto e moreno, levado pela guerra.

Porém, mais tarde, depois de várias semanas de encontros num pequeno café perto das minhas aulas, descobri que não havia namorado nenhum abandonado à própria morte na Áustria.

Embora ela tivesse sido obrigada a usar a estrela amarela nas semanas que se seguiram ao *Anschluss*, sua família inicialmente pôde permanecer em seu apartamento na Uchatius Strasse. Certa tarde, quando ela voltava a pé para casa da escola, pela Ringstrasse, seus olhos demoraram-se nas pedras do calçamento. Ela disse que já havia se acostumado a caminhar de cabeça baixa, pois desejava evitar contato visual com qualquer pessoa. Não sabia mais em quem podia confiar, quem era amigo ou quem poderia denunciá-la se ela o olhasse do jeito errado. Tinha ouvido muitas histórias sobre um vizinho que fora falsamente acusado de roubo, e de outro que fora preso por quebrar uma lei recém-criada que afetava os judeus. Naquele dia específico, os olhos dela viram um envelope agitando-se ao vento, preso embaixo de um pneu de bicicleta. Ela disse que não sabia o que lhe dera, mas ela o apanhou, e que, quando segurou o envelope, viu que o endereço do remetente era dos Estados Unidos: Sr. J. Abrams, da East Sixty-fifth Street, em Nova York.

Imediatamente reconheceu que aquele era um nome judaico. Disse-me que saber que havia um judeu em algum lugar do outro lado do oceano, na segurança dos Estados Unidos, deu-lhe uma estranha sensação de conforto. Naquela noite, ela escreveu para o homem em alemão, sem contar nada aos seus pais ou à sua irmã. Relatou-lhe como havia descoberto seu nome, que precisava arriscar-se, contar a alguém — a qualquer um — de fora da Europa o que estava acontecendo na Áustria. Contou das estrelas amarelas que sua mãe fora obrigada a costurar nos casacos deles. Contou do toque de recolher e do confisco da empresa de seu pai. Contou como as ruas agora estavam repletas de placas em que se liam as palavras PROIBIDO JUDEUS, como janelas eram estilhaçadas com ódio, e como a barba dos que continuavam seguindo o Talmude eram raspadas por jovens nazistas apenas por diversão. Por fim, por nenhuma outra razão a não ser porque a data estava próxima, contou a ele que seu aniversário era no dia 20 de maio.

Ela não havia realmente esperado que o Sr. Abrams respondesse à carta, porém, algumas semanas mais tarde, recebeu uma resposta. Ele escreveu dizendo que bancaria a vinda dela e de sua irmã para Nova York. Deu-lhe instruções relativas a quem ela deveria procurar em Viena, uma pessoa que lhe daria dinheiro e que providenciaria os vistos e o meio de transporte para que elas fugissem daquele país desgraçado que os traíra. Disse-lhe que ela era uma garota de sorte: eles tinham nascido no mesmo dia e ele a ajudaria.

Ele lhe disse que não havia muito tempo para a troca de correspondência entre eles, que ela deveria fazer conforme ele instruíra imediatamente e não divergir do plano. Não havia discussão; ele não tinha como providenciar a vinda de seus pais.

Quando ela contou aos seus pais sobre a carta que escrevera e a resposta do Sr. Abrams, eles não ficaram bravos como ela temia, e sim orgulhosos por ela haver demonstrado tanta iniciativa e presságio.

— O que dois velhos poderiam ir fazer num país novo, de qualquer forma? — disse seu pai às filhas enquanto os três tomavam sua bebida preferida: chocolate quente. Era da natureza dele sempre fazer piada quando sua família estava enfrentando alguma situação difícil. — Depois que todo esse pesadelo nazista acabar, vocês nos convidarão, e eu e sua mãe iremos.

Ela e a irmã viajaram de trem para Danzig, de onde partiria o vapor. Porém, quando elas embarcaram no navio, um oficial da SS olhou seus passaportes, que traziam a palavra *Jude* carimbada, e bloqueou o caminho das duas.

— Você pode ir. — Ele apontou para Amalia. Depois, para a irmã mais nova, Zora. — Você fica.

Amalia gritou com o soldado, dizendo que não abandonaria a irmã. Não era justo; as duas tinham documentos, passagens e passaportes em ordem.

— Eu decido quem embarca neste navio. Agora você decide se quer ir sozinha ou se as duas desembarcam juntas.

Amalia virou-se para descer com a irmã. Jamais a abandonaria. Abandoná-la simplesmente para salvar a própria pele era um ato de traição que ela não estava disposta a cometer.

— Vá... vá... — insistiu sua irmã, mas ela se recusou. E, então, sua irmã fez o impensável: saiu correndo, sozinha. Correu rampa abaixo e misturou-se com a multidão. Seu casaco negro e seu chapéu misturaram-se em meio ao que pareciam milhares de casacos e chapéus iguais. Era como tentar encontrar uma gota de chuva no meio de um aguaceiro. Amalia ficou ali, gritando o nome de sua irmã, procurando-a freneticamente, mas de nada adiantou. Sua irmã sumira.

A buzina do navio sinalizou a partida iminente, e Amalia viu-se parada, sozinha, sobre a prancha de embarque. Não olhou para o oficial enquanto ele examinava seus documentos pela segunda vez. Tinha certeza, pela falta de interesse do policial por ela, que ele nem sequer se lembrava de que ela fora vítima de sua crueldade arbitrária e incompreensível menos de uma hora antes. Ela entrou no navio, carregando sua mala preta surrada. Olhou para trás uma última vez — na esperança de que Zora tivesse conseguido dar um jeito de entrar escondida no navio — e depois ficou de pé, junto à amurada, enquanto levantavam a âncora e o navio se afastava do porto. Zora não estava em nenhuma parte entre os rostos que acenavam no cais. Ela sumira em meio à neblina.

Eu lhe conto a história de Amalia porque agora ela está morta. Em outubro, sua morte completará quinze anos. O Sr. Abrams lhe deu dinheiro quando ela chegou em Nova York. Ela foi encontrá-lo em seu escritório na Quinta Avenida, um escritório com paredes cobertas de painéis de madeira vermelho-escura e uma cadeira que ele girava de frente para o parque.

Ela me disse que, ao se virar para vê-la, o Sr. Abrams perguntou onde estava sua irmã. Balançou a cabeça quando ela lhe contou como tinham negado a Zora a permissão de embarcar.

— Você foi muito corajosa em vir sozinha — elogiou ele. Entretanto, ela não se sentira corajosa: sentia o peso de sua traição, como se houvesse abandonado sua única irmã à morte. Ele apanhou dinheiro de uma gaveta e o entregou a ela, junto com um papel em que estava escrito o nome do rabino Stephen Wise. Prometeu que ele a ajudaria a encontrar um emprego e um lugar para ficar.

O rabino ajudou-a a se fixar. Arrumou-lhe serviço com uma costureira do Lower East Side, onde ela trabalhava por 25 centavos a hora costurando flores nas abas de chapéus de feltro pretos. Ela economizava o que podia depois de pagar o aluguel do quarto que dividia com outras duas meninas da Áustria, na vã esperança de trazer seus pais e a irmã algum dia. No começo, recebia cartas da família, que chegavam com riscos pretos e grossos feitos por algum censor, mas então, depois que a guerra começou na Europa, as cartas dela começaram a voltar intactas. Ela ouvia as colegas de quarto repetirem boatos vagos sobre a existência de campos de concentração e transporte de pessoas, horrores que ela não conseguia acreditar serem verdadeiros. Gás e fornos, disse-lhe uma das garotas, mas essa, polonesa, era dada a exageros. Suas histórias às vezes pouco tinham de verdade. Amalia disse a si mesma que a garota devia estar louca.

Ela ficou ainda mais magra do que antes. Tão magra que dava para ver através de sua pele. Suas mãos começaram a sangrar do trabalho com a agulha e a linha durante tantas horas, e sua vista ficou ruim. Ela quase nunca saía, a não ser para ir à biblioteca, onde praticava a leitura em inglês, e continuava economizando cada centavo que ganhava para custear as passagens de sua família. Naquele primeiro dia em que a conheci, perguntei se eu poderia levá-la ao Café Vienna, um buraco na parede na esquina da West Seventy-sixth com a Columbus Avenue. Todas as noites o lugar se enchia com uma centena de judeus fragmentados; cada um de nós estava à procura de alguém perdido. As pessoas mostravam fotos e anotavam os nomes dos desaparecidos em carteirinhas de fósforos. Estávamos todos à deriva, vivos perdidos, tentando fazer conexões, na esperança de alguém ter ouvido falar de outro alguém que havia chegado — que havia sobrevivido — ou que soubesse de alguma coisa. E, quando não estávamos apertando a mão de alguém que conhecia um amigo ou o amigo de um amigo de um amigo, estávamos bebendo uísque ou scotch. Exceto a minha Amalia. Ela pedia apenas chocolate quente.

⚜

Foi assim que acabei descobrindo de quem eram os rostos que estavam guardados naquele medalhão, entende? Muito embora eu jamais os tivesse visto até a nossa noite de núpcias, quando ela tirou o colar e o pousou sobre o nosso criado-mudo. Voltei do banheiro enquanto minha nova esposa dormia, abri o pequenino círculo dourado e, em silêncio, espiei o que havia ali dentro.

O que se faz com rostos em preto e branco que não falam, mas que continuam a assombrar você? O que se faz com cartas que lhe são devolvidas do outro lado do oceano? Os mortos não respondem à sua correspondência, mas sua esposa continua lhes enviando cartas mesmo assim.

Então, penso no que meu neto diz sobre mim, que não tenho nenhum romantismo.

Se Amalia e eu conversávamos sobre aqueles que deixamos para trás? Não. Porque, se o fizéssemos, nossas vozes embargariam e as paredes nos esmagariam com a lembrança de nosso luto. Vestíamos aquele luto como alguém veste roupas de baixo — uma pele invisível, escondida dos olhares curiosos, mas pregada à nossa, mesmo assim. Estávamos vestidos com ele todos os dias. Quando nos beijávamos, quando nossos corpos se colavam um ao outro, quando nossos braços e pernas se entrelaçavam.

Teremos algum dia feito amor com vitalidade, ou paixão e luxúria desenfreadas? Tenho a impressão de que éramos duas almas perdidas agarradas uma à outra, tateando em busca de alguma sensação de peso e carne em nossas mãos — reafirmando a nós mesmos que não éramos somente dois fantasmas evaporando no vazio gelado de nossos lençóis. Mal conseguíamos pensar em nossas vidas e famílias antes da guerra, pois isso doía como um machucado que nunca se cicatriza, que fede, apodrecido, e se agarra em seu corpo como lã encharcada.

Amalia e eu estávamos em guerra com nossas lembranças. Essa é a minha principal recordação do nosso casamento. Tínhamos medo de nos afogar em todas aquelas vozes perdidas e outros tesouros perdidos de nossa terra natal. Eu me tornei médico, e ela, mãe de dois filhos. Porém, todas as noites, nos 38 anos em que eu a abracei junto a mim, era como se ela não estivesse realmente ali.

Capítulo 5

LENKA

Josef tornou-se meu segredo. Eu carregava sua imagem comigo todas as manhãs ao subir os degraus da Academia. Quando Věruška mencionava seu irmão de passagem, eu não conseguia evitar que minha face corasse.

À noite, eu imaginava a voz dele, tentava conjurar a inflexão exata de sua fala quando ele me perguntara se eu gostaria de dançar. E, depois, imaginava que estávamos os dois dançando. Nossos corpos derretendo-se um contra o outro como argila morna.

Quando Věruška e Elsa falavam dos garotos de quem gostavam, eu ouvia com atenção. Observava seus rostos se acenderem diante da perspectiva de um encontro amoroso secreto e como seus olhos se arregalavam quando elas descreviam o calor de um olhar ou o roçar de uma mão. Eu lhes fazia perguntas, e fazia também um esforço concentrado para demonstrar entusiasmo em relação aos garotos cuja afeição elas cortejavam. Enquanto isso, eu mesma guardava um segredo que às vezes tinha a impressão de que poderia me sufocar.

Eu estava em conflito, sem saber se deveria contar às minhas amigas o que sentia em relação a Josef. Houve diversas oportunidades de confessar meus sentimentos, mas, sempre que chegava perto de me abrir, receava a desaprovação de Věruška. Quantas vezes eu a escutara reclamar que Josef era o foco das atenções dos pais, e de como ela odiava voltar para casa em algumas tardes porque seu pai insistia em manter absoluto silêncio para que Josef pudesse estudar.

— Vamos comer bolo na Dåum Obcenci — sugeriu ela, tentando nos animar numa tarde depois da aula. — Josef está prestando os exames finais e, se eu voltar para casa agora, vou ser obrigada a caminhar na ponta dos pés.

— Por que ele não vai estudar na biblioteca de medicina? — Elsa balançou a cabeça.

— Acho que ele até preferiria fazer isso — disse Věruška, guardando seu bloco de rascunhos na sacola. — Mas meu pai quer ter certeza de que ele está realmente estudando.

— Coitado...

— Não vem, não! — Věruška ergueu a mão para Elsa. — Coitado nada. Ele é o diamante deles. O tesouro. O filho *único*. — Ela soltou um suspiro fingido.

Meus olhos brilharam ante a ideia dele curvado sobre a mesa da sala de jantar, correndo os dedos pelos cabelos enquanto lutava para se concentrar.

Então, por ora, eu o mantinha em segredo. Cada palavra que ele me dissera ao me acompanhar até em casa tinha sido gravada na minha memória. Cada um de seus gestos agora se movimentava na minha mente como uma dança cuidadosamente coreografada. Eu podia ver seus olhos voltando-se para mim, visualizar suas mãos sobre as minhas faces, sentir a nuvem de seu hálito pairando no ar de inverno.

O primeiro amor: não há nada parecido. Mesmo tantos anos depois, ainda consigo me recordar da primeira vez que olhei para cima e vi o rosto de Josef, a centelha de reconhecimento que desafia todas as palavras.

Foi naqueles primeiros olhares, naquelas primeiras conversas, que senti não a incerteza do amor entre nós, mas, ao contrário, sua completa inevitabilidade.

E, portanto, à noite, permitia que todos esses sentimentos nadassem pelo meu corpo. Fechava os olhos e coloria minha tela mental com pinceladas em tons de vermelho e laranja. Imaginava que seguia até ele, minha pele contra a dele, como um cobertor cálido, envolvendo-o em seu sono.

⁓⁓⁓

Věruška, Elsa e eu passamos boa parte do outono de nosso segundo ano às voltas com nossas aulas. Estávamos sendo mais cobradas do que no ano anterior. As aulas de modelo vivo, que um dia haviam sido proibidas para alunas mulheres, agora eram parte de nosso currículo. Ainda não tínhamos visto nenhum modelo masculino; apenas mulheres apareciam sobre a pequena cama com lençol em nossa classe, mas, mesmo assim, todos se esforçavam para retratar com precisão cada membro, curva e ângulo.

Na hora do almoço, nós nos sentávamos no pátio da escola para comer os sanduíches trazidos de casa, desfrutando do sol e do ar fresco. Elsa às vezes trazia pequenas amostras de cremes e perfumes da botica de seu pai. Tudo vinha embalado em frasquinhos de vidro elegantemente etiquetados.

— Experimente isto aqui — disse Elsa para mim. — É óleo de rosas. O meu preferido — disse ela, enquanto colocava meu cabelo atrás da minha orelha e pingava uma pequenina gota do óleo em meu pescoço.

— Ah, mas que cheiro maravilhoso — concordou Věruška. — Por que você nunca nos conta dos garotos de que você gosta, Lenka? — Ela me cutucou. — Elsa e eu não paramos de falar disso, mas você nunca menciona um único rapaz!

— E se eu tiver medo de que vocês desaprovem?

— Jamais! — Ela soltou um gritinho. — Conta!

Eu ri.

— Não sei se você seria capaz de guardar segredo, Věruška — provoquei.

Ela deu uma risadinha e apanhou o frasquinho de óleo de rosas da mão de Elsa.

— Nem precisa me contar — disse ela, enquanto passava um pouco do óleo atrás das orelhas. — Eu já sei quem é.

— Quem? — Elsa agora estava empolgada também. — Quem ele é?

— O Freddy Kline, óbvio! — disse Věruška, entre uma risadinha e outra.

Freddy Kline era um colega baixinho da nossa sala. Era gentil e bondoso, mas eu desconfiava que não se interessava por garotas.

Eu ri.

— Věruška, você me desmascarou.

***

Aquelas tardes de risos logo terminariam. Os negócios do meu pai começaram a enfrentar problemas quando entrei no segundo ano da Academia. No inverno de 1938, seus clientes pararam de fazer novos pedidos. Somente um deles foi sincero o bastante para dizer que estava com medo de que o associassem a um judeu. Lucie era a única gentia que conhecíamos que permanecia leal a nós. Ela continuou a nos visitar com seu bebê, um querubim gorducho que agora já andava e balbuciava, e trazia uma tão necessária vitalidade a nosso preocupado lar.

O contraste do bebê de Lucie no colo de mamãe revelava quanto ela havia começado a envelhecer. A tensão dos problemas nos negócios de papai e o medo velado do antissemitismo crescente começaram a pesar no rosto dela. Como se sua face tivesse recebido a visita de um entalhador, agora estava recoberta de linhas finas que lhe davam uma aparência mais triste, e talvez mais frágil, do que antes.

Guardo a imagem de minha mãe com a filha de Lucie, Eliška, em seu colo, como um cartão-postal de férias muito antigas. Tenho a sensação de que um dia estive na sala íntima do nosso apartamento no Smetanovo nábřeži, com o estofado vermelho sob meu corpo e uma xícara de chá apoiada entre minhas mãos em concha. Ali estou, uma filha fitando sua mãe que envelhece diante de seus olhos. Vejo a filha de minha babá, com a vida inteira pela frente, em escuro contraste com a vida de minha mãe. Nunca cheguei a pintar essa imagem, muito embora pense nela com frequência. Como poesia que é recitada mas jamais escrita, é mais poderosa porque guardada unicamente em minha cabeça.

Continuei a me dedicar aos estudos durante aquele segundo ano da faculdade. Enquanto Věruška levava seu bloco de rascunhos todas as tardes ao Café Artistes, e sentava-se sedutoramente entre a *intelligentsia* melancólica, eu voltava a pé ao apartamento de minha família para trabalhar em minhas tarefas de casa e ficar de olho em meus pais.

Eu sabia que a presença de Marta bastaria, mas estava cada vez mais preocupada com eles. Minha vida ainda não havia mudado. Eu continuava frequentando a escola e socializando ocasionalmente, quando sentia vontade. Mas o peso financeiro de sustentar a família em condições deteriorantes estava cada vez maior sobre papai. Como chuva que escorre por uma calha, as preocupações dele vertiam sobre todas nós.

Eles já tinham dispensado a empregada, e as visitas de mamãe à sua costureira, Gizela, haviam cessado. Mamãe começara a cozinhar, também. Papai tentava vender a maioria de seu inventário na esperança de diminuir despesas e economizar dinheiro. Havia boatos de talvez tentarmos emigrar para a Palestina, mas como eles poderiam iniciar uma vida nova num país onde não tinham nenhuma família, nenhum conhecimento da língua ou da cultura?

Eu ficava deitada na cama todas as noites de olhos fechados, escutando trechos fragmentados das discussões acaloradas dos dois. Odeio admitir isso agora, mas eu ainda era uma garota egoísta naquela época.

Não queria acreditar que minha família estivesse sofrendo e que nossa vida estivesse começando a se desfazer. Só queria me distrair. Então, ia para o meu quarto e tentava pensar em algo que me deixam feliz. Eu pensava em Josef.

As tensões começaram a aumentar em toda a Europa naquele mês de junho, e meus pais receberam de braços abertos a notícia de que a família de Věruška havia me convidado para passar duas semanas na casa de veraneio deles, em Karlovy Vary. Fiquei mais do que feliz ao descobrir que Josef nos acompanharia no trem.

Embora meus pais estivessem felizes por eu ter uma distração, Marta não ficou muito satisfeita.

— Você precisa mesmo ir? — Minha irmã tinha 12 anos então, e ficara particularmente amuada quando não se viu incluída no que percebia ser meu divertimento. Eu estava dobrando os vestidos o melhor que podia, porque não queria que ficassem amarrotados.

— Marta. — Suspirei. — Você iria morrer de tédio. Provavelmente vamos apenas levar nossos blocos de desenho para a margem do rio e desenhar a tarde inteira.

— Josef vai estar lá. — Ela mostrou a língua. — É por isso que você quer ir, eu sei.

Fechei a valise de couro e passei por Marta, depois puxei uma de suas tranças, de brincadeira.

— Vão ser só duas semanas — garanti. — Cuide bem de mamãe e papai, e não coma muito chocolate. — Enchi as bochechas de ar como uma criancinha gorda e dei uma piscadela para Marta. Eu me lembro de como sua pele clara ficou vermelha de fúria em resposta.

Na estação de trem, Věruška e seu irmão estavam lado a lado. Josef trajava um terno amarelo-claro, e Věruška, um vestido de verão vermelho. Quando me viu, ela deu um pulo para me cumprimentar e atirou os braços em torno de meu corpo.

Josef ficou parado, observando-nos. Seus olhos me olhavam fixamente. Quando nossos olhares se encontraram, ele desviou na direção da minha mala. Sem perguntar nada, apanhou-a e levou-a na direção do carregador, que tinha um carrinho repleto com as bagagens dele e de Věruška.

A viagem de trem para Karlovy Vary levaria três horas. Os pais de Věruška tinham uma casa de campo que ficava a pouca distância de um famoso balneário, onde era possível beber de águas curativas.

Era minha primeira viagem até lá.

— Cure-se por nós — dissera papai, com doçura. — Você vai voltar ainda mais linda. — Minha mãe ergueu os olhos de seu bordado quando papai disse isso, e eu tive a nítida sensação de que ela estava tentando memorizar a minha aparência, como se sua filhinha estivesse se transformando numa jovem mulher bem diante de seus olhos.

Eu tinha levado um bloquinho de desenho, uma lata de carvão e alguns pastéis para desenhar o campo durante aquelas duas semanas na casa da família de Věruška.

Depois de comer sanduíches de peixe defumado e tomar chá no café da estação, nós três voltamos ao compartimento de primeira classe, que já nos aguardava com nossas coisas.

Josef desabotoou o paletó e o colocou dobrado sobre nossas malas, na prateleira de cima.

Estava surpreendentemente quente, até mesmo para o mês de junho, e invejei o modo casual como Josef tirara seu casaco. Havia pouco que eu podia fazer para me aliviar do calor, e senti inveja por não poder me livrar de uma camada de roupa como ele. Certamente meu vestido não era pesado demais, mas, com a anágua e as meias-calças, e o calor humano do vagão, eu tinha medo de começar a transpirar. A ideia de manchas de suor surgindo sob meus braços era aterrorizante. Queria ficar ali sentadinha em meu vestido como uma Madonna medieval, e não como uma mendiga esfarrapada com umidade embaixo dos braços. Meu plano de atrair Josef estava começando a ir por água abaixo.

Ainda tínhamos mais vinte minutos de espera antes de o trem partir em nossa longa viagem, e eu esperava que Josef fosse abrir a janela. Mas, em vez disso, ele ficou sentado diante de Věruška e de mim, as pernas cruzadas, os dedos correndo distraidamente pelos cabelos.

— Josef! — reclamou Věruška pouco depois para o irmão. — Por que você, por favor, não abre essa janela? — Ele se levantou e forçou a janela a abrir-se. Os ruídos da estação entraram depressa em nosso compartimento: famílias manuseando suas bagagens, despedidas apressadas, carregadores gritando que o trem iria partir dali a quinze minutos. Fechei os olhos e desejei que já tivéssemos chegado. Mas a brisa que entrava pela janela do trem me refrescou, e senti que Josef não tinha se esquecido de sua companheira de viagem acalorada, pois ele não parava de levantar os olhos do livro que estava lendo para olhar furtivamente em minha direção.

Saímos da estação no horário, e Věruška foi tagarelando a viagem inteira. Josef retirara um livro de sua mala, e invejei sua capacidade de não prestar atenção na irmã. Se a viagem tivesse sido menos sacolejante, talvez eu tivesse apanhado meu bloco de desenho e pedido para desenhar os dois irmãos, mas eu sabia que minhas mãos não teriam firmeza suficiente com as rodas deslizando sob mim.

Pegamos uma carruagem puxada a cavalos quando chegamos a Karlovy Vary, passando pela cidade com suas fachadas coloridas e telhados pontiagudos. Josef deu o endereço e as direções ao motorista. Quando me pegou olhando para ele, retribuiu meu olhar com um ligeiro sorriso. Não tínhamos conversado muito durante a viagem de trem. Eu havia respondido à tagarelice de Věruška com um ouvido diligente e atento, enquanto Josef conseguira ler seu livro quase por inteiro.

Ao chegarmos à casa dos Kohn, bem no meio das montanhas, eu soube quase imediatamente que teria amplas oportunidades de desenhar. A paisagem era exuberante e majestosa, com trechos verdejantes que me faziam lembrar as ilustrações dos contos de fadas e os reinos de madeira dos livros da minha infância. O cheiro das flores silvestres, dos tremoceiros e dos ásteres pontilhava a paisagem. A casa era antiga e linda, com um alpendre amplo e um torreão boêmio que parecia capaz de perfurar o céu.

Fomos recebidos calorosamente por uma velha senhora chamada Pavla, que mais tarde vim a saber que fora a babá de Josef e Věruška quando eles eram pequenos. Josef abaixou-se para dar um beijo nas duas faces de Pavla, suas mãos grandes quase envolvendo toda a cabeça pequenina e redonda da mulher.

— Seus pais chegaram ontem à noitinha e decidiram ficar no balneário até esta noite — disse Pavla a eles. — Preparei os biscoitos preferidos de vocês, aqueles com geleia no meio. Querem comê-los agora com chá? — Eu tive de reprimir a vontade de rir, porque ela falava com os dois como se eles ainda tivessem 3 anos.

Josef fez que não, mas Věruška, que estava sempre com fome, saltou ansiosa diante daquele convite.

— Ah, sim, Pavla! Seria maravilhoso! — Ela se virou para mim. — Você vai precisar se desintoxicar no balneário depois de duas semanas comendo a comida de Pavla. Estaremos tão gordas quanto gansos recheados quando voltarmos a Praga.

— Só preciso me lavar, e então me juntarei a vocês — prometi. Estava ansiosa para desfazer as malas e trocar de roupa.

— Deixe que eu levo sua mala, Lenka — ofereceu Josef. Sua mão já tinha apanhado a alça.

Tentei impedi-lo, mas ele já estava caminhando na direção das escadas.

— É por aqui — disse ele.

Fui caminhando atrás de Josef, subindo a escada sinuosa, a sombra dele e a minha movendo-se como dois recortes contra as paredes brancas. Quando chegamos ao quarto de hóspedes, ele colocou minha mala no chão e foi até a janela que dava de frente para as montanhas. Lá embaixo, havia um jardim repleto de rosas e uma grande área externa, com uma antiga mesa de madeira e algumas cadeiras de metal pintadas de branco.

— Pronto — disse ele, abrindo as duas portas de vidro. — Agora você pode respirar todo o ar fresco de que precisa. E vamos torcer para não haver nenhum pássaro moribundo no jardim. Eu ficaria muito constrangido se não conseguisse ressuscitá-lo para você.

Eu ri.

— Espero que seus poderes de cura não sejam necessários, nem para passarinhos nem para Věruška ou para mim!

— Bem, vou deixar você descansando antes do jantar, então. Você deve estar cansada da viagem.

Olhei para ele e assenti.

— Um descanso vai me fazer bem.

Enquanto eu o levava até a porta, senti o calor espalhando-se pelo meu rosto. Só depois que ele saiu do quarto e fechou a porta completamente atrás de si é que fui capaz de me acomodar. Somente então, enquanto o rubor da minha pele começava a se dissipar, é que retirei as sandálias, estiquei as pernas na cama e fechei os olhos. Minha cabeça encheu-se de pensamentos sobre Josef enquanto a brisa acariciava a minha pele.

✿

Naquela tarde eu estava sem fôlego ao atravessar a casa. Os lustres de cristal cintilavam à luz do sol. Belos e grandes móveis entalhados de estilo boêmio e belas louças já estavam sobre a mesa de jantar, ao lado de altas taças de vinho de vidro soprado. No centro, Pavla arrumara um vaso cheio de margaridas.

À noite, o mesmo vaso foi rearrumado com rosas. A sala de jantar, que horas antes estivera repleta de luz do sol, agora estava escura, a não ser pelo tremular baixo das velas. Taças altas de vidro desenhado estavam servidas de vinho tinto. Pratos de porcelana ladeavam a mesa, e uma jarra alta de prata lançava um reflexo retorcido.

Eu tinha me esquecido de quanto os pais de Věruška e Josef eram diferentes dos meus. Após alguns cumprimentos educados em minha direção, o Dr. Kohn perguntou a Josef sobre seus estudos durante todo o jantar.

— Que leituras você trouxe para cá, Josef?

Josef parou por um segundo de cortar sua carne.

— *O Amante de Lady Chatterley*, pai.

— Estou falando sério, Josef.

— É sério, pai. As descrições anatômicas estão se provando de grande utilidade para meus estudos, entre outras coisas.

Josef olhou em minha direção por cima de sua taça de vinho. Estava sorrindo e seu lábio superior estava escurecido por causa do vinho. Ele parecia um pestinha, um menino travesso querendo ganhar um sorriso meu.

Věruška e eu quase engasgamos com nosso vinho de tanto rir, mas o Dr. Kohn não pareceu achar graça nas piadinhas do filho. Embora sorrisse ante as pequenas anedotas de Věruška, o Kohn mais velho tolerava muito menos leviandade por parte do filho.

— *Seus* estudos são importantes, Josef.

O rosto de Josef ficou vermelho.

— Claro que são.

— Ser médico não é apenas uma profissão; é uma honra.

— Compreendo isso.

— Compreende mesmo? — O Dr. Kohn levou um guardanapo aos lábios. — Eu sempre me pergunto se você entende. Perdi as contas da quantidade exata de crianças que eu já trouxe a este mundo — proferiu o Dr. Kohn. — Mas nada era mais importante para os pais delas, e sou abençoado por tê-los ajudado.

— Sim, pai.

— A prática da medicina não é algo que se deva encarar com leveza.

Enquanto o Dr. Kohn falava duramente com o filho, tentei imaginar o pássaro machucado em suas mãos. Desejei que ele pudesse ser tão doce com Josef quanto fora com a ave, que se permitisse sorrir em sua companhia, sem questioná-lo tão incansavelmente. Àquele homem, que soubera exatamente o que fazer com um pássaro frágil e ferido, faltava o instinto de fazer o mesmo com seu filho.

Percebi que Josef estava tenso com os olhares carrancudos do pai; sua mandíbula estava rígida e seu rosto agora era sério.

Quando olhei para Věruška, foi a primeira vez que vi semelhança entre ela e sua mãe. As duas pareciam bonequinhas de porcelana, as cabeças abaixadas, os olhos fitando, imóveis, seus pratos.

No reflexo da jarra de prata, vi meu próprio rosto. Um sorriso forçado, que disfarçava uma expressão de reprovação.

Capítulo 6

JOSEF

Amalia costumava ficar chateada com o fato de que todas as noites, depois de voltar do hospital, eu me trancar no meu escritório durante meia hora. Ela sempre deixava o jantar à minha espera em cima da mesa. O trivial: um assado, uma cesta de pão de centeio e uma verdura cozida demais. As únicas vezes que eu comia meu jantar ainda quente eram nas noites em que não havia nenhum parto, o que era raro.

Não havia chave na porta do meu escritório, mas Amalia e as crianças sabiam que não deviam me incomodar ali. Meus dias no hospital eram longos e caóticos, e eu precisava de alguns minutos de privacidade para clarear meus pensamentos.

Tornara-me obstetra porque estava cansado de ser assombrado pela morte. Havia algo de reconfortante no fato de minhas mãos serem as primeiras a tocar um novo ser humano assim que ele nascia neste mundo. Trazer vida a este mundo é um dom, devo lhe dizer; é um milagre sempre que isso acontece.

Eu mantinha uma lista de todas as crianças cujo parto eu fizera, desde a primeira, em 1946, até a última, antes de me aposentar. Em um livro-razão encadernado de couro vermelho, dividia as informações em colunas com o nome do recém-nascido, o sexo e o peso ao nascer, e se o parto fora normal ou, o que era menos comum, uma cesariana.

Eu me pergunto se meus filhos irão encontrar este livro depois que eu morrer. Espero que entendam que não era um ato de vaidade de minha parte. Ao me aposentar, eu fizera o parto de 2.838 crianças. Todos os nomes que registrei eram tão significativos para mim quanto o primeiro. Sempre que eu pousava a ponta da caneta no espaço em branco do papel pautado, parava para pensar no milhão e meio de crianças que haviam morrido no Holocausto. Imaginava que, após tantos anos de profissão, meus sentimentos de estar honrando os mortos fossem diminuir, mas isso jamais aconteceu. Ao contrário, aumentaram ainda mais, quando me tornei pai e avô. Quando olhava para os meus filhos, entendia como meu pai devia ter se sentido diante da ameaça de extinção de sua família. Quantas vezes aninhei-os em meus braços, sem entender que tipo de maldade poderia desejar extinguir essa alegria, essa criação singularmente tão perfeita?

Meu amor pelos meus filhos era tão intenso que ocasionalmente desencadeava algo que se aproximava do pânico. Eu me via obcecado por cada aspecto do bem-estar deles. Compartilhava dos surtos de preocupação de Amalia durante os dolorosos processos de nascimento dos dentes deles, e de sua primeira febre ou gripe. Olhava cheio de desconfiança para o pediatra de nossos filhos. Ele crescera no conforto de Forest Hills, e não tinha nenhuma experiência com a ameaça de tifo ou difteria. Parte de mim percebia que meu comportamento era irracional, mas outra parte acreditava que tal vigilância era algo que simplesmente vinha junto quando alguém se tornava pai.

Eu sentia uma dor, uma amargura melancólica em meu coração, pelo fato de meu pai não ter vivido para me ver abraçar meu papel tanto de pai como de médico. Por que somente agora, anos após a morte de meu pai, é que eu finalmente entendia todas as rugas em seu rosto? Teria eu demorado tanto assim a reconhecer que, agora, eu parecia exatamente como ele? Agora, quando imaginava seus olhos, podia ver o olhar que ele endereçava a uma paciente em dor, ou aquela devastação silenciosa — tão pessoal que desafiava as palavras — que tomava conta dele quando perdia uma criança durante um parto.

Pude então finalmente descartar as camadas de sua formalidade, de sua rigidez, e enxergar a parte humana que estava escondida por baixo. Pude ver como me debatia com minhas próprias expectativas em relação ao meu filho — expectativas que provavelmente jamais se cumpririam — e entendia quanto meu pai deve ter se sentido frustrado comigo.

Em algumas noites, desejava poder trazê-lo de volta e sentá-lo diante de mim. Então eu lhe diria que agora entendia o que ele estava sempre tentando me dizer, que existe uma santidade em nossa profissão. Que eu finalmente entendia que minhas mãos eram abençoadas por segurar algo tão sagrado quanto um recém-nascido retorcendo-se, aos berros, em seus primeiros instantes de vida.

Esses, entretanto, são apenas alguns de meus muitos arrependimentos. Tais pensamentos, eu guardava escondido, junto com tantas outras coisas. Do mesmo modo como o medalhão de Amalia estava sempre bem fechado, minhas cartas a Lenka devolvidas pelo correio ficavam escondidas entre antigas caixas de sapatos da Alexander's e da Orbach's. Eu me vejo sozinho, em meu escritório, com a porta fechada, buscando consolo em um livro-razão com 2.838 nomes.

Capítulo 7

LENKA

Aquelas duas semanas em Karlovy Vary foram mágicas. Eu acordava todas as manhãs com o cheiro do pão recém-assado de Pavla e da grama molhada na brisa. Tomávamos o café da manhã do lado de fora, ao som dos passarinhos e vendo um ou outro coelho que saltitava por perto. Pavla trazia morangos silvestres para a mesa, uma tigela cheia de conservas caseiras, cestas de pães quentes e um bule de café recém-passado em uma bandeja de prata. Věruška não tinha vontade de desenhar ou pintar durante a nossa estada ali, e deixou claro para quem perguntasse que só pretendia descansar muito e passar algum tempo comendo coisas gostosas.

Durante o café da manhã, eu geralmente tentava observar Josef pelo canto do olho. Ele costumava chegar depois de mim, o cabelo negro desalinhado pelo sono. Não falava muito pela manhã, concentrando-se mais na comida do que em conversas. Quando Věruška chegava, com a camisola saindo por baixo do robe de linho, eu sempre me sentia meio que aliviada de ouvir seu falatório.

Depois do café, eu arrumava uma pequena mochila com meu bloco de desenho e uma latinha com pastéis a óleo, e me aventurava no campo para desenhar. Não sabia quando teria uma chance de ir para o interior novamente, e desejava desenhar a natureza o máximo que pudesse.

Quando eu deixava a casa todas as manhãs, Josef em geral já estava deitado em uma das espreguiçadeiras de metal dos Kohn com um livro no colo. Esticava os pés, com os tornozelos cruzados. Às vezes olhava para mim, desviando o olhar do livro, mas outras vezes não desgrudava os olhos do que estava lendo.

— Você está indo desenhar? — perguntou ele para mim na primeira tarde. Na segunda e na terceira vez que saí, ele apenas fez um sinal com a cabeça, sem comentar nada. Depois de quatro dias disso, ele levantou os olhos do livro de medicina e perguntou se poderia ir junto.

Eu o imaginava me fazendo essa pergunta quase todas as noites. Na minha imaginação, eu sempre era ousada e respondia: "Claro". Mas agora, que a pergunta dele pairava no ar, eu ficara parada em silêncio como uma criança estranha, a cabeça confusa.

Olhei para baixo, para meu vestido de verão, como se ele pudesse responder por mim. O algodão da saia estava amassado, e os sapatos, sujos depois de dias de caminhada pelo terreno mais além do jardim da casa.

— Se preferir ir sozinha, vou entender — disse ele, com suavidade.
— Fico curioso, querendo saber para onde você vai todas as tardes.

Finalmente consegui me virar para ele e sorri.

— Cada dia é um pouco diferente. Ficaria feliz se você me acompanhasse.

Andamos a primeira metade do caminho em silêncio, nossos passos sobre a terra macia e silenciosa. Como não havia uma trilha definida, eu tinha aprendido a não me incomodar com os galhos ou os espinhos dos arbustos. Podia ouvir a respiração de Josef atrás de mim, que ofegava à medida que íamos subindo o morro. Comecei a ter medo de não conseguir mais encontrar o lugar que eu visitara no dia anterior, mas, justamente quando já estava perdendo as esperanças, o pequeno vale abriu-se bem à minha frente e eu me virei para olhar para Josef.

— É aqui — falei, e apontei para baixo. Ele se aproximou, quase roçando meu ombro quando veio olhar melhor. Estava tão perto de mim que eu podia sentir o cheiro fraco de sabonete desprendido pela sua pele.

— Eu costumava andar por essa floresta com Věruška — disse ele, virando-se para mim. — Procurávamos morangos no verão e cogumelos no outono. Levávamos cestas e trazíamos para casa, para Pavla, tudo o que encontrávamos. Ela nos mostrava como lavar cada coisa. Com coisas delicadas, é preciso ter cuidado.

Ele sorriu e olhou para mim.

— Nunca tinha visto o vale desse ângulo. É impressionante, mas você está me mostrando algo novo. E eu que pensava que conhecia cada canto dessa floresta.

Eu ri, nervosa.

— Encontrei esse lugar quase que por acaso... Estava caminhando e vi aquela árvore caída, ali. — Apontei para um velho tronco oco. Sua casca seca me intrigara, e seu interior escuro formava uma composição interessante com o musgo verde brilhante. — Mas, depois que eu a desenhei, fui caminhando mais adiante e descobri isso.

Josef apontou para o lado esquerdo do vale, onde a cúpula da igreja da cidade parecia perfurar as nuvens baixas.

— Você tem olhos de águia, hein?

— Gostaria que meu talento estivesse à altura deles. — Suspirei e retirei a mochila dos ombros.

Ele balançou a cabeça.

— Tenho certeza de que seu talento é proporcional à sua modéstia.

Ele estava me encarando, sem se mexer. Estávamos a sós pela primeira vez, e eu sentia o medo inundando o meu corpo.

Meus dedos seguravam as alças da mochila e meu corpo ficou rígido enquanto estávamos ali parados, sem jeito, em meio ao silêncio da floresta.

Ele estendeu o braço por um segundo, e eu achei que fosse desmaiar quando ele o aproximou de mim.

— Posso ver o que você já fez até agora? — Josef estava estendendo o braço não para mim, mas para a mochila.

Vi suas mãos apontando para o bloco de desenho.

Eu me ajoelhei no chão e o retirei da mochila. O papel pesado e branco estava coberto de desenhos que eu havia feito na última semana. Alguns eram melhores do que os outros, e meu preferido era o da árvore caída.

Virei para aquela página e o mostrei a Josef. Senti sua respiração junto ao meu pescoço. Senti frio, e meu corpo estremeceu quando ele se aproximou um pouco mais. Apesar disso, ainda não estávamos nos tocando.

Sussurrei baixinho:

— Ainda não está terminado.

Josef pousou o dedo nas manchas de verde e marrom situadas na base da página e tocou-a suavemente.

— Que lindo! Tão delicado... é quase como se estivesse se movendo.

— Tem defeitos — falei, apontando para a imagem da árvore. — A perspectiva está errada.

— Para mim, está perfeito — respondeu ele.

Fechei o bloco e o coloquei no chão. Ele fez menção de apanhá-lo novamente, mas eu o impedi.

— Lenka — murmurou ele, quando nossas mãos se roçaram pela primeira vez.

Aquele primeiro toque. Uma pluma contra a minha pele.

Ele encontrou a pequena marca de nascença na parte interna do meu antebraço e deslizou o dedo sobre ela. Senti o mais leve dos impulsos vindo de Josef, como se ele estivesse me orientando a me virar para ele.

— Lenka. — Ele repetiu meu nome.

Ao ouvi-lo, virei a cabeça para encará-lo.

Hesitamos e, então, senti as mãos dele indo dos meus braços aos meus ombros. Ele respirou fundo, como se estivesse inspirando o ar dos meus próprios pulmões, tomando-o para si.

As palmas dele roçando meu pescoço, antes de pousarem em minhas faces.

Seus lábios sobre os meus.

Seu beijo como um relâmpago em meu peito. Asas de libélula batendo contra um frasco de vidro.

Fechei os olhos. Josef Kohn me tocando, suas mãos gentilmente mapeando as superfícies escondidas do meu corpo, a boca percorrendo minha pele nua.

❧

Naquela noite, olhamos um para o outro por sobre a luz das velas, a serenata das vozes dos pais dele e de Věruška como uma melodia abafada em nossos ouvidos. Nenhum dos dois tem muito apetite para comida ou vinho.

A sala de jantar é branca. Paredes brancas. Cortinas brancas. Um lustre de cristal pendendo sobre o centro da mesa redonda, sua luz perfeita e suave.

Mas, por dentro, eu era chama. Carmesim. Escarlate. Vermelho-rubi. O calor do meu corpo eram brasas contra o algodão do meu vestido.

— Está tudo bem, Lenka? — sussurrou Věruška para mim durante o jantar. — Seu rosto está vermelho.

Tamborilei um dedo na taça e tentei sorrir.

— Deve ser o vinho...

— Mas você não tomou nem um gole. Eu estava observando você.

Balancei a cabeça.

— Estou bem.

Ela ergueu uma das sobrancelhas e me lançou um olhar intrigado.

Tentei não levantar a cabeça. Sabia que, se meus olhos se cruzassem com os de Josef, eles iriam me denunciar aos outros.

Por isso mantive a cabeça baixa como uma freira em profunda oração.

Embora meus pensamentos estivessem bem longe de ser puros.

Ele me procurou de madrugada. Abriu a porta com um movimento lento e cauteloso.

Seu cabelo preto estava em desalinho, os traços de seu rosto cheios e maduros. Estava segurando uma vela, e a pousou em algum lugar.

— Lenka, você está dormindo? — sussurrou.

Eu me apoiei sobre um cotovelo. A escuridão envolveu o quarto. Apenas a chama de uma vela. Um raio de luar. Ele puxou os meus lençóis e eu me curvei para a frente, ficando de joelhos.

Abracei seu pescoço. Ele tocou minha camisola; a polpa de seu dedo como um fósforo.

Era essa a sensação do beijo do homem amado? Tudo era fogo, calor; a cor púrpura. Índigo. O vermelho-azulado em nossas veias antes de encontrar o ar.

Senti vontade de beijá-lo para sempre. Meu corpo era como areia sob o dele, modificando-se para se encaixar em suas formas, a pressão do seu peso contra o meu.

— Me dê as suas mãos — murmurou.

Levantei as palmas à minha frente e ele as segurou. Seus dedos se entrelaçaram nos meus.

E, então, ele caiu sobre mim. Beijando meu pescoço, movendo a mão para baixo e para cima pelo meu corpo, por cima de minha camisola, e depois por baixo.

Ele era ao mesmo tempo suave e curioso, como um garotinho que finalmente recebia a oportunidade de explorar o que antes lhe era proibido. Mas havia também a força de alguém mais maduro, mais afinado. Alguém que sabia exatamente aquilo de que tinha fome.

A fome. O desejo de comer tanto a carne como o caroço da fruta. De lamber cada gota de sumo entre meus dedos. De engolir cada semente. De conhecer o gosto em sua inteireza.

Quando passei a sentir essa fome?

Josef gemeu baixinho, e beijou-me de novo. Senti sua respiração e seu coração acelerados sobre o meu peito.

— Eu seria capaz de ficar beijando você para sempre, Lenka — disse ele.

Abracei-o com mais força ainda.

Ele puxou uma de minhas mãos contra seu peito.

— Acho melhor eu ir, senão vou fazer algo de que vou me arrepender depois.

Ele beijou a ponta dos meus dedos e depois os pressionou contra seu coração.

Rolou de lado e colocou sua camisa de dormir. Observei suas pernas caminharem pelas tábuas do assoalho, seu reflexo no espelho de pé. Ele alcançou a porta, tocou a maçaneta e se virou para me olhar uma vez mais.

— Josef — sussurrei. — Já estou com saudades.

⁂

Como aquelas duas semanas haviam passado assim tão depressa? Acordei na manhã seguinte como se estivesse em transe. Tinha dormido uma hora no máximo, quem sabe. O espelho do meu quarto já não guardava mais o reflexo de Josef, e sim o meu. Minhas tranças estavam parcialmente desfeitas, minha camisola desabotoada em cima. Meu rosto, entretanto, estava saturado de cor, e meus olhos brilhavam, apesar de eu não ter dormido.

Senti o cheiro de Josef em mim. Imaginei que ele tivesse deixado uma trilha de impressões digitais sobre o meu corpo, imprimido os caminhos que sua língua traçou em meu pescoço, minhas bochechas, minha clavícula e minha barriga. Eu não queria pensar na realidade horrível de que o dia seguinte seria nosso último em Karlovy Vary. Logo estaríamos naquele compartimento do trem. Evitaríamos nos olhar; Věruška ficaria tagarelando e nós dois assentiríamos, fingindo escutar o que ela dizia, quando, na verdade, a única coisa em que estaríamos pensando era um no outro.

Na noite anterior, tínhamos concordado em partir separadamente depois do café da manhã e nos encontrar no vale onde nos beijamos pela primeira vez. Dali, ele me levaria ao seu local favorito.

Cheguei antes de Josef, com um vestido da cor do céu. Carregava um cesto cheio de morangos que eu havia colhido pelo caminho.

Os morangos pareciam ficar mais maduros a cada minuto que passava. Eu sentia o seu perfume, mas ele só me fazia ansiar por algo bem diferente da fruta. A única coisa que conseguia pensar era em Josef em meus braços. O peso dele pressionando o meu corpo. O sal de sua pele. O gosto de pêssego em sua língua.

Olhei para o relógio de pulso. Ele estava atrasado e meu coração batia nervosamente. E se ele não viesse? Minha cabeça se enchia de pensamentos insuportáveis para mim.

— Lenka! — Finalmente ouvi sua voz, e o som dela fez toda a minha pele ganhar vida.

— Eu já estava começando a ficar preocupada — falei, correndo até ele.

— Demorou um pouco até eu conseguir me livrar de Pavla — disse ele. — Ela não parava de insistir para que eu comesse mais salsichas!

Ri, mas devo ter parecido brava, porque minha risada era mais uma liberação de tudo o que eu estivera guardando por dentro do que por achar graça da atitude de Pavla.

— Mamãe e papai decidiram no último instante que não vão ao SPA hoje, que ficarão em casa, e isso me atrasou também.

— Você está aqui agora — falei baixinho. As mãos dele seguraram as minhas, e eu o deixei apanhar o cesto. — Isso é o que importa.

Ele me beijou, e, dessa vez, não havia nem uma pontada de hesitação.

Caminhamos até uma clareira com um belo lago natural, rodeado de rochas e grandes árvores. Era um oásis no meio da floresta.

— Eu costumava nadar aqui com Ruška. Eu a ensinei a nadar, em algum verão.

— Você não me disse que a gente ia nadar! — falei, preocupada. — Não trouxe maiô.

— Era o meu plano... está um dia tão quente, Lenka, que seria crueldade não sugerir um mergulho!

Observei enquanto seus dedos moviam-se habilidosamente para desabotoar a sua camisa.

— Não tem nada de indecente em nadar com nossas roupas de baixo. — Ele sorriu.

Fiquei olhando Josef tirar as roupas até ficar apenas de camiseta e calça de baixo. Na noite anterior, eu era como uma pessoa cega, apalpando os planos de seu corpo, capaz apenas de ter vislumbres dele à luz da vela. Mas agora eu podia ver todos os contornos e detalhes.

Ele estava bronzeado por ter tomado sol nos últimos dias. A musculatura de seus ombros e costas fazia com que eles parecessem moldados em argila.

— Vem! — disse ele, brincalhão, fazendo um gesto para que eu me juntasse a ele. Josef correu pela terra coberta de palha e saltou de uma das rochas altas.

De repente, uma onda enorme saltou sobre mim, o que me fez soltar um gritinho.

— Você me encharcou! — Eu ri, enquanto ele subia para tomar fôlego.

— Tem certeza de que não quer entrar também? Você já está molhada.

Parte de mim desejava fazer isso, mas a luz do dia me tornava mais tímida e menos audaciosa do que na noite anterior.

— Quando eu trouxer meu maiô, seu bobo! — respondi.

— Vamos embora amanhã... — gritou ele em resposta. — Quando vamos ter outra chance?

Pensei no assunto e resolvi ir contra a minha natureza.

— Vire-se para o outro lado, Josef Kohn — ordenei, enquanto tirava quase todas as minhas roupas.

Ele obedeceu, mas jamais terei como saber se trapaceou e acabou olhando. Saltei da rocha mais próxima e mergulhei de cabeça no lago. A sensação da água gelada em minha pele, envolta em nada mais do que minhas calças de baixo e minha camiseta, era maravilhosa.

Quando nadei até Josef, ele agarrou meus braços escorregadios e me puxou para perto de si, aplaudindo minha coragem com mais um beijo perfeito.

Capítulo 8

JOSEF

Amalia pintou as paredes de nosso apartamento da cor da gordura de frango. Instalou carpete cor de terra, e móveis castanhos pesados, com estofados grossos comprados na loja de dois irmãos judeus do Lower East Side. Ela se vestia com roupas de algodão de estampas simples, uma faixa amarrada em sua cintura fina, o cabelo puxado para trás e o rosto sem maiores adornos — a não ser algumas poucas gotas de suco de beterraba nos lábios.

Ela sempre tomava seu café sem leite e seu chá sem açúcar. O rádio da nossa sala tocava Benny Goodman ou Artie Shaw, mas ela nunca dançava. Em vez disso, marcava o ritmo com o pé na perna da cadeira quando pensava que eu não estava olhando. Seu rosto sempre mudava quando eu colocava a agulha em nossa vitrola e tocava as músicas de Billie Holiday. Aquelas canções melancólicas, doloridas e tristes transportavam Amalia para algum lugar distante. Algum lugar dentro de sua cabeça, aonde eu não era convidado a ir.

> *Black bodies swinging in the southern breeze,*
> *Strange fruit hanging from the poplar trees.**

---

* Em tradução livre: "Corpos negros balançando-se à brisa do sul / Frutos estranhos pendendo de álamos." (*N. da T.*)

Às vezes eu a via morder a borda do lábio, como se estivesse reprimindo a vontade de chorar. Outras vezes a via assentindo, como se estivesse num diálogo silencioso com a cantora. Embora eu nunca tenha visto Amalia dizer uma única palavra de qualquer uma das músicas, quando o disco chegava ao final, ela se levantava, ia até a vitrola e reposicionava a agulha, e a voz de Holiday, mais uma vez, preenchia a sala.

Os brinquedos e ursinhos de pelúcia de nosso filho lotavam o cercadinho; bonecas e panelas encheriam o mesmo espaço quando nossa filha chegasse, três anos mais tarde. Nossos vizinhos na East Sixty-seventh Street continuavam estranhos. Todos os dias, Amalia vinha empurrando o carrinho de feira de vinil, repleto de frutas, pão da padaria alemã e carne do açougueiro kosher, e fazia um leve aceno de cabeça ao nosso porteiro, Tom. Ela se forçava a sorrir para as pessoas no elevador. Se nossos filhos estivessem com ela, ela os segurava como um marinheiro prestes a se afogar se agarra a uma boia salva-vidas. Talvez fosse o espaço apertado do elevador, e todos aqueles corpos aglutinados num espaço pequeno, que a incomodasse. Ou talvez fosse apenas porque Amalia não gostasse muito de papo furado.

— Com fome? — perguntava à nossa filha. — Aqui, torrada e manteiga.

À noite:

— Chateado? Problemas no hospital? — perguntava-me. Eu assentia, colocando meu pijama desbotado.

No nosso quarto, não havia nenhuma foto, nenhum quadro, nenhum espelho. O único som familiar era o ruído metálico de seu velho medalhão caindo na gaveta.

Ela desabotoava seu vestido simples sem dizer nada. Seu corpo nu tinha uma aparência infantil, embora ela tivesse dado à luz duas crianças. Braços e pernas magros, pálidos, dois minúsculos mamilos em um peito que sempre batia silenciosamente.

Eu a abraçava e pensava em outras pessoas.

Ela me soltava e fazia o mesmo.

Capítulo 9

LENKA

Em Karlovy Vary, fizemos as malas como pessoas enlutadas vestindo-se para um funeral. Nenhum de nós desejava voltar para a cidade. Pavla preparou uma cesta cheia de sanduíches e bolinhos, junto com uma garrafa térmica com chá.

Na noite anterior, não consegui comer absolutamente nada no jantar. Eu me sentia mudada com aquele primeiro nado, a sensação do beijo de Josef. Como eu poderia suportar a viagem de trem de volta com ele e Věruška no mesmo compartimento? Assim, estava preocupada enquanto descia as escadas para encontrá-los à minha espera no corredor. Quase tropecei em meus próprios pés.

— Você às vezes é tão desastrada, Lenka, mas de algum jeito consegue estar sempre linda. — Věruška riu.

Eu achei aquele comentário estranho, porque Věruška é que sempre estava linda. Suas faces estavam sempre coradas por conta de alguma travessura, e ela nunca era atormentada pela timidez. Ninguém conseguia iluminar um ambiente como Věruška, principalmente quando ela estava usando um de seus vestidos vermelhos favoritos.

Quando olhei para Josef, senti o peso de sua preocupação. Seria difícil não olhar um para o outro. Não se tocar.

No vagão, ele sacou seu livro, mas não o vi virar mais do que umas poucas páginas. A cada tanto, sentia seus olhos olhando furtivamente para mim. Tentei, sem muita disposição, desenhar, mas não consegui. Tentei firmar a mão, mas o lápis balançava por causa das rodas do trem.

Nós dois recebemos bem o falatório de Věruška. Ouvimos enquanto ela tagarelava sobre os vários garotos da nossa classe. Tomáš, que falava alto e era chato, mas era dono de um rosto capaz de derreter pedra, ou Karl, o mais quieto de todos, que, mesmo assim, parecia inteligente e sincero. Eu não tinha nenhum arquivo como aqueles em minha cabeça. Só havia Josef, e mais ninguém.

<hr style="border:none;text-align:center">

Eu só tinha me ausentado por duas semanas, mas, quando voltei para casa, tudo parecia mudado. Entrei num apartamento silencioso. Minha mãe estava sentada numa das poltronas de veludo vermelhas, o rosto empoado manchado de lágrimas. Meu pai, com as mãos na testa, pressionava o cotovelo na prateleira da lareira.

Minha irmã sussurrou para mim. Houvera um incidente no depósito de papai. Uma garrafa de álcool com um pavio imerso em gasolina fora atirada pelas vidraças, provocando um incêndio. A destruição fora total. Papai, sussurrou Marta, encontrou apenas cinzas. Somente uma das paredes continuou de pé, e, nela, alguém rabiscara ŽID. Judeu.

Corri até a minha mãe e a abracei. Ela me apertou com tanta força que achei que suas unhas pudessem rasgar o tecido às minhas costas.

— Estou com tanto medo, Lenka — disse, às lágrimas. Nunca antes eu havia escutado a voz de mamãe tão amedrontada. Aquilo me aterrorizou.

As mãos de papai agora estavam enfiadas em seus cabelos. Os nós de seus dedos, brancos como mármore, as veias de seu pescoço pulsando, azuis.

— Somos tchecos! — gritou ele, irado. — Quem me chamar de *Žid* e não de tcheco é um mentiroso!

— O que a polícia disse? — perguntei aos dois. Minha mala ainda estava diante da porta de entrada, e minha cabeça rodopiava com imagens e pensamentos que eu não conseguia distinguir direito.

— Polícia?! — Meu pai se virou para mim, o rosto transformado em uma expressão de ira cega. — Polícia, Lenka?!

Então, da mesma maneira como minha mãe havia me surpreendido, meu pai fez o mesmo: mas, daquela vez, com a insanidade de sua gargalhada.

Capítulo 10

JOSEF

Comprei uma televisão para Amalia em janeiro de 1956, como presente de nosso aniversário de 10 anos de casamento. O funcionário da loja de eletrodomésticos a amarrou com uma grande fita vermelha, e eu estava felicíssimo por ter encontrado o presente perfeito. Quando entrei porta adentro naquela noite, Rebekkah gritou:

— Ah, papai! — E correu na minha direção tão emocionada que tive medo de deixar cair a maldita tevê antes mesmo de ter a chance de colocá-la na tomada.

A caixa que falava. A caixa que transmitia uma centena de rostos felizes sorrindo para nós, todas as noites. Amalia também sorria. Eu via o lampejo de sorriso em seu rosto, como uma linha desenhada na areia antes de ser lavada pela água.

Comemos em bandejas na frente da televisão naquela noite. Pratos de tiras de frango empanadas, aspargos murchos com um fosso de manteiga derretida e batata cozida sem nem um pingo de creme azedo.

Adorei nossa nova televisão não porque eu gostasse especialmente da programação (não conseguia acreditar que Milton Berle fosse o melhor que os norte-americanos pudessem fornecer), mas porque fornecia uma distração bem-vinda ao nosso lar.

Com os filhos no sofá, de queixinhos apoiados nas mãos e cabecinhas inclinadas para o lado na direção da tela, eu podia observá-los sem interrupções. Nunca fui bom em jogar conversa fora. Meus livros sempre foram minha principal companhia.

Nem às minhas pacientes, com quem me importo demais e cujas gestações monitoro o mais diligente e compassivamente possível, faço perguntas pessoais.

Observo minha filha na frente da televisão e percebo que seu perfil é idêntico ao da minha esposa. Ela tem o mesmo rosto magro, pele da cor do feijão-branco e cabelo da cor do trigo dourado de sol. Sua mãe lhe fez duas tranças bem apertadas, com as quais ela brinca enquanto assiste. Apoiada nos cotovelos, com as pernas esticadas para trás como duas varetas, vejo que seu corpo é todo anguloso como o da sua mãe. O círculo de sua clavícula se destaca como se fosse um colar, e sua mandíbula é afiada como uma navalha. Vejo o lampejo de seu sorriso, com aqueles dentes brancos e grandes que são meus.

Meu filho é macio e redondo. Seus braços e pernas gorduchos me lembram de como eu era na idade dele. Sua pele é mais escura, mais morena do que a da minha esposa e da minha filha. Seus olhos parecem tristes mesmo quando ele está feliz. Sua professora do jardim de infância nos disse que ele parecia não sentir nenhum interesse em brincar com as outras crianças, que era capaz de passar horas resolvendo um quebra-cabeça, mas não tinha a menor paciência para amarrar os cadarços dos sapatos. Ouço aí uma crítica ao meu filho. Amo meus filhos como um tigre. Amo a minha mulher como um cordeiro.

Amalia. Vejo você sentada ali com os joelhos bem unidos, os dedos apoiados alegremente sobre o colo. A imagem em preto e branco da tela tinge você de azul. Olho para você e imagino como terá sido quando criança. Será que era respondona como a nossa filha, cheia de arrojo e argumentos? Ou será que era quieta e pensativa, como nosso filho?

Imagino você correndo de volta para casa antes da guerra, com a carta fatídica dos Estados Unidos nas mãos, o rosto iluminado como a lua cheia. Aqueles grandes olhos castanhos e os maxilares que poderiam fatiar um pão. Quando seus pais empacotaram suas coisas para enviar você a um lugar seguro, será que empacotaram alguma coisa a mais também?

Por baixo do barulho complacente da televisão, desempacoto minhas próprias lembranças.

Minhas malas mentais se abrem. Os óculos do meu pai — um *pince-nez* prateado e redondo — já não mais em seu rosto estreito, mas sim flutuando em um oceano verde-garrafa. Vejo o ursinho de brinquedo da minha irmã com seu pelo marrom e manchado. A patinha de veludo rasgada, os olhos de vidro e a boca de fita. Vejo minha mãe correndo para empacotar o que lhe era caro: o lenço de seu casamento, os retratos de nossa infância, todas as suas joias, que ela esconde no forro de seda de seu casaco, que ela abre e fecha como uma cirurgiã. E os livros que deixei para trás. Todos aqueles que atulhavam as prateleiras do meu quarto, que se empilhavam na minha mesinha de cabeceira, que eu carregava às costas. Meu romance preferido sobre o Golem. O que eu não daria para ter esse livro agora e lê-lo para o meu filho?

Capítulo 11

LENKA

Em Mala Strana, um café com paredes cor de gelo, pedi um chocolate quente para Marta.

— Conte aquela história do Golem — pede ela mais uma vez.

Contei-lhe então a lenda que me contaram quando eu era pequena. Segundo a tradição tcheca, Loew ben Bezalel, o rabino-chefe de Praga, criou um espírito protetor misturando barro e água do rio Vltava com suas próprias mãos.

Minhas próprias mãos, brancas como pó, tremiam enquanto eu tentava me lembrar dos detalhes do mito.

— O rabino criou esse Golem para proteger os judeus — expliquei a ela. — Rodolfo II, o imperador do Sacro Império Romano da época, tinha declarado que todos os judeus deveriam ser mortos ou expulsos, mas o Golem ergueu-se da terra e do pó, e tornou-se um guerreiro vivo: matava todos os que machucavam os judeus.

Fumaça levantou-se da xícara intocada de chocolate quente de Marta. Seus olhos estavam cheios de lágrimas. Seu cabelo ruivo escorrido atrás de suas orelhas. Tomei meu café preto sem açúcar.

O imperador, ao ver a destruição que se abatera sobre sua cidade e seu povo, implorou que o rabino parasse o Golem. Em troca, prometeu dar um basta na perseguição aos judeus.

— Para deter a sanha mortal e vingativa do Golem — expliquei —, o rabino só precisava apagar a primeira letra da palavra hebraica *emet*, ou "verdade", da testa da criatura. A nova palavra resultante seria então *met*, que se traduz como "morte".

O ato de dar fim à vida do Golem foi cometido sob o acordo de que, caso o povo judeu voltasse um dia a ser ameaçado entre as muralhas de Praga, o Golem se levantaria novamente.

Respirei fundo e olhei para a minha irmã. Ela havia parado de chorar e estava com uma cor menos pálida. Mesmo assim, parecia claramente abalada com o incêndio no depósito de papai e com o motivo daquele ataque.

Para confortá-la, acrescentei minha parte preferida da história. Dizia a lenda que o corpo do Golem estava guardado no sótão da Sinagoga Velha Nova. Ali, ele aguardava até que escrevessem a letra faltante em sua testa, a fim de poder vingar todos os que buscavam causar mal aos judeus.

Pude ver os olhos de minha irmã de 12 anos ao fim dessa história, como uma criança que ainda desejava acreditar que a magia era algo real.

— Será que o Golem irá despertar e nos proteger agora? — perguntou-me ela, olhando para baixo, para o chocolate agora frio.

Respondi que sim. Que, se não viesse o Golem do rabino Loew, eu mesma iria apanhar barro da minha aula de escultura e criar um.

Capítulo 12

JOSEF

Sempre acreditei em misticismo. Não se pode estudar a ciência da concepção e a prática da obstetrícia sem se espantar com a forma como o corpo humano é capaz de gerar uma nova vida. Na escola de medicina, aprendemos que tudo o que é essencial à vida existe no ventre do corpo. O mesmo se pode dizer a respeito do amor.

A mente, o coração, o útero. Os três estão todos entrelaçados em uma dança secreta.

A pelve de uma mulher é como uma ampulheta com a capacidade de predizer o tempo. Ela, ao mesmo tempo, cria e abriga a vida. Quando a dieta da mãe é insuficiente, os nutrientes são arrancados de seus próprios ossos e dentes. As mulheres foram criadas para ser desprendidas.

Quando rapaz, eu me apaixonei por uma garota que me amava. Seu sorriso era um cordão dourado preso em meu coração. Quando ela puxava esse cordão, eu a seguia aonde fosse.

Mas às vezes até mesmo a corda mais espessa esgarça, e a pessoa se perde.

Ainda sonho com ela. A primeira garota cuja mão se entrelaçou à minha. Mesmo quando havia outra mulher em minha cama, era com ela apenas que eu sonhava. Tentava imaginar seu rosto aos 20, depois aos 30 ou 40 anos de idade. Mas, à medida que os anos se passavam e eu ia envelhecendo, parei de imaginá-la com um rosto marcado de rugas ou cabelo prateado.

Todo mundo tem uma imagem ou uma lembrança secretas, que só desembrulha, como uma bala escondida, sozinho à noite. Depois disso, cai no vale dos sonhos.

Nos meus sonhos, imagino-a nua. Braços e pernas compridos e brancos, estendidos para se entrelaçar aos meus. Mãos desfazendo tranças úmidas e fragrantes. Cabelo cor de chocolate caindo sobre uma clavícula tão afiada quanto o arco de um arqueiro.

Ela cruza os braços na frente dos seios.

Beijo suas mãos, a pele pálida da ponta de seus dedos. Viro a palma de suas mãos para cima e as levanto dos seios até as minhas faces. Ela encontra minhas têmporas, depois meu cabelo, puxa-me na direção de seus lábios e me beija.

O beijo. O beijo. Esse beijo que me assombra.

Durmo.

Ah, se eu não precisasse acordar tão cedo. O bipe avisando que sou necessário. O número no hospital avisando que preciso ir.

Dormir, onde sou jovem de novo. Acordar, onde sou velho, com membros cansados. O som do bipe, que me avisa aonde preciso ir.

Capítulo 13

JOSEF

Eu não conseguia mais suportar o gosto de morangos depois que cheguei aos Estados Unidos. Não é que a doçura deles não se comparasse à dos morangos que eu comia todos os verões; é que eles me faziam lembrar de Lenka.

Lenka, sentada à sombra de nosso jardim em Karlovy Vary, seus ombros brancos nus no vestido de verão. Seus olhos azuis. Sua clavícula, um formato em coração que eu desejava beijar.

Estou sentado em frente a ela. Observo-a olhando a longa mesa de madeira que Pavla atulhou de pratos com carnes defumadas, potes de geleia caseira e uma cesta de pãezinhos quentes. Mas é a tigela de morangos recém-colhidos que a encanta. Ela estende a mão e leva uma das frutinhas à sua boca perfeita.

Sua boca. Sua boca. Serei eu um monstro por não conseguir suportar o desejo de mordê-la? De mordiscar sua carne tenra, de sentir a maciez de sua parte interna. Correr a língua por seus dentes. Sentir o veludo de sua língua.

Sentado ali, eu a observo. A única coisa que posso fazer para refrear meus desejos é olhar para ela. Como devo parecer idiota nessa lembrança! Estranho, mas, mesmo assim, desejoso dela.

Quando caminho a seu lado, mal consigo respirar. Não consigo falar. Quatro anos mais velho que ela e sinto como se o inexperiente fosse eu. Tinha havido outras garotas, mas seus rostos e seu toque praticamente desapareceram de minha lembrança.

Ando atrás dela. Os músculos firmes de suas panturrilhas, a curva suave de suas costas, o lampejo de seu pescoço, são todos sedutores em si mesmos.

Quando ela pousa seu caderno de desenho, sinto o calor de seu corpo junto ao meu. Sinto o cheiro dela. Sinto vontade de inspirá-la do mesmo modo que um bebê inspira o ar pela primeira vez na vida. Sinto vontade de abraçá-la e derreter seu coração de encontro ao meu.

Quero sentir o gosto dela, quero o xarope doce da sua boca, a carne da sua língua. Quero beijá-la mais do que qualquer coisa no mundo inteiro.

O beijo. Será que fui incisivo demais? Ansioso demais? Aquela boca colada à minha... o gosto de morangos recém-colhidos.

Estou ofegante, boquiaberto. Meu coração rachado como uma romã partida ao meio. Sementes cor de rubi enchendo minhas mãos.

Mas então acordo.

Abro os meus olhos e Amalia está de braço esticado para desligar o alarme do rádio-relógio.

Ela me beija.

De modo seco. Distraído. Com gosto de água.

Minha Amalia, me beijando.

Não há o menor traço de gosto de morango em seu beijo.

Ele tem gosto de raspadinha sem suco.

Gelo, sem a cor azul.

Capítulo 14

LENKA

Como uma linha desenhada na areia, sou capaz de estabelecer o desenrolar da minha vida a partir do momento em que voltei a Praga. Aquelas duas semanas em Karlovy Vary foram os últimos momentos de calma. Eu havia deixado Praga sem a sombra de Hitler e voltei com a ameaça dele pairando pesadamente sobre a cidade.

De repente, parecia ouvir aquele nome por toda parte. Será que invadiria ou não a Tchecoslováquia?

Começamos a ver passeatas na frente da janela de nosso apartamento — homens de *lederhosen* e mulheres com saias tradicionais, marchando e entoando canções nacionais alemãs. Suásticas apareceram na vitrine das lojas. Talhos feios, raivosos. Ferozes como cicatrizes.

Voltei à Academia, mas meu coração não estava ali. Věruška também parecia, de alguma forma, mudada. A vivacidade de seus olhos e o impacto de sua figura — todas as coisas que a faziam parecer efervescente no passado — haviam arrefecido.

Não falávamos do medo crescente em nossas famílias. Havia mais pausas em nossas conversas. E uma troca silenciosa quando olhávamos uma para a outra. Ríamos com muito menos frequência.

Agora, pelo rádio de casa, ouvíamos que os alemães estavam aproximando-se do Sudetenland, na fronteira entre a Alemanha e a Tchecoslováquia. Nosso ministro de relações exteriores, Dr. Basel, ordenara que as tropas tchecas patrulhassem a fronteira, mas todos duvidavam que eles conseguissem impedir a invasão alemã por muito tempo.

Eu não tinha ouvido falar de nenhuma dificuldade específica que os Kohn estivessem enfrentando. Não sabia como a vida profissional do Dr. Kohn poderia ser afetada. Suas pacientes eram quase todas judias, e os judeus permaneceriam leais aos judeus. Bebês não eram como engradados de cristais de que as pessoas não mais precisavam. Ainda assim, quem é sabedor das preocupações alheias?

Os belos lábios de Elsa agora se retorciam quando ela falava. Notei isso quase imediatamente quando nossas aulas recomeçaram.

Não lhe perguntei acerca dos negócios de seu pai na botica. Ela ainda cheirava a gardênia e tuberosa, mas eu desconfiava de que, tal como ocorrera com papai, o antissemitismo também estivesse afetando a empresa do pai dela.

A Botica Roth, com sua placa florida em estilo *art nouveau*, era quase uma bandeira do mercantilismo judeu. Situava-se num endereço nobre, numa das ruas laterais do centro da Praça da Cidade Velha, em Praga. No passado, sempre que eu passava por ali, via o movimento de gente indo e vindo, os pacotes embrulhados com o papel pardo e a fita roxa característicos da Roth. A placa dizia EST. 1860; a família era proprietária daquele lugar havia décadas.

Eu não tinha ouvido falar de nenhuma janela quebrada ali, nem que tivessem pichado slogans nazistas nas paredes, mas como saber? Num período curtíssimo de tempo, parecia que absolutamente tudo havia mudado.

No intervalo, minhas duas amigas e eu comíamos ao ar livre nosso almoço trazido de casa. O sol quente aquecia nossas pernas nuas e banhava nossos rostos com raios de luz cor de mel.

Era nosso terceiro ano na Academia, e, quando estávamos no primeiro, sempre imaginamos que, àquela altura, nos sentiríamos as donas do pedaço. Em vez disso, agora estávamos cheias de preocupação com nossos pais, sem saber como seria nossa vida em Praga dali em diante.

— Não sei se conseguiremos terminar nossos estudos — admitiu Elsa. Suas palavras cortaram o ar como um espadim. — Papai disse que não tem muita certeza.

Věruška desdenhou.

— Ora, claro que vamos! As tropas tchecas não vão deixar os alemães atravessarem a fronteira!

Eu não disse nada, porque não sabia no que acreditar. Tudo o que eu conhecia sobre a situação política era colhido do que escutava escondido das conversas dos meus pais à noite. E uma coisa era certa: a cada dia que passava, eles se tornavam menos confiantes. Uma Lenka diferente começava a emergir, dividida em duas metades — uma delas desejava sentir-se viva, feliz, saturar-se nas emoções do seu primeiro amor, mas a outra estava apavorada. Bastava olhar o rosto de meu pai quando ele voltava para casa do trabalho para imaginar a pichação na parede. Odeio admitir isso agora, mas houve várias noites em que ele entrava pela porta e eu não queria sequer levantar os olhos.

⁕

As coisas aconteceram muito rápido no outono de 1938. No dia 5 de outubro, nosso presidente, Edvard Benes, renunciou ao cargo, percebendo que a ocupação nazista era iminente. Tínhamos sido derrotados sem erguer sequer uma arma. Nosso governo não ofereceria nenhuma resistência e nenhuma proteção contra a onda de antissemitismo que os nazistas, em breve, deflagrariam.

Começamos a ouvir murmúrios na rua:

— Judia de merda, espere só, antes do Natal você estará morta.

Elsa disse que seu irmão fora a um café com os amigos depois da escola e ouviu:

— Judeus, fora!

De repente, o medo que víamos no rosto de nossos pais estava agora estampado também no nosso.

Começamos a ouvir falar de vizinhos que estavam tentando conseguir vistos para sair do país, mas nem Elsa nem Věruška mencionaram que suas famílias estavam cogitando fazer isso. Pessoas que conhecíamos havia anos haviam partido de repente sem se despedir. A apreensão tomou conta e nos deixou na defensiva.

Naquele ano, comecei a aprender uma nova arte.

A arte de me tornar invisível.

Mamãe também já não se vestia mais para se destacar: vestia-se para desaparecer.

Casaco preto. Tons cinzentos e escuros de echarpes sobre vestidos da cor do grafite profundo.

Já não usávamos mais copos de cristal colorido. As taças de vinho cor de rubi e os copos para água cor de cobalto foram vendidos por muito menos do que valiam.

Quando eu abria meu estojo metálico de pastéis a óleo, segurava os cilindros cor de laranja e verde-folha e sentia uma dor intensa tipicamente associada à fome.

Um dos professores começou a pegar no pé dos rapazes judeus de nossa turma. Criticava os desenhos deles mais do que o necessário. Rasgou ao meio o esboço de uma natureza-morta feita por Arohn Gottlieb e mandou que saísse de sua sala de aula imediatamente.

Começamos a ouvir histórias de meninas que tinham sido atacadas na Polônia. Meninas que tinham sido atacadas por seus próprios colegas depois da aula, as marcas feitas por garotos que as haviam segurado no chão e arranhado seus rostos.

Věruška, Elsa e eu agora mantínhamos a cabeça baixa em sala de aula. Embora parecesse uma atitude de vergonha, para nós era algo nascido do medo.

Certa tarde, enquanto almoçávamos lá fora, Elsa caiu em lágrimas.

— Não aguento mais — desabafou ela. Tinha emagrecido nas últimas duas semanas. Sua pele branca estava translúcida e tão fina quanto as pétalas de uma tulipa, seu cabelo loiro tão ralo quanto palha. — Não consigo mais desenhar. Não consigo nem sequer saber o que eu deveria estar estudando.

Suas mãos tremiam quando eu as segurei entre as minhas.

— Elsa, vai ficar tudo bem.

— Não, não vai. — Quando se virou para me olhar, havia uma expressão irascível em seus olhos. E seus lábios tinham um tom vermelho intenso, mas não era de batom. Estavam em carne viva, mordidos.

❦

Eu agora me encontrava com Josef sempre que podia. Nós nos víamos dia sim, dia não num café pequeno e reservado na Rua Klimentska. Ainda não havíamos falado nada aos nossos pais. Gostaria de dizer que estávamos mantendo nosso namoro em segredo porque não queríamos causar mais transtorno a eles, nem sofrer a pressão de apressar o curso das coisas e deixar o nosso relacionamento mais sério, mas isso não seria verdade. Namorávamos escondido porque éramos jovens, apaixonados e egoístas. Era nosso pequeno segredo, e queríamos que continuasse a ser exclusivamente nosso.

❦

Eu tinha a impressão de que vivia de ar. Mal comia e era incapaz de dormir à noite; minha cabeça só pensava em Josef e nos planos de nosso encontro seguinte. E, muito embora não sentisse fome e não conseguisse dormir, sentia-me mais energizada do que nunca. Até minha pintura havia mudado. Minhas pinceladas agora eram mais livres, eu era mais generosa no uso de cor e textura e até mesmo o meu traço havia se modificado em meus desenhos. Minha mão estava mais solta, como se tivesse finalmente ganhado confiança, e meus temas tornaram-se mais vivos do que nunca.

Naquele novembro, enquanto nós dois navegávamos entre nossos estudos e nosso namoro, a ameaça de guerra trovejava como uma tempestade do lado de fora da nossa janela. Ouvíamos, mas tentávamos manter a janela fechada só mais um pouquinho. Cada momento era mais intenso do que o anterior. Entre descobrir que a cor preferida dele era o verde, que seu autor favorito era Dostoievski e que seu compositor preferido era Dvořák, aprendemos como prolongar nossos beijos e como o outro gostava de ser tocado. Havia um fogo entre nós, mesmo em meio às pausas e aos silêncios. Hoje, quando relembro esses momentos, vejo que foi naqueles períodos de tranquilidade, em que caminhávamos pela rua e não havia nenhum olhar sobre nós, que eu me sentia mais feliz. Não precisávamos conversar, de tão sincronizados que estavam os nossos pensamentos. Ele segurava a minha mão e nada mais parecia ter importância. Por alguns poucos instantes, eu me permitia sentir-me em segurança.

Era uma fantasia que eu desejava fazer durar o máximo que pudesse, mas estava longe de ser realista. À medida que as tensões iam aumentando em Praga, logo nos vimos comportando-nos exatamente como qualquer outro judeu à nossa volta. Mantínhamos a cabeça baixa quando caminhávamos para casa, e evitávamos qualquer contato visual com os outros. Era como se todos os judeus de Praga sentissem vontade de sumir. Ouvíamos falar que os judeus-alemães, perto de Sudetenland, estavam sendo obrigados a abandonar suas casas, a rastejar até a fronteira com a Tchecoslováquia e beijar o chão. Os guardas tchecos obrigavam-nos a voltar, e assim eles eram empurrados a uma terra de ninguém entre dois países que não desejavam acolhê-los. Sempre que chovia e a temperatura baixava até quase zero, eu pensava nesses homens, mulheres e crianças. Vivendo como animais caçados, com lobos em seu encalço.

Em janeiro de 1939, a sensação era de que estava tudo perdido. Nosso governo, agora liderado por Hachá, ordenou que a polícia colaborasse com os alemães para impedir uma suposta ameaça comunista dentro da Tchecoslováquia. Para mim, era difícil entender completamente o que isso queria dizer para nós, mas a reação do meu pai a essa notícia deixou tudo bem claro. Naquela noite, ele ergueu as mãos para o teto e disse que aquilo era uma sentença de morte para todos os judeus-tchecos.

Minha mãe pediu para ele ficar em silêncio, para não falar daquele jeito na frente das crianças — Marta e eu.

Sorri para Marta, que estava segurando o choro.

— Precisamos conseguir vistos — disse mamãe a ele.

— Quem nos Estados Unidos vai assinar uma declaração juramentada para nós?

— Podemos comprar documentos falsos!

— Com o quê? Com o quê, Eli? — E o tom de voz agudo de meu pai me fez lembrar o barulho de vidro se partindo. — Agora é tarde demais! Devíamos ter ido embora quando os Gottlieb e os Rosenthal se foram. Não temos mais nenhum dinheiro para comprar nem documentos nem passagens — constatou ele, impotente, as palmas voltadas para cima, na direção do céu.

<hr>

Um dia, na primeira semana de novembro, Elsa não foi à aula. Věruška e eu trocamos um olhar preocupado.

— Talvez eles tenham conseguido dar um jeito de fugir — disse Věruška, sem entonação. Imediatamente me perguntei se a botica agora estaria vazia, as prateleiras nuas, o cheiro de gardênia e rosa agora substituído pelo ar parado. Talvez Elsa e sua família tivessem escapado num navio sem tempo para despedidas.

Mas e se algo terrível tivesse acontecido? Eu estava preocupada.

Decidi passar pela botica do pai de Elsa no caminho de meu encontro com Josef. Pela vidraça quebrada, vi minha amiga sentada atrás do balcão, o rosto escondido nas sombras.

Fiquei ali parada, observando-a. Se eu entrasse, me atrasaria para o encontro com Josef e ele ficaria preocupado. Se não entrasse, quando olhasse para ele, eu seria assombrada por aquela imagem da minha amiga, o rosto tão despedaçado quanto a vitrine da botica.

Entrei; meus passos sobre os azulejos eram o único som ali. Elsa ergueu o olhar para mim, seus olhos azuis pareciam os de uma boneca de porcelana. Sua boca tentou retorcer-se num sorriso.

— Sentimos sua falta na aula hoje — falei baixinho ao me aproximar dela.

— Eu não vou voltar — disse ela. — Não consigo mais me concentrar lá, e, de todo modo, papai precisa de mim aqui no balcão. Ele teve de dispensar o Friedrich, pois agora está trabalhando lá nos fundos, no laboratório.

— Pensei que talvez sua família tivesse ido embora — comentei.

Ela me olhou como se estivesse tentando ler a expressão em meu rosto.

— Estamos tentando, Lenka, mas agora tudo exige dinheiro, e não sobrou quase nada.

Assenti. Eu conhecia essa sensação muito bem.

— Alguma coisa que eu possa fazer?

Ela balançou a cabeça. Elsa não parecia impotente; apenas resignada.

— Vou trazer Věruška da próxima vez que eu vier visitar — falei, tentando parecer animada.

Nós duas nos despedimos com um beijo, e saí apressada para me encontrar com Josef, o coração muito mais pesado do que estivera pela manhã.

❧

Ele estava esperando por mim, o pescoço envolvido num cachecol preto e grosso, as mãos ao redor de uma xícara de chá fumegante.

— Estava preocupado com você — disse ele, levantando-se para me cumprimentar com um beijo. Seus lábios ainda estavam mornos por causa do chá.

— Desculpe — falei. — Fui ver como estava a Elsa. Ela não foi à aula hoje.

Ele levantou a sobrancelha e balançou a cabeça.

— Acho que nenhum de nós vai continuar frequentando as aulas por muito tempo.

— Não diga isso — respondi, levantando o corpo por cima da mesa para beijá-lo mais uma vez.

Ele pousou as mãos nas minhas faces e deixou-as ali. Seus dedos eram tão compridos que quase tocavam minhas orelhas.

— Me beije de novo — pedi.

A boca dele sobre a minha era como ar novo sendo bombeado em meus pulmões.

— A gente deveria se casar, Lenka — sugeriu, tão devagar quanto se afastava de mim.

Eu ri.

— Casar? Mas nossos pais nem sabem que estamos namorando!

— Exatamente. — Ele sorriu. — Exatamente.

❧

À noite, sonhei que estava com um véu branco. Os casacos e os cachecóis pretos da minha família haviam sido substituídos por tons maduros de vermelho e dourado. Seus rostos não estavam mais amedrontados e cheios de preocupação, mas sim radiantes e alegres. Vi papai ser levantado numa cadeira, e mamãe e Marta batendo palmas enquanto ele era balançado, apoiado sobre ombros fortes.

Tomamos vinho em taças altas rosadas e comemos bolinhos feitos da mais tenra carne. O *chuppah* estava entremeado de flores. Margaridas, ásteres e íris da cor de geleia.

Na noite da minha lua de mel, eu me deitei ao lado dele. Ele pousou as mãos acima da minha cabeça, no travesseiro. Beijou minhas têmporas, meu coração, minha barriga e, depois, mais abaixo.

Fechei os olhos e adentrei um mundo no qual só existia amor.

Capítulo 15

LENKA

Em janeiro de 1939, parecia ser apenas uma questão de tempo até os alemães finalmente invadirem o território tcheco.

— Precisamos nos casar — implorou Josef. — Já contei aos meus pais que estou apaixonado por você.

Soprei nuvens de vapor no rosto dele, parada ao seu lado no frio.

— Como podemos nos casar agora? O mundo inteiro está virado de ponta-cabeça!

Ele me puxou para perto de si.

— Se não nos casarmos, não haverá mais nada de bom nesta vida para mim.

Ele me beijou de novo, seus braços me envolvendo com suas mangas de lã quentes. Senti que meu coração se inundava de sentimentos sempre que eu estava ao lado dele, mas nossa situação vinha tornando-se cada vez mais desesperadora.

— Como posso contar aos meus pais que estamos namorando e logo em seguida que vamos nos casar?

— Estes são tempos estranhos... as coisas não são mais como eram antes. Escute — disse ele, sacudindo-me um pouco os braços. — Meus pais estão negociando vistos de saída para nós. Precisamos nos casar para que eles possam pedir um para você também.

— O quê? — perguntei, incrédula.

— Papai está comprando vistos no mercado negro. Temos um primo em Nova York que vai coordenar a nossa partida. — Ele agora me olhava com uma intensidade tão feroz que senti medo. — Lenka, você precisa entender... Precisamos sair daqui. Os tchecos vão entregar todos os judeus aos alemães de bandeja, se esse for o preço para manter a soberania deles.

Balancei a cabeça.

— Eu não posso me casar com você, a menos que vocês também consigam vistos para meus pais... e para Marta.

— Isso é impossível, Lenka, você sabe. — A voz dele se encheu então de ímpeto e isso me surpreendeu. — Você vem primeiro com a minha família e, depois que nos acomodarmos, mandaremos buscar os seus.

— Não — respondi. — Prometa que você também vai conseguir passaportes para toda a minha família; de outro modo, a resposta é não.

Capítulo 16

LENKA

Contamos aos meus pais na noite seguinte. Levei Josef para casa, e meus pais, embora chocados com o anúncio repentino, não protestaram. Talvez delirantes e exaustos pelo próprio desespero, eles tivessem me casado com alguém com menos posses ainda, caso nos prometessem segurança fora da Tchecoslováquia.

Josef pareceu surpreendentemente calmo ao contar a papai seus planos de tomar conta de mim e de tirar todos nós de Praga.

— E os seus pais? Eles estão apoiando esta decisão? — quis saber papai.

— Eles amam a Lenka, como eu. Minha irmã a adora. Todos nós iremos tomar conta dela.

— Mas vocês virão conosco. Você, mamãe e Marta — interrompi.

— O Dr. Kohn está arrumando documentos para todos nós.

Josef olhou para meu pai e assentiu.

— O dote dela já se foi — disse papai, cheio de tristeza.

— Eu estou me casando com ela por amor, e não por dinheiro. Não por cristais.

Papai sorriu e depois soltou um profundo suspiro.

— Não foi assim que imaginei seu matrimônio, Lenka — disse ele, virando-se para mim. Seus olhos se voltaram para minha mãe, que estava parada de pé na porta da sala de estar, envolvida pelos bracinhos finos de Marta. Minha irmã agora tinha 13 anos, mas ainda parecia uma criança para mim.

— Eliška, você acha que consegue organizar um casamento em três dias?

Ela fez que sim.

— Então, que assim seja — anuiu papai, levantando-se para abraçar Josef. — *Mazel tov.*

Os braços dele envolveram Josef e eu vi sua cabeça apoiar-se no ombro do futuro genro, com os olhos bem apertados e o discreto escorrer das lágrimas de um pai.

⚜

O casamento civil foi marcado na prefeitura e combinamos com o rabino que nos casaríamos na sinagoga da Cidade Velha.

Nos três dias anteriores à cerimônia, minha mãe transformou-se numa mulher possessa. Primeiro desembrulhou seu próprio vestido de casamento, um vestido de seda branca elaborado com longas mangas de renda e corpete de gola alta.

Eu era pelo menos uns dez centímetros mais baixa do que mamãe, mas, para os reparos, ela não convocou a costureira Gizela. Apanhou uma grande caixa de madeira que andava guardada e fez, ela mesma, o trabalho.

A tesoura prateada soava como lâminas sobre o gelo enquanto mamãe cortava a saia. Eu estava de pé num banquinho, o mesmo onde Lucie ficara de pé nas semanas anteriores a seu casamento. A ironia disso não me escapou enquanto eu me olhava no espelho de moldura dourada que havia em nossa sala. Olhei para meu próprio reflexo, vendo minha mãe ajoelhada, com alfinetes na boca, a tesoura cortando seu próprio vestido. Tive vontade de chorar.

— Mamãe — disse a ela. — Eu te amo.

Ela olhou para mim, mas não respondeu nada. Mesmo assim, vi como sua garganta estava apertada, e seus olhos cheios d'água me disseram que ela me amava também.

✿

Eu me casei ao pôr do sol em uma antiga sinagoga de tijolos com quatro janelas de vitral, raios de luar iluminando o velho piso de pedra. Meu *chuppah* era formado de seda branca como a neve envolvendo quatro postes de madeira. Velas bruxuleavam em lustres de ferro; o rabino parecia alvo e sábio sob um chapéu preto alto.

Só convidamos nossas famílias para a cerimônia, além de Lucie, sua filha e o marido, Petr. Achei que ela não viria, mas ela chegou com a pequena Eliška, que agora já caminhava ao lado da mãe e segurava sua mão. Lucie estava usando a capeleta azul que mamãe lhe dera anos antes, e seu cabelo estava trançado atrás da cabeça. Sorri para ela quando entrei pela sinagoga, tendo ao meu lado meu pai e minha mãe.

Nos degraus do *bimah*, Josef estava sozinho à minha espera. Nossos dedos se tocaram. Meus pais beijaram meu rosto e me acompanharam pelos degraus até o *chuppah*. Sob as instruções do rabino, Josef ergueu meu véu conforme manda a tradição, confirmando que eu de fato era a sua noiva.

Então, meu véu foi novamente recolocado sobre meu rosto. Caminhei em volta de Josef, prometendo que ele seria o centro da minha vida. Entrelaçamos nossos dedos ao redor do cálice nupcial e bebemos o vinho cerimonial enquanto o rabino pedia que repetíssemos: "*Eu sou do meu amado e meu amado é meu.*" Colocamos alianças nos dedos — sinal de amor inquebrável, sem começo nem fim — e Josef quebrou um único copo sob os pés.

Nós nos beijamos enquanto o rabino nos declarava marido e mulher. Senti o gosto de lágrimas salgadas quando meus lábios se abriram sobre os dele.

Naquela noite, Josef me levou a um apartamento na rua Sokolská. Disse que precisava me contar uma coisa, mas eu o silenciei com um dedo sobre a sua boca macia e madura.

Ele repetiu que precisávamos conversar.

— Assunto urgente — disse. E eu respondi: o que pode ser mais urgente do que isso?

Ele se inclinou para mim e eu senti o gosto de açúcar de confeiteiro em seus lábios, da palačinka de mamãe.

— Lenka — sussurrou ele, e eu o beijei mais uma vez. As mãos dele tocaram meu pescoço, os dedos seguraram minha nuca. — Lenka. — Meu nome dito novamente, porém dessa vez como um salmo, uma oração, um desejo.

Senti seu coração batendo através da sua camisa, o algodão branco úmido por causa do nosso calor. Retirei as mãos dele do meu rosto e me virei de costas para que ele tirasse a minha roupa.

Os dedos dele eram ágeis sobre a fileira de botões. Ele afastou o tecido, pousou um único beijo entre as minhas omoplatas e pressionou a face nas minhas costas. Eu senti que ele inspirava o perfume da minha pele; senti que ele se abaixava e dava outro beijo, agora em minha lombar, enquanto se ajoelhava ainda mais, as mãos deslizando pelas minhas coxas enquanto o tecido caía no chão.

Eu saí do meio de uma poça de seda branca, completamente nua a não ser por um corpete de renda e barbatanas de osso de baleia. O colete de Josef estava desabotoado, seu pescoço moreno exposto pelo colarinho aberto. O seu cabelo era como a juba negra de um leão.

Eu já não era mais uma estudante tímida, e sim uma esposa. Desabotoei suas roupas do mesmo modo como ele fizera com as minhas. Envolvi com minhas mãos a curva de seus ombros, e desci o meu dedo pela linha do seu peito.

Senti o peso da fivela do seu cinto em minhas mãos e o desafivelei. Depois minhas mãos tocaram a parte de trás das suas coxas, o seu sexo inchado entre nós.

Será que ele sussurrou meu nome mais uma vez antes de me levantar e me conduzir até a cama? Não me lembro. Só me lembro da sensação do meu corpo sob o dele, minhas pernas abraçando a cintura dele com força, minhas coxas coladas em suas costelas. A sensação dele entrando em mim. Como uma agulha penetrando o tecido.

— Josef — sussurrei em seu ouvido. — Josef — repeti seu nome.

Seu nome era uma âncora naquela cama de braços e pernas nus e lençóis amassados. Eu o pronunciei, e ele também sussurrou o meu. E eu mordi seu ombro quando nós dois ascendemos a um ápice e depois caímos.

<hr>

Se o som de copos brindando me faz recordar meus pais, o som de louças de porcelana para sempre me lembrará do meu casamento com Josef. No café da manhã do dia seguinte, com xícaras e pires brancos tremendo em suas mãos nervosas, ele me contou que não haveria passagens para meus pais.

A mesa estava posta como uma cena teatral. O cesto de pãezinhos quentes, os vidros de geleia. Um bule de café de porcelana. Dois guardanapos dobrados. Um vaso com uma única rosa cansada.

Disse que não estava entendendo o que ele queria me dizer. Que achei que ele tinha prometido para mim a passagem deles até um lugar seguro.

— Há leis... restrições, Lenka. Nosso primo escreveu que só consegue garantir a partida da minha família e de ninguém mais.

— Eu não sou da sua família — sussurrei. Minha voz tremia.

— Você é a minha mulher.

E eu penso, embora não tivesse forças para dizer: *E minha mãe é minha mãe. Meu pai é meu pai e minha irmã, minha irmã.*

— Eu já contei a seu pai e ele quer que você venha comigo.

Enquanto ele falava, senti o sangue correndo pelas minhas veias e meu coração parando, como se estivesse amarrado em um torniquete. Sabia que meus olhos eram demais para ele e que ele sentia minha raiva, meu desapontamento, cauterizarem sua pele e cortá-lo até o osso. Durante meses sei que fui egoísta. Ouvi o desespero de meus pais à noite e o enxerguei em seus rostos. Eu o senti quando via as riquezas de uma vida antes abastada sumirem. Mas apenas naquele momento, com a ameaça de ser separada de minha família, é que me senti obrigada a encarar uma realidade que não estava preparada para aceitar.

— Josef — disse. — Como posso aceitar isso?

— Não temos escolha, Lenka. É o único jeito.

— Não posso. Não posso. — Repeti isso, sem parar. Porque eu sabia que era a verdade. Sabia que, se eu fosse com ele e algo acontecesse com meus pais, ou com Marta, eu jamais me recuperaria da culpa.

— Você não pode estar me dizendo que se recusa a vir... — Ele enterrou a testa nas palmas de suas mãos.

— Sim, estou, Josef. — Estava chorando, então. — É o que estou lhe dizendo.

— O que posso fazer, Lenka?

— Você precisa conseguir vistos para todos nós. Foi isso que me prometeu... — Eu tremia tanto que não conseguia nem me pôr de pé. Segurei uma cadeira e depois caí.

— Seu pai quer que a gente vá... — Os braços de Josef agora estavam agarrados aos meus ombros.

— Não posso fazer isso. Você não entende? — De repente eu me perguntei se todo o nosso namoro não tinha sido uma fantasia. Se ele não percebia quão teimosa e voluntariosa eu poderia ser. Que, por mais que o amasse, jamais poderia abandonar a minha família.

Senti-me enjoada. Senti o calor de seu corpo fluir por mim. Seu hálito morno, a umidade de suas lágrimas em meu pescoço. Mas, pela primeira vez, fui incapaz de dar a ele o que ele queria.

Só sei uma coisa: família não se abandona. Não se abandona, nem mesmo em nome do amor.

Deixei Josef aquela tarde naquele belo apartamento e cheguei à casa dos meus pais com o cabelo ainda trançado e preso no alto da cabeça, como uma noiva.

— O que você está fazendo aqui, minha Lenka querida? — gritou papai quando abriu a porta. — Você devia estar com seu marido!

Bastou minha mãe olhar uma vez para o meu rosto para saber que Josef me havia contado da impossibilidade de conseguir as passagens para eles.

— Lenka — disse ela, balançando a cabeça. — Você não pode assumir as dores do mundo.

— Não, mas posso assumir as dores da minha família.

Eles balançaram a cabeça, e Marta abraçou a minha cintura com seus bracinhos finos. Quando ela me olhou, seus olhos estavam arregalados e muito mais parecidos com os de uma criança do que a sua adolescência poderia sugerir. Eu soube em meu coração que, independentemente das consequências do meu casamento com Josef, eu tinha tomado a decisão certa. Eu nunca, em nenhuma circunstância, deixaria aqueles que amo para trás.

Não é que meus pais não tenham tentando me dissuadir. Eles insistiram para que eu fugisse para algum lugar seguro.

— Você irá na frente e nós iremos depois — disseram os dois.

— Josef irá na frente e todos nós iremos depois — retruquei.

Eles me olharam com olhos tristes e amedrontados. Meu pai implorou para que eu mudasse de ideia. Falou do conforto que sentiria em saber que pelo menos uma de suas filhas estava a salvo. Minha mãe segurou as minhas mãos junto ao seu peito e disse que eu deveria agora acompanhar o meu marido. Que era o meu dever de esposa. Mas minha irmã não disse palavra alguma, e foi o silêncio dela que ouvi com mais força.

Capítulo 17

JOSEF

Às vezes, quando as crianças perguntam sobre o dia de nosso casamento, consigo ver o apartamento no Queens com a neve branco-azulada sobre a escada de incêndio. A mesa de bridge com bandejas de arenque marinado com creme e cestos de fatias de pão de centeio. Posso ouvir Frank Sinatra no rádio e imaginar a sala de estar cheia de pessoas que conhecemos no Café Vienna. Porém, ainda tenho dificuldade para me lembrar do rosto de Amalia.

Eu me lembro de que ela mesma costurou seu vestido. Passou quase dois dias cortando e costurando um traje que, no final, ficou absolutamente comum. Gola quadrada e duas mangas-morcego, sem o menor traço de rendas ou fitas. Seus sapatos eram os mesmos saltos altos amarronzados que ela usava todos os dias.

Gostaria de ser capaz de dizer aos meus filhos e netos que ela estava linda e que seu rosto sorria livremente, na ausência de véu. Mas, por algum motivo, o rosto dela permanece um mistério para mim. Seria porque ela mantivera os olhos baixos? Porque seu cabelo, trançado e preso acima das orelhas, fora uma distração elaborada? Ou seria porque eu estava em outro lugar, até mesmo naquele momento? Um lugar que Amalia também compreendia. A força mais intensa que nos unia, o motivo pelo qual estávamos de mãos dadas.

Não fomos casados por um rabino, mas por um juiz. Não houve ritual religioso quando trocamos nossos votos. Não houve cantor. Eu nem sequer quebrei um copo.

Simplesmente segurei as mãozinhas de Amalia entre as minhas e coloquei uma aliança de ouro em seu dedo, depois a beijei com a boca seca e cuidadosa.

Eu amava Amalia. Quem duvidar disso está errado. É possível encontrar amor na transparência. Ver tudo, sem questões. Não havia ninguém tentando abrir com uma faca, à força, meu passado. Eu só contei a Amalia uma única vez sobre o navio. Sobre as mãos que se soltaram. As águas cor de carvão.

Mas, mais uma vez, foi o necessário.

Eu amava Amalia porque ela me deixava em paz. Quem mais permitiria que eu ficasse olhando pela janela, sem se incomodar com o meu silêncio? Quem mais não se importaria com a pilha de livros sobre a minha mesa de cabeceira e as noites solitárias, quando eu estava trabalhando no hospital?

Digo a meus filhos que me lembro do rosto de Amalia com mais clareza nos dias em que ela os deu à luz. À minha filha, que chegou se contorcendo neste mundo com um grito que me atravessou o coração, digo que sua mãe parecia um anjo sonhador durante seu parto. Vejo Amalia com um cone de éter sobre a boca. Está no "sono do crepúsculo". Seu rosto parece o de uma boneca, os olhos fechados, os cílios loiros pálidos contra uma pele ainda mais pálida.

Está serena enquanto o fórceps traz a nossa filha, aos chutes e berros, a este mundo. Horas mais tarde, Amalia a seguraria entre os braços, lhe daria de mamar, olharia em seus olhos de bebê e veria ali sua própria mãe refletida. Ela daria o nome de Rebekkah à nossa filha em homenagem à sua mãe, e como segundo nome lhe chamaria de Zora, em homenagem à sua irmã. Ela balançaria o medalhão com a foto sobre a cabeça da recém-nascida e recitaria o *kadish*.

Beijo a testa das duas e rezo com ela, pela primeira vez em anos.

Capítulo 18

JOSEF

Minha irmã e eu mal havíamos nos falado desde o casamento. Inicialmente ela ficou furiosa porque nem eu nem Lenka havíamos lhe contado nada sobre nosso namoro, mas agora ela estava furiosa porque eu tinha aceitado deixar a minha esposa para trás. O silêncio de Věruška me atravessava como um serrote, até o osso.

A verdade é que o pai de Lenka sempre soube que o meu pai não conseguiria vistos para toda a sua família. Um primo distante nosso estava arranjando a nossa vinda, e o Departamento de Estado norte-americano disse-lhe que ele não poderia providenciar a acolhida de mais ninguém. Eu procurara o pai de Lenka antes do casamento e lhe contara isso.

Garanti ao pai dela que conseguiríamos um visto para Lenka e ele pareceu respirar aliviado ao saber que pelo menos ela conseguiria partir em breve da Tchecoslováquia.

— Vai ser bom vocês saírem do país na frente — dissera ele, tentando aparentar esperança. — Vocês poderão arrumar tudo e depois providenciar a nossa ida. — Ele apertou a minha mão. — Estou confiando a minha filha a você e à sua família. Prometa que sempre irá tomar conta dela.

Foi ideia dele não contar nada a Lenka antes do casamento, pois ele achava que isso iria apenas chateá-la num dia que deveria ser belo e sagrado.

— Não vamos perturbar a alegria dela — decidiu. E me abraçou ao nos despedirmos.

Fiquei em conflito diante daquela sugestão. Não queria estragar o dia de nosso casamento, claro, mas não achava justo que Lenka não soubesse da verdade naquele matrimônio tão apressado.

Porém, naquela tarde, quando eu a vi radiante por causa de nossas núpcias iminentes, simplesmente não tive coragem de lhe dizer nada.

Se fui covarde? Provavelmente. Mas, tal como o pai dela, achei que estava pensando no que era melhor para Lenka. Se fui egoísta? Com certeza. Mas queria olhar nos olhos dela depois de levantar seu véu e ver ali apenas lágrimas de felicidade.

E foi assim que escondi a notícia de Lenka. Enquanto me banhava naquela tarde antes da cerimônia, imaginava-a fazendo o mesmo. Seu corpo branco afundado na água quente e perfumada. Sua pele macia à espera do meu toque. Eu tinha memorizado cada traço de seu rosto, cada pequena linha, como se os guardasse na minha memória como meus.

Eu me barbeei cuidadosamente com o rosto virado para o espelho e uma toalha quente em torno de meu pescoço. Quando o sol começou a se pôr, caminhei até a minha cama e me vesti. Meu terno da lã mais escura, minha camisa mais branca, os punhos presos com as abotoaduras que meu pai me dera quando entrei na universidade.

Do meu quarto, podia ouvir minha irmã e minha mãe conversando em voz baixa. Elas haviam passado três dias empacotando nosso apartamento, e tinham interrompido sua discussão temporariamente apenas porque eu iria me casar naquela noite.

Mal reconheci a sala quando entrei. As prateleiras estavam vazias, os tesouros de mamãe não estavam mais à vista. Tudo o que restava eram os móveis e as paredes. Se alguém entrasse ali, pensaria que já tínhamos partido para o exterior.

Papai tinha vendido muita coisa para pagar pelos nossos passaportes e passagens para os Estados Unidos. Minha mãe não tinha muito apego a roupas e se desfizera com facilidade do que tinha trazido para o casamento, anos antes. As louças e pratarias da mãe dela foram vendidas por uma fração do seu valor. Quantas famílias judias já não tinham vendido seus itens valiosos da mesma maneira? A Tchecoslováquia estava tão inundada de conjuntos de louça e cristal abandonados que nem o Vltava inteiro poderia ter dado conta de levar tudo embora.

Minha família se vestira para a ocasião com as melhores roupas que ainda restavam. Věruška estava arrumada com um vestido vermelho e o cabelo preso para cima com dois belos pentes.

Todos se viraram para me dar os parabéns.

— Josef — chamou minha mãe, em voz baixa. — Você parece tão mais velho hoje. Como isso pôde acontecer num único dia?

Sorri, fui até ela e beijei sua face macia e empoada. Ela estava usando um vestido longo preto, com um colar de pérolas brancas.

Papai fumava um cachimbo, e seus olhos, através dos óculos redondos com armação de prata, pareciam observar cada centímetro meu.

— *Mazel tov* — disse ele, apertando minha mão e me entregando um das quatro taças de conhaque remanescentes.

— Você já contou a ela? — perguntou ele. Engoli em seco e minha barriga se encheu de calor e de uma falsa sensação de tranquilidade.

— Não — respondi, balançando a cabeça.

— Josef! — Věruška soltou um pequeno grito. — Você precisa contar!

— Deixe o rapaz ter seu casamento, Věruška — repreendeu papai com dureza. — Deixe as lágrimas para amanhã.

— Foi ideia do pai dela — ofereci, a título de desculpa.

Ela balançou a cabeça e me deu as costas.

— Começar um casamento desse jeito... Não sei nem o que dizer.

— Então não diga nada — cortou papai, e tomou outro gole grande de conhaque.

— Ninguém quer dizer nada agora. Mas...

Papai a interrompeu novamente.

— Já basta de conversa, Věruška, precisamos ir agora, senão iremos nos atrasar!

Ela me olhou com uma expressão de tanta desaprovação que poderia ter quebrado o vidro. Minha irmã não gostava de ser silenciada. Inteligente como era, deixou seus olhos falarem por ela.

⚜

Sob o sol poente, caminhamos até a sinagoga. Eu me lembro de olhar para cada edifício, cada poste de luz, e tentar me lembrar deles. Não sabia quando retornaríamos a Praga, e desejava lembrar-me de sua beleza nas vésperas de minha nova vida.

⚜

Para sempre irei me lembrar dela em seu longo vestido branco, o véu como uma gaze diáfana sobre seu rosto comprido e anguloso. Posso ver seus dedos calejados esticando-se para segurar os meus, e sentir o peso delicado de seu beijo de botão de rosa. Lenka, linda, minha noiva.

Não me lembro das palavras na cerimônia, nem de assinar o *ketubah* do nosso casamento, mas à noite consigo me transportar de volta para aquele dia, em que os lustres estavam acesos com uma luz cálida alaranjada e o piso antigo de pedra, frio e manchado. O ar úmido, e os tijolos tão cinzentos que pareciam quase azuis.

O rabino foi o mesmo que oficiou em meu Bar Mitzvah, mais de dez anos antes. Era uma figura imponente, com olhos azul-claros e uma longa barba grisalha que roçava em seu livro de orações. Quando começou a recitação das sete bênçãos, ele apanhou meu *tallis* e envolveu a mim e Lenka nele, juntos.

Eu me lembro do olhar do rabino quando nos declarou marido e mulher. Ele olhou para nossos rostos apressados e ansiosos, e não teve a calma de que eu me recordava em menino.

— Lembrem as lágrimas quando a sinagoga em Jerusalém foi destruída — disse enquanto meu pé quebrava o copo. — Lembrem-se de que, como judeus sempre existe alguma tristeza, mesmo no dia mais feliz de sua vida.

Olhando em torno dos rostos que fitavam a mim e Lenka, eu soube que ninguém precisava ser lembrado disso. Todos estávamos vestidos com nossos medos tão visivelmente quanto com as nossas melhores roupas de casamento.

❦

No apartamento dos pais dela, tomamos vinho em taças com bordas de ouro. A mãe dela havia preparado sopa de casamento com bolinhos. Havia pequenas baixelas com *petit-fours* delicados e um bolo de mel com uma pequena flor de violeta no centro.

Marta tocou piano, e a filha de Lucie, Eliška, animou as festividades batendo as mãos e rodando a saia. Věruška estava num canto, os olhos vítreos, os dedos remexendo a lateral do vestido. Quando olhei para ela em busca de um sorriso, ela virou o rosto para o lado e fechou os olhos.

Saímos depois de algumas horas para passar nossa noite de núpcias no apartamento de um amigo. Minha irmã ajudara a preparar o quarto. Em outros tempos, eu teria levado Lenka ao Hotel Europa. Eu a teria deitado numa cama coberta de algodão branco, puxado um edredom de pena de ganso por cima de nossos ombros nus e me deixado ficar abraçado a ela até o amanhecer.

Mas meu colega Miloš tinha oferecido seu apartamento, na rua Sokolská. Ele estava visitando um primo em Brno, e eu aproveitei a oportunidade para evitar que passássemos a nossa noite de núpcias sob o mesmo teto que meus sogros.

Věruška levara os lençóis que a mãe de Lenka havia separado para o dote dela. Eram brancos e tinham sido bordados anos antes por Lucie; nós os esticamos sobre o colchão e Věruška borrifara uma névoa de água de rosas com um atomizador que sua amiga Elsa lhe dera especificamente para aquela ocasião.

— Você vai contar a ela antes ou depois? — perguntou-me Věruška depois que o apartamento fora limpo, a cama perfeitamente arrumada e os vasos cheios de flores.

— Vou contar antes — respondi. — Prometo.

Ela balançou a cabeça e olhou para a cama. Em épocas mais felizes, minha irmã mais nova teria pulado em cima dela e dado risada, chutando os pés para cima nas sombras de sua destruição fraterna. Naquele momento, porém, ela permanecera de pé solenemente diante de mim, o rosto tão branco quanto uma garça.

— Ela não vai voltar para casa com você. Eu sei o que ela sente pela família.

Quem balançou a cabeça então fui eu.

— Ela vai, Věruška. Vai, sim. Agora também somos a família dela.

Minha irmã então olhou para mim como se ela é que fosse mais velha do que eu. Segurou minha mão. De olhos fechados, não disse mais nenhuma palavra e apenas balançou a cabeça.

⁂

Fomos até o apartamento de Miloš no carro da minha família, que papai esperava vender nos poucos dias anteriores à nossa partida. Quando entramos no apartamento, Lenka segurava a saia com uma das mãos e um buquê de violetas na outra. Globos de vidro estavam acesos com velas, e o lugar cheirava a linho com odor de rosas e o perfume da noite.

— Preciso lhe contar uma coisa — disse a ela. A porta do quarto estava entreaberta, e Lenka vislumbrou a visão majestosa de nosso leito nupcial.

— Isso pode esperar — respondeu, pressionando um dedo contra os meus lábios.

— Não, não pode — tentei protestar.

Mas ela já tinha apertado o corpo contra o meu.

— Seja lá o que for, pode esperar até de manhã.

O perfume dela cheirava a flores delicadas colhidas na primavera. Ela retirou os grampos do cabelo, e suas mechas escuras caíram até os ombros.

Ela sussurrou para que eu fosse até a cama.

Então, deixei que ela me conduzisse por aquele monte branco, deixando a sombra do meu fracasso na porta. Deixei que ela virasse as costas para mim, revelando a fileira de botões de marfim que descia por sua coluna, e a desabotoei. Deslizei as mãos por baixo da seda, sentindo a maciez da pele dela e a dureza de suas omoplatas.

Ela se virou para me olhar, a sua nudez pela primeira vez revelada. Fiquei ali por um segundo e mal conseguia respirar. Seu corpo, em toda aquela brancura, era de uma beleza que eu não conseguia acreditar que agora era minha para tocar, sentir o gosto, beijar. Eu a abracei. Fechei os olhos. Queria senti-la antes de vê-la. Eu seria capaz de passar a noite inteira sem tirar os olhos dela, disso eu tinha certeza. Eu a memorizaria. Faria um mapa mental de Lenka, tracejaria ao redor do seu coração com meu dedo, mapearia cada osso. Lenka em minhas mãos. Eu a agarrei. Abracei-a junto ao meu coração. Meus dedos sentiram seu torso fino, o pequeno círculo de sua cintura, as curvas confortáveis de seus quadris.

Seu vestido ainda estava envolto nos joelhos, e ela saiu dele como se de uma poça de leite derramado. Soltou-se de meus braços, e eu permiti que ela me despisse: meu colete, minha camisa branca, a fivela do meu cinto e, por fim, minhas calças. Caímos naquela cama, dois corpos quentes se abraçando e procurando um ao outro. Inspirei cada centímetro de sua pele nua, como se quisesse mantê-la dentro de mim para sempre. Como ar preso nos pulmões. Nos momentos fugazes antes da aurora, nós nos cobrimos com as cobertas. Estávamos nadando nos nossos corpos, um agarrado ao outro, como se fôssemos um bote salva-vidas.

CAPÍTULO 19

JOSEF

Assim como a noite foi branca e pura, a manhã foi escura e pavorosa. Ela recebeu a notícia de um modo tão drástico que foi como se eu tivesse testemunhado o nascimento e a morte da minha esposa em mera questão de horas. Disse-lhe que meu pai não tinha conseguido vistos para a família dela.

— Ainda não — contei —, mas espero que em breve. — Minha intenção era suavizar a notícia com a sugestão de que ainda havia esperança. — O seu pai já está sabendo.

Ela estava vestida com um robe de cetim, a barra do vestido de noite aparecendo por baixo. Sentara-se para comer o pequeno café da manhã que eu havia preparado. Sua xícara de café fumegante permaneceu intocada. Ela nem sequer encostou no pão.

— Quando você descobriu isso? — conseguiu por fim dizer, num sussurro.

— Anteontem à noite. Procurei seu pai e ele implorou para que eu só lhe contasse depois do casamento. Ele quer que você venha com a gente, mesmo assim. E, depois de nos instalarmos, mandarei buscar todos eles.

Ela fez que não.

— Josef, pensei que você me conhecesse melhor.

— Eu conheço você, assim como o seu pai. Nós dois achamos que você iria recusar, mas agora está casada, e eu e você temos de viver como um casal.

Ela me olhou com raiva, seu olhar parecia um ferro quente.

— Vinte anos com a minha família não equivalem a uma noite com você!

— Lenka. Lenka. — Eu repeti o nome dela sem parar. — Por favor, me escute...

Ela não me respondeu; estava olhando pela janela. Levantei-me e fui apanhar nossos documentos na minha maleta.

— Sua família quer que você venha comigo. Você até pode querer deixar a minha vontade de lado, mas não vai desobedecer também à vontade deles, vai?

Ela tornou a balançar a cabeça.

— Eu irei quando você fizer o que me prometeu. Quando tiver cinco passaportes na sua mão, e não apenas dois.

— O exército alemão está a caminho. Devem chegar à Tchecoslováquia a qualquer momento. Precisamos ir embora, Lenka! Precisamos ir embora agora!

Eu falava alto e impaciente. Lenka não se abalou, nem mesmo quando gritei, nem mesmo quando me ajoelhei diante dela e implorei para que viesse comigo.

Quando não consegui mais tolerar o silêncio, me levantei e caminhei até o quarto em transe. Sentei na cama, cujos lençóis brancos mais pareciam uma vela murcha, e com a cabeça entre as mãos comecei a soluçar.

Capítulo 20

LENKA

Os olhos de papai estavam cheios de fúria e desespero. Duas xícaras de chá frio repousavam entre nós. Ele estava exausto de tentar argumentar comigo.

— Você precisa ir! Você precisa ir! Você precisa ir! — Ele repetia aquilo sem parar, como se, com tanta repetição, eu pudesse ficar hipnotizada e concordasse por fim.

— Eu não vou deixar o senhor e a mamãe — disse a ele. — Não vou deixar Marta. Irei quando Josef cumprir o que prometeu. Quando todos os nossos vistos estiverem nas mãos dele.

Papai estava puxando os cabelos. O branco de suas têmporas parecia osso polido.

— Não vai haver tempo suficiente para conseguir cinco vistos! — Papai deu um murro na mesa. — Você não entende com que rapidez as coisas se agravaram? — Ele estava tremendo de raiva, era alguém quase irreconhecível para mim. — Lenka, a família de Josef fez todo o possível...

— Como vocês dois puderam esconder a verdade de mim?

— Nós dois amamos você, Lenka. — A voz dele falhou. — Um dia você irá entender, quando tiver seus próprios filhos. — Ele se recompôs o suficiente para me encarar direto nos olhos.

— Mas, papai, o senhor tem *duas* filhas. — Eu estava chorando como uma criança de 2 anos agora. — Como pode esperar que eu consiga viver bem sabendo que fui para os Estados Unidos e abandonei Marta?

O peso entre nós era esmagador. Ele levantou a cabeça na direção do teto, e o som de seu suspiro era mais um alívio de sua angústia do que um ato de respiração.

— O que posso fazer para convencer você?

— Não há nada que o senhor possa dizer ou fazer, papai — respondi entre lágrimas.

— Lenka. — A mão dele estava fechada em punho, como um coração despedaçado. — Lenka — sussurrou, desesperado. — Lenka.

Mas, por fim, ele me soltou.

— Eu já disse tudo o que podia dizer. A decisão é sua, Lenka.

Houve um silêncio momentâneo entre nós.

— Obrigada — disse, cortando a quietude. Fui até ele para abraçá-lo. Meu pai estava tremendo em meus braços.

— O senhor vai ver, papai — continuei, levando a mão dele aos meus lábios. — No fim, Josef vai acabar fazendo o que prometeu por todos nós. O senhor vai ver. — Eu acreditava naquelas palavras como se elas fossem verdade absoluta. Um mandamento que eu estava disposta a escrever em pedra.

Capítulo 21

LENKA

A semana anterior à partida de Josef e de sua família foi uma agonia para mim. Eu queria ser uma esposa boa e carinhosa, mas era difícil ficar perto dele sabendo que partiria em poucos dias.

Josef insistiu que não iria com a sua família também, o que gerou uma briga terrível entre ele e seus pais. Eles haviam gastado tudo o que possuíam para comprar as passagens, os passaportes e os documentos que permitiriam que eles — e eu — saíssemos da Tchecoslováquia, e simplesmente não iriam embora sem o seu único filho.

Os pais dele ficaram furiosos com a minha decisão. Eles tinham se esforçado ao extremo para me incluir nos planos, e agora o Dr. Kohn e sua esposa acreditavam que o filho se casara com uma tola.

Věruška, entretanto, entendeu a minha decisão.

— Eles deviam ter lhe contado antes do casamento — disse ela, balançando a cabeça. — Deviam ter dito a verdade.

Eu sorri e apertei sua mão, seus dedos finos nos meus.

— Tudo é tão apressado... Queria sentir raiva de meu pai e de Josef, mas não parece haver tempo nem para isso... Parece besteira?

Ela sorriu sem vontade.

— Eu queria que você viesse conosco...

— Eu sei — falei. — Mas não posso simplesmente abandonar a minha família. Não posso.

— Eu entendo — respondeu ela, mas ouvi a tristeza e o arrependimento em sua voz.

Ela ajustou o cachecol vermelho em torno do pescoço. Seus olhos estavam brilhando de lágrimas.

— Parte de mim acha que todos nós deveríamos esperar aqui até podermos ir juntos. Honestamente, o que esse mundo se tornou? Tudo está de cabeça para baixo.

Tentei acalmá-la, embora eu é que estivesse com vontade de chorar. Segurei seus pequenos dedos.

— Logo, logo, nós duas vamos sair para fazer compras em Nova York. Você vai usar um vestido vermelho novo e sapatos com fitas de seda. Vamos tomar chocolate quente à tarde e sair para dançar juntas à noite.

— Promete?

— Sim, claro — confirmei. Agora, minha voz estava prestes a falhar. Eu achava que não tinha mais forças para manter aquela fachada de coragem diante dela. E de Josef, e de meus pais. Minhas próprias emoções permaneciam represadas, e eu tinha medo de que a barragem fosse estourar a qualquer instante. Não queria pensar na traição de Josef, na cumplicidade de meu pai em não me contar nada. Permaneci firme na minha decisão de ficar em Praga, e fiz isso porque foi o que a minha consciência me disse para fazer. Porém, por dentro, sentia que o meu mundo inteiro estava desmoronando.

Abracei Věruška por vários segundos. Quando abri os olhos, vi Josef de pé na porta. Ele esperara em vão que sua irmã pudesse me persuadir a ir com eles. Vi quando ele olhou para nós duas, depois balançou a cabeça e foi para outro cômodo.

— Em breve, iremos nos rever.

— Sim — assenti. — Muito em breve.

Ela se levantou da cadeira e me beijou nas duas bochechas.

— Eu sempre quis ter uma irmã, mas agora, que tenho uma, estou deixando-a para trás. — Ela balançou a cabeça e enxugou as lágrimas.

— Eu irei para lá — sussurrei, entre lágrimas. — Só que não agora.

⁂

No final, fui eu que convenci Josef a partir sem mim.

— Você vai na frente — falei a ele, como uma general que dá ordens. — Vá na frente e construa um lar para nós. Comece a ter aulas de inglês, para que possa iniciar seus estudos em medicina por lá. Depois procure o governo americano e consiga o apoio deles para o pedido de asilo da minha família, e então todos nos reuniremos. Não há outro jeito, simplesmente.

Eu disse aquilo como se estivesse escrito em pedra. Com clareza. Com força. Então, no fim das contas, ele acabou acreditando que estava fazendo a coisa certa para todos nós, até que a minha família e eu pudéssemos acompanhá-lo.

Dois dias antes da partida, entretanto, Josef voltou para casa agitando um envelope.

— Tenho boas notícias — disse ele, dando-me um beijo nos lábios.

— Vamos ficar na Inglaterra durante o verão. Papai acabou de saber que um médico tcheco que tem uma clínica em Suffolk está precisando de obstetras. Ele conseguiu remarcar nossas passagens com a empresa de navegação, portanto, agora iremos partir de Liverpool em setembro, primeiro para o Canadá e depois para Nova York. Isso vai nos dar mais tempo para conseguir passagens para a sua família.

— Que maravilhoso! — gritei, e deixei que ele me abraçasse.

— Vou dizer a papai que ficarei aqui com você até o final do verão e depois me juntarei a eles em Liverpool, antes de o navio partir.

Olhei para ele cheia de doçura.

— Josef, vá com a sua família agora e não cause mais estresse a eles. Eu já compliquei as coisas o bastante. Com sorte, conseguiremos os vistos para a minha família durante o verão, e todos nós iremos encontrar você na Inglaterra e pegaremos o mesmo navio. — Eu o beijei de novo. A carta flutuava contra as minhas costas.

Logo chegou o dia da partida deles para a Inglaterra. Josef e eu ainda estávamos usando o apartamento de Miloš. Acordamos cedo e fizemos amor uma última vez.

Lembro que ele chorou em meus braços antes de se vestir; seu rosto estava colado ao meu seio, enquanto meus dedos tocavam os cachos de seu cabelo.

— Não há motivo para chorar — menti. — Vamos nos ver em breve.

Minha voz não tinha entonação e as palavras eram ensaiadas. Eu as ensaiara mentalmente enquanto estava deitada embaixo dele, olhando para o teto. Não tinha pregado o olho a noite inteira. Josef caíra no sono em meu peito; sua bochecha era morna contra a minha pele, seus dedos estavam entrelaçados nos meus. Em seu sono, ele parecia um menininho adormecido — uma imagem que ao mesmo tempo comoveu e machucou meu coração. Enquanto olhava o relógio, contando as horas que ainda restavam entre nós, eu me espantava com a capacidade dele de sonhar.

Eu jamais compartilharia com ele o que estava pensando por dentro: que estava cansada de ter de fingir ser estoica. Eu não duvidava da minha decisão porque realmente acreditava que Josef e eu acabaríamos nos reunindo, mas, no fundo, ainda estava magoada por ter sido obrigada a escolher entre o homem que amava e a minha família. Parecia extremamente injusto, e, mais uma vez, eu tinha medo de que, se me permitisse chorar, nunca mais fosse capaz de parar.

⚜

Josef levou pouca coisa na bagagem, a fim de conseguir ajudar os pais a carregarem seus baús e valises. Tínhamos pouca coisa como casal. Até mesmo nossa foto de casamento, tirada pela minha mãe com a câmera da família, ainda precisava ser emoldurada.

Eu a guardara cuidadosamente num papel pardo dobrado ao meio. Anotei com caneta preta os nossos nomes e a data do nosso casamento.

— Leve essa foto com você — disse a ele. Mordi o lábio. Estava tentando reprimir as lágrimas. — Coloque o retrato ao lado da sua cama na Inglaterra e, quando chegarmos aos Estados Unidos, vamos mandar emoldurá-lo.

Ele apanhou o retrato das minhas mãos e o colocou não em sua mala, mas no bolso do peito de seu paletó.

Tomamos o café da manhã em um silêncio reverente, olhando um para o outro sobre as xícaras fumegantes.

Quando nos vestimos, trocamos olhares furtivos, como se estivéssemos tentando armazenar a visão para os meses à frente. O tempo inteiro eu tinha a sensação de que estava segurando o fôlego. Parecia prestes a soluçar em questão de segundos. Mais uma vez, disse a mim mesma que nossa separação era apenas temporária, que em breve nos veríamos de novo.

Na porta, antes de partirmos para a estação, fiquei parada ao lado dele, com o rosto pressionado em sua lapela.

Quando me afastei num esforço de me recompor, notei um fio de cabelo — um único fio de cabelo castanho — preso na fibra de seu casaco. Fiz menção de retirá-lo, mas Josef segurou meu pulso.

— Não. Não, Lenka.

— Não o quê?

— Deixe-o aí.

Ainda consigo ver seus olhos vítreos. Olhando para mim. Segurando o meu pulso.

— Me deixe levar esse pedacinho seu comigo.

Aquele fio de cabelo. Ele colocou a mão em concha sobre ele, como se fosse um escudo.

Na estação, encontramos a família dele perto dos trilhos. Vestiam casacos pesados, e havia uma pilha de malas no carrinho de bagagem. O ar de Věruška era grave.

Fui até eles para cumprimentá-los, segurei suas mãos e as aqueci com as minhas. Olhei para seus rostos e tentei guardá-los na minha memória. Puxei cada um num abraço e os beijei nas duas bochechas.

— Adeus, Lenka — disse-me cada um deles. — Nos veremos em breve.

Assenti e tentei reprimir as lágrimas. A mãe e o pai de Josef estavam estoicos, mas Věruška mal conseguia olhar para mim, de tantas lágrimas que rolavam pelo seu rosto.

Quando o trem chegou, seus pais e sua irmã embarcaram primeiro, para que Josef tivesse privacidade em nossos últimos momentos juntos.

Não falávamos mais sobre a decisão de eu permanecer para trás. Àquela altura, ele já entendia os meus motivos.

E talvez esta tenha sido a beleza de nossa despedida. A compreensão muda entre nós.

Ele ficou na minha frente e me puxou para me dar um beijo. Pousei a boca sobre a dele e senti seu hálito dentro do meu. Ele colocou as duas mãos sobre a minha cabeça e acariciou meus cabelos.

— Lenka...

Eu me afastei dele e levantei a cabeça para olhá-lo. Estava reprimindo o choro.

— Por favor, se apresse e mande logo nos buscar.

Ele assentiu. Dei um passo para trás para olhá-lo pela última vez. Então, quando o apito do trem começou a soar, Josef enfiou a mão no bolso do peito e retirou um pacotinho.

— Era da minha mãe — disse ele, colocando algo que parecia uma caixinha embrulhada em papel pardo sobre a minha mão. — Ela quis te dar. Não abra agora, abra quando chegar em casa.

Ele segurou meu queixo com um dedo e me trouxe uma vez mais até sua boca.

— Eu te amo — sussurrou. Então eu o soltei e fiquei parada na plataforma, enquanto o trem se afastava da estação.

⁓

A caixinha continha um pequeno camafeu, onde, entalhado em pedra macia e rosada, havia um rosto branco em alto-relevo.

Pude ouvir a voz dele me dizendo que aquele rosto parecia o meu. Os olhos compridos e estreitos. O cabelo ondulado e cheio.

Eu sabia que aquele era um presente conciliatório da mãe dele: um agradecimento por eu haver convencido Josef a não ficar comigo.

⁓

Eu sabia de cor os planos de viagem deles. Primeiro, a viagem de trem até a Alemanha e a Holanda, depois uma balsa da França até a Inglaterra. De lá, meu amado Josef me escreveria todos os dias, e começaríamos a contagem regressiva até o dia em que voltaríamos a nos ver.

No momento em que Josef se foi, pareceu que as coisas começaram a piorar ainda mais.

No dia 14 de março, quando meu marido já estava na Inglaterra, Hitler deu um ultimato à Tchecoslováquia para que se rendesse. Mais tarde, no mesmo dia, o exército alemão entrou com seus tanques de guerra pela fronteira. Na manhã seguinte, os alemães já ocupavam Praga. A Eslováquia declarou sua independência, autonomeando-se República Eslovaca, e o que restou de nosso país foi anexado ao Reich e renomeado de Protetorado da Boêmia e da Morávia.

Fiquei diante dos janelões de nosso apartamento observando os comboios e os tanques descendo as ruas, que estavam cheias de curiosos nas calçadas. Houve alguns vivas, mas a maioria dos tchecos observava com tristeza a ocupação de nossa cidade.

Em questão de dias, Hachá, o novo presidente imposto, aboliu o parlamento e todos os partidos políticos, condenando verbalmente a "influência judaica" na Tchecoslováquia. Enquanto os alemães marchavam em Praga sob os gritos de comemoração dos tchecos germânicos, ele fechou as fronteiras e adotou as leis de Nuremberg.

Konstantin von Neurath logo foi apontado *Reichsprotektor* de toda a Boêmia e Morávia. Já começávamos a ver a nossa liberdade evaporar-se diante de nós.

Ele instituiu leis alemãs para controlar a imprensa, reprimir protestos estudantis e proibir quaisquer partidos políticos e sindicatos de terem opinião contrária.

Naquela primavera, continuei a receber cartas de Josef. Ele falava da família calorosa e generosa que os estava acolhendo em Suffolk, e dos carvalhos altos que estavam começando a se encher de verde. Escreveu que seu pai havia feito o parto de nove bebês desde que chegara, e que os ingleses estavam se preparando para uma Segunda Guerra Mundial. Escreveu que estava preocupado comigo e que todas as noites tinha um sonho recorrente.

Em seu sonho, nós dois estávamos perto da toca de uma raposa, no meio de uma floresta. Para o folclore tcheco, as tocas de raposa são lugares mágicos, onde as crianças depositam em segredo papeizinhos com desejos. No sonho de Josef, nós dois colocávamos juntos um papelzinho dobrado e, quando retirávamos a mão, estávamos segurando um bebezinho.

Ri quando li isso, porque todas as noites ia dormir me lembrando da nossa noite de núpcias, do corpo comprido dele esticado e pressionado contra o meu.

No início de abril, senti que estava grávida, mas esperei até o começo de maio para contar à minha mãe e à minha irmã. Meus seios estavam tão sensíveis e inchados que eu tinha começado a desabotoar os botões da minha camisola à noite, quando todos estavam dormindo. Eu mal conseguia tomar café de manhã, e passava a maior parte das manhãs querendo apenas dormir.

Desconfio que a minha mãe também soubesse que eu estava grávida. Ela me olhava como se suspeitasse de alguma coisa, mas falava o mínimo necessário naqueles primeiros meses da ocupação alemã. Até que, por fim, comecei a ficar preocupada, achando que deveria consultar um médico. Quando minha segunda menstruação não veio, explodi em lágrimas enquanto ajudava a preparar o chá da tarde.

— Mamãe — choraminguei nos braços finos dela. — Estou grávida. — Comecei a chorar quando ela me apertou mais. Não disse que tinha medo de nunca mais ver Josef novamente, tampouco que não me sentia preparada para colocar uma criança num mundo em que a guerra vinha se tornando uma perspectiva cada vez mais provável a cada dia que se passava.

— Eu sei que você está com medo, meu amor. Mas você vai ficar bem, Lenka. Mesmo que tenha de criar seu filho sem a ajuda de Josef por um tempo, estaremos ao seu lado. Você nunca estará sozinha.

Meu coração se encheu de amor por ela. Eu fizera bem em não abandonar a minha família. Eu também jamais desejaria que meus pais ou minha irmã pensassem que estavam sozinhos.

⁂

Escrevi a Josef dizendo que estava grávida e ele respondeu à minha carta dizendo que estava felicíssimo, mas arrasado com o fato de não poder estar ao meu lado. Anotou o nome do médico que assumira a clínica de seu pai e me disse para consultá-lo imediatamente. Ali, eu receberia os melhores cuidados. Àquela altura, os médicos judeus já não podiam mais atender pelo sistema de saúde nacional tcheco, portanto, todos os pacientes que se consultassem com eles tinham de pagar em dinheiro. O Dr. Silberstein me atendeu de graça. Era um homem generoso de meia-idade que apalpou meu abdômen com mãos gentis, me garantiu que eu estava em perfeita saúde e teria um parto sem dificuldade.

No quarto mês, meu abdômen já estava grande. Minha mãe me ajudou a soltar os elásticos do cós das minhas saias e tirou as roupinhas de bebê que tinham sido minhas e de Marta dos armários. Eu havia recebido bem a gravidez, apesar de as coisas estarem tão difíceis para nós. Era maravilhoso sentir que havia uma vida crescendo dentro de mim e que aquela vida tinha sido gerada com Josef. Com o crescimento diário do bebê, na minha cabeça a conexão entre nós dois se aprofundara. A vida em Praga, contudo, vinha tornando-se cada vez mais complicada. Quando pensávamos que o pior já tinha passado, na semana seguinte uma nova lei era aprovada e nossa liberdade via-se ainda mais restringida. Raramente saíamos de casa, a não ser quando necessário. Naquele mês de junho, von Neurath aprovou um decreto que excluía todos os judeus da vida econômica e ordenava que eles registrassem seus bens. As empresas judias foram oficialmente assumidas pela Treuhand alemã, que providenciaria sua "arianização". No dia seguinte a essa ordem, Adolf Eichmann chegou a Praga e instalou-se em uma *villa* judaica confiscada, em Støešovice.

Em agosto, os judeus foram segregados nos restaurantes e proibidos de usar banheiros e piscinas públicas. Iniciou-se para nós um toque de recolher, proibindo que estivéssemos nas ruas após o pôr do sol, e até mesmo as nossas rádios foram confiscadas. Agora minha barriga estava visivelmente maior, e eu tentava dizer a mim mesma que as restrições não eram tão ruins, que eu deveria receber a oportunidade de descansar e me preparar. Quando o bebê chegasse, sabia que ficaria atarefada e exausta — esperava que, até lá, as coisas já tivessem melhorado e eu pudesse levar o bebê para passear e tomar ar fresco.

Tentava permanecer o mais positiva possível, embora às vezes parecesse impossível sentir-me feliz com tanta tensão e medo rodeando minha família e com a nossa situação. Imaginava que o bebê fosse um menino e pensava em lhe dar o nome de Tomáš, em homenagem ao meu avô que morreu quando eu tinha 3 anos. À noite, ficava deitada na cama tentando me lembrar da noite do meu casamento, da sensação dos braços de Josef em torno de mim. O luar derramando-se pela janela, e nossos corpos nus entrelaçados.

Quando senti os primeiros chutes de vida, quase explodi de felicidade. Por mais que nossas circunstâncias fossem horríveis, aqueles primeiros movimentos me fizeram sentir que a vida continuava.

Marta, entretanto, ficara inquieta por causa do toque de recolher e da perda da liberdade. Minha irmã raramente via seus amigos, e eu sentia que sua frustração era crescente. Ela pouco conversava com meus pais e não tinha nenhum interesse em falar sobre a minha gravidez, mas, de vez em quando, nossos olhares se cruzavam e eu percebia quanto ela estava infeliz. Seu longo cabelo ruivo era uma juba de cachos indomados que desciam pelas costas, desafiadores e gloriosos. Ela se recusava a trançá-lo, embora a escola o exigisse. Era o único protesto que lhe era permitido fazer.

Tentei permanecer otimista, esperando que chegasse uma carta de Josef dizendo que ele tinha conseguido vistos para irmos para a Inglaterra e que nosso carimbo para escaparmos da Gestapo havia sido providenciado. Porém, essa carta nunca chegou. As correspondências de Josef tornaram-se mais desesperadas e banhadas de frustração. A guerra era quase certa, e as fronteiras estavam fechadas. Nós dois sabíamos que ele teria de ir para os Estados Unidos sem mim e depois esperar que, de alguma maneira, conseguisse arrumar uma passagem para mim e para a minha família.

Aceitei isso tudo sem protestar. Faltavam-me forças para uma viagem tão extenuante, e eu tinha medo de dar à luz numa cidade estrangeira.

Eu pousava as mãos em minha barriga todas as noites e fechava os olhos. Recebia cada chute como se fosse uma batida à porta que daria para uma vida melhor, em que eu e Josef estaríamos juntos, com nosso bebê brincando no chão, aos sons de risadas, em vez de sirenes e aviões de guerra.

A família de Josef partiria no SS *Athenia*, de Liverpool, no dia 1º de setembro, chegaria ao Canadá algumas semanas depois, e então viajaria para Nova York. Josef prometeu me mandar um telegrama assim que chegassem.

Foi pelos jornais, contudo, que fiquei sabendo da situação dele. O SS *Athenia* fora bombardeado perto da costa da Irlanda por um submarino alemão, provocando as primeiras vítimas civis da guerra. Embora a maioria dos passageiros tenha sido salva do navio afundado, a família Kohn estava listada entre os 117 mortos.

Capítulo 22

JOSEF

No convés, o céu estava negro como tinta. Eu não me lembro de ver uma única estrela, apenas a luz pálida do luar. Ficamos parados no frio, o vento chicoteando nossos rostos. Minha mãe estava vestida com seu casaco de pele, em cujo forro ela havia costurado o que restara de suas joias e coroas tchecas. Minha irmã ainda estava com seu mesmo vestido vermelho preferido que usara no jantar. Ela havia dançado com um rapaz da Cracóvia, e o rubor que colorira seu rosto agora se desbotara em um branco sobrenatural.

Quando chamaram as mulheres e as crianças, meu pai empurrou Věruška e mamãe à nossa frente. Eu tinha me despedido de Lenka poucos meses antes, e agora minha mãe e minha irmã estavam agarradas às lapelas de meu paletó, os rostos macios e úmidos pressionando o meu pela última vez.

As últimas palavras de Věruška foram como uma absolvição para mim.

— Ela fez bem em não vir. — Olhei-a, sem fala, enquanto ela levava minha mãe envelhecida para os botes salva-vidas.

Věruška virou-se para me olhar uma última vez enquanto um dos marinheiros ajudava a ela e minha mãe a embarcarem. As polias as abaixaram até o mar, e o vestido dela parecia uma pluma de fumaça vermelha erguendo-se contra o céu escurecido.

Meia hora depois, papai e eu ainda aguardávamos para ser instalados num dos últimos botes. Fiquei ali parado, pensando que aqueles que restassem agora se afogariam juntos. Olhei para os rostos ao meu redor. Havia um garoto ao meu lado; não devia ter mais de 17 anos, com um rostinho branco e cabelos escuros e cheios. Numa de suas mãos azuladas, ele segurava o arco, e na outra, um violino. O instrumento balançava como um apêndice ferido. Eu tinha decidido não perguntar o nome dele. Não queria saber o nome dos fantasmas que compartilhariam meu túmulo, mas papai estendeu o braço e o abraçou. O garoto sentiu um arrepio com o toque.

— Sua família já partiu em outro barco? — perguntou papai.

O rapazinho estremeceu.

— Não, eu vim sozinho.

— Eu sou o Dr. Jacob Kohn, e este é meu filho, Josef — disse papai, apontando para mim.

— Eu me chamo Isaac Kirsch. — Desajeitadamente, ele transferiu o arco para a mesma mão que segurava o violino e apertou a mão de meu pai. Mais tarde, eu viria a saber que ele estava praticando no convés quando fomos atingidos pelo torpedo. Ele disse que a força do impacto atirara no mar o estojo do seu violino.

Foi uma apresentação rápida em meio a um cenário de caos e morte. Mulheres berravam lá embaixo, enquanto a tripulação corria apressadamente no convés. Alguns dos rapazes não eram marinheiros, mas simplesmente garotos "extras" que precisavam de trabalho e que, por acaso, estavam num cruzeiro que seguia rumo ao Canadá.

Ainda havia centenas de pessoas no convés quando fomos empurrados na direção de um bote disponível. O que aconteceu a seguir ainda me atormenta até hoje. Eu revivi isso na minha cabeça tantas e tantas vezes. Segundo a segundo.

Papai empurrou Isaac e a mim para a frente.

— Primeiro os jovens, depois os velhos — falou ele. — Eu vou no próximo bote.

— Não, papai — respondi.

Ele pousou a mão na minha bochecha. Senti o calor da palma da sua mão. E, naquele segundo apressado, me transformei naquele pássaro tremente da minha infância, aninhado numa única mão.

— Papai — insisti, mas sua decisão já estava tomada. Ele empurrou a mim e Isaac para que entrássemos no bote sozinhos. O bote foi abaixado até a água, uma poça negra. À medida que a popa do enorme navio começou a afundar cada vez mais, vi corpos saltando do convés. No caos de nosso bote salva-vidas, Isaac conseguiu permanecer com seu violino, mas perdeu o arco.

Um navio de resgate, o *Knute Nelson*, veio em nosso socorro, mas a hélice do seu motor acidentalmente dilacerou um dos botes salva-vidas. Ouvi os gritos e presenciei o sangue espirrando para o mar iluminado pelos holofotes do navio de resgate. Seda vermelha espalhou-se pelas águas, como um paraquedas. Minha irmã estava caindo no mar como uma rosa se afogando.

Capítulo 23

JOSEF

Quando Isaac tocou violino na minha festa de aniversário de 30 anos, tempos depois, era o único que conhecia o homem que realmente sou. Ele toca músicas em relação às quais sou parcial. As melancólicas de Brahms, ou o segundo movimento do quarteto *American* de cordas, de Dvořák. A melodia do primeiro violino nesse movimento me leva às lágrimas sempre que escuto.

Ele é sete anos mais novo que eu. Agora é violinista da Filarmônica de Nova York. Come os bolos secos de Amalia e bebe vinho doce.

Gosto de pensar que somos feitos do mesmo material. Nós dois chegamos aqui sem ninguém. Eu carrego o peso da minha esposa e do meu filho presos na Europa; ele carrega seu violino como se este pudesse serenar seus fantasmas.

Isaac diz que toca pela mãe, que amava a música típica do vilarejo dela, próximo a Brno. Que toca pelo pai, que amava a simplicidade de Mendelssohn. E que toca pelo irmão mais novo, que odiava o som do violino e chorava sempre que ele tocava uma única nota sequer.

Minha Amalia fica sentada na cozinha, escutando-o tocar. Entrelaça as mãos e fecha os olhos. Às vezes, quando ele toca, eu a observo, o rosto transportado para algum lugar muito distante.

Nós três comemos na mesa modesta de nossa casa; o cesto de pão sendo passado por entre nós. As flores que Isaac trouxe são colocadas num vidro de leite que Amalia guardou.

E nossas vidas continuam silenciosamente, em paz e segurança.

Descobri o conforto de um bom copo de uísque. Encontrei consolo limpando os corredores grudentos de uma escola primária, e aprendi inglês sozinho lendo os livros que ficavam guardados nas mesas de crianças quinze anos mais novas do que eu. Coisas que eu fazia enquanto estudava medicina na universidade.

As cartas que escrevi para Lenka para dizer-lhe que estava bem e me esforçando para tirá-la de Praga foram todas devolvidas, intocadas. Acabaram numa caixa, embaixo da minha cama, onde também guardei a foto do meu primeiro casamento — ao lado dos brinquedos de madeira e do aviãozinho que comprara quase uma década antes, em Londres, na expectativa feliz do nascimento do meu filho.

Capítulo 24

LENKA

Meu mundo ficou negro depois que eu soube do naufrágio do navio de Josef. Fiquei tomada de tristeza.

Foi minha mãe quem me contou que toda a cor do meu rosto se fora. Ela me disse que eu precisava ir ver o médico, enrolando-me não em um casaco, mas em dois. Era final de setembro e estávamos agora, oficialmente, em guerra. Duas longas lapelas pendiam do meu peito; minha barriga tornou impossível fechar qualquer um dos casacos.

O Dr. Silberstein retirou o estetoscópio de sua maleta médica e auscultou a pele esticada do meu abdômen.

— Quando foi a última vez que você sentiu algum movimento? — perguntou ele. Meus olhos estavam cheios de lágrimas. Não consegui responder; desde que eu lera sobre o naufrágio do *Athenia*, eu já não sabia mais de nada.

— Eu não me lembro — respondi. — É o bebê? — Senti o chão deslizar para longe dos meus pés.

Ele me fez deitar novamente e, com esforço, procurou as batidas do coração.

— Não consigo escutar nada — disse ele —, mas pode ser por causa da posição. Volte para casa e, daqui a alguns dias, iremos descobrir.

Acordei com uma torrente de sangue na noite seguinte. Tudo estava escapando de mim. Meu marido estava morto, meu filho era agora uma massa gelatinosa e sanguinolenta nos lençóis.

A única coisa que eu queria era me juntar a eles.

Minha mãe me deu banho e cuidou de mim, e o médico foi gentil o bastante para me dar um pouco de preciosa morfina para que eu conseguisse dormir.

Dormi, dormi e dormi, como se estivesse deslizando para minha própria morte. Não tive sonhos. Tudo era negro. Não havia imagens, memórias ou pensamentos sobre o futuro. Quando você sonha com o escuro, está praticamente morto.

Nos meses que se seguiram, minha mãe cuidou de mim como se eu fosse uma criança recém-nascida. Ela me banhava, me alimentava e lia para mim enquanto eu permanecia deitada como meu bebê natimorto. Sem vida, os olhos como vidro embaçado, na cama da minha infância.

⚜

Enquanto eu lutava para aceitar minha perda, as coisas apenas pioraram para minha família e minha comunidade. Direitos que antes nunca pensávamos ser direitos agora nos eram tirados. Não podíamos mais dirigir, ter animais de estimação, nem mesmo escutar rádio. Deram-nos dois dias para entregar nossos aparelhos, e eu me lembro vagamente quando papai embrulhou o rádio que comprara para mamãe anos antes e o entregou às autoridades.

Lucie parecia ser a única pessoa com quem podíamos contar à medida que nossa vida pregressa ia desmoronando ao redor. Ela vinha toda segunda-feira, chegava como um anjo, com ovos e leite frescos da fazenda do irmão de Petr. Essas visitas eram a única conexão da vida de mamãe com o mundo fora do nosso apartamento. O jogo tinha claramente se invertido; em vez de oferecermos a Lucie refeições suntuosas nos domingos e presentes encomendados com a costureira,

Gizela, estávamos reduzidos a aceitar humildemente o que quer que estivesse no cesto dela naquela semana.

A filha de Lucie, Eliška, já falava suas primeiras frases, e suas perninhas gorduchas e rostinho de boneca faziam mamãe e Marta esquecerem temporariamente de nossa infelicidade. Eu, entretanto, não conseguia suportar olhar para a menina. Via Lucie sorrindo enquanto Eliška rodopiava em seu vestido com avental ou mordiscava uma casca de pão e me enchia de uma inveja tamanha que me fazia odiar-me ainda mais. Era terrível sentir inveja do filho dos outros, principalmente de uma pessoa tão amada, mas eu me sentia tão vazia que a única coisa em que conseguia pensar era numa substituição para o que eu havia perdido.

Apesar de tudo, foi Lucie quem me salvou dessa tristeza enorme. Certa tarde, ela chegou com sua cesta de comida e um pequeno presente para mim. Levou o presente, embrulhado em papel pardo e barbante, até a minha cama.

— Lenka — ordenou. — Quero que você abra isso agora... e não mais tarde.

Minhas mãos estavam fracas pela falta de uso. Tremiam ligeiramente enquanto desfaziam o nó do barbante e removiam o papel. Lá dentro, estava uma latinha com pastéis e um pequeno bloco de desenho.

— Você se lembra de como a gente desenhava juntas?

Fiz que sim.

— Comece de novo. — Ela afastou as cortinas ao lado da minha cama. — Que outra família tem esta vista do Vltava?

Eu não queria mais nada, apenas esquecer o vazio da minha barriga, a dor de ansiar por algo que já não estava mais ali. Porém, aquilo permanecera como uma ferida que nenhum unguento podia curar, um uivo abafado que não tinha escape.

Lucie me dera um presente — o lembrete de que eu ainda tinha meus olhos e minhas mãos. Naquela tarde, comecei a desenhar novamente.

No início, tive dificuldade em encontrar meu traço de novo. Meus dedos seguravam o lápis, a ponta parada diante da página, e eu não era capaz de conectar minha mão com minha cabeça. Aos poucos, entretanto, a coisa toda foi voltando, e consegui recuperar o foco. Comecei a desenhar pequenos objetos do meu quarto. O simples fato de olhar para coisas que não notava havia tantos meses foi um alimento para mim. Os passarinhos de vidro sobre a minha escrivaninha, o apito de madeira da minha infância, a boneca de porcelana que ganhei em um aniversário.

Todas as semanas, Lucie voltava com mais material de arte, e eu descobri que uma lata de carvão e um bloco de papel espesso ajudavam e muito a curar feridas. Eu era como um quadro retratado em preto e branco, mas, depois de alguns dias, já conseguia acrescentar as primeiras pinceladas de cor.

Meu luto ainda ia e vinha. Quando olhava pela janela e via as mulheres gentias passeando com seus carrinhos de bebê pretos e brilhantes, o sol banhando os bonezinhos dos nenês, ainda sentia vontade de me enrodilhar e chorar.

Em outras vezes, deitada na cama à noite, eu sentia uma dor imensa no útero e não sabia se era por causa do aborto — pois eu nunca tinha visto os olhos daquela criança, nem sentira os seus dedos me segurarem — ou porque já não existia mais nenhuma possibilidade de um dia eu ter um filho com Josef. Ele estava morto, e morta também estava qualquer conexão que eu poderia ter com ele. Eu mal conseguira lamentar sua perda ao saber de sua morte, uma vez que o aborto acontecera tão depressa... Mas agora a implacabilidade de sua morte tomava conta de mim.

À medida que as semanas iam se passando, contudo, minhas crises de choro foram diminuindo, e eu era cada vez mais capaz de me distrair com meus desenhos. Eu me lembrei de como costumava me trancar nesse mesmo quarto no meu primeiro ano de faculdade e estudar minhas pernas ou os tendões flexionados da minha mão, e me consolei em saber que algumas coisas jamais poderiam ser arrancadas de mim.

Comecei a me enrodilhar no assento junto à janela do meu quarto com o bloco de desenho apoiado em meus joelhos e desenhar o teto do castelo, a ponte perto do nosso apartamento e a garotinha que saltitava pela margem do Vltava como eu mesma fizera tantas e tantas vezes na infância. Desenhava até meus dedos ficarem dormentes, e o avental do meu vestido, cheio de poeira dos pastéis.

Minha mãe vinha bater à porta do meu quarto e me convidar para me juntar a ela na nossa sala de estar para tomar chá e comer alguns biscoitos, se Lucie tivesse conseguido trazer manteiga naquela semana. A sala de estar agora era uma sombra do que fora um dia. Semanas antes, fôramos obrigados a levar o que restara de nossos bens de valor e entregá-los ao Protetorado da Boêmia e da Morávia. Marta e eu levamos os candelabros de prata da nossa herança e as poucas estatuetas e enfeites de porcelana até o depósito da sinagoga espanhola, onde eles foram registrados e enviados para o Reich.

Acredito que um dos motivos de eu me sentir tão satisfeita em simplesmente ficar no quarto da minha infância desenhando é que podia me isolar da solidão e do vazio do restante do apartamento. Sentar-me num cômodo esvaziado que um dia fora repleto de tanta cor e vida era agora algo intolerável. Não que sentisse saudade das prateleiras cheias de copos e cristais e dos enfeites em si; era a sensação de ausência que permeava as paredes, uma sensação intensificada pela visão de mamãe sentada num sofá agora gasto e suas duas filhas esforçando-se ao máximo para agir como se um biscoito fosse uma extravagância que nenhuma das duas merecia.

Durante a maior parte daquele ano, passei todos os dias desenhando. Cheguei a montar um pequeno cavalete ao lado da janela. A escassez de pigmentos à base de óleo me fazia focar mais do que eu fizera na faculdade. Primeiro, eu me imaginava dando cada pincelada em minha cabeça, imaginando-as na tela antes de colocá-las ali, para ter certeza de que era aquilo mesmo. Pois eu sabia quanto cada centímetro de cor era precioso.

No outono de 1941, todos os judeus foram obrigados a usar Estrelas de Davi amarelas.

Eu me lembro da tarde de setembro em que nos registramos no escritório da Gestapo e eles nos deram nossas estrelas. Nós quatro voltamos para casa e encontramos ali Lucie e Eliška. Lucie tinha sua própria chave, e por isso entrara e começara a preparar panquecas com a farinha e os ovos que havia trazido.

Tínhamos enfiado as estrelas amarelas de feltro no bolso e nos sentamos à mesa para comer com Lucie e Eliška. Nossos rostos estavam tensos. Percebi lágrimas enchendo os olhos de mamãe quando ela olhou para o rosto doce e cor-de-rosa de sua xará. Papai estava empertigado na cadeira olhando o grande relógio de piso, e Marta e eu tentamos esquecer as estrelas que queimavam em nosso bolso para apenas desfrutarmos das deliciosas panquecas de Lucie que nos haviam alimentado em nossa infância.

A estrela de mamãe escorregou para o chão quando Lucie lhe deu um abraço de despedida. Eu estava entre as duas e vi a estrela cair no carpete, sua queda silenciosa mais poderosa que o mais alto dos gritos. Mamãe a apanhou com cuidado e a guardou de novo no bolso, colocando a palma da mão sobre ela para que a filhinha de Lucie não a visse. Mas Eliška percebeu:

— Olha, mamãe, a tia Liška tem estrelas no bolso. Ela tem tanta sorte, mamãe!

Minha mãe se ajoelhou e lhe deu um beijo na testa.

— As estrelas pertencem ao céu, minha querida. Lembre-se disso.

Os olhos de Lucie estavam cheios de lágrimas quando ela se aproximou de mamãe. Lucie segurou a mão de sua filha e a beijou. Eu queria tanto que ela segurasse a minha mão também, pois me lembro da sensação de segurança daquela mão. O calor acolchoado daquela palma quando segurava a minha, a tranquilidade confortadora que ela me dava quando andávamos de mãos dadas na minha infância. A lembrança da minha própria meninice, quando as únicas estrelas eram apenas as tais estrelas de mamãe, que ardiam no céu da noite.

Certa tarde, fui apanhar o pouco de mantimentos a que tinha direito de comprar com meus cupons de racionamento — os judeus só podiam sair às compras em algumas poucas horas durante o dia. As filas eram longas e quase não havia nada nas prateleiras. Naquele dia, contudo, tive a sorte de conseguir um pouco de farinha e manteiga, alguns rabanetes e duas maçãs.

No caminho de volta para casa, encontrei por acaso uma garota que entrara um ano antes de mim na faculdade, Dina Gottliebová. Ela não estava usando uma estrela amarela e fiquei surpresa quando parou para conversar comigo.

— Acabei de ver *A Branca de Neve* — disse ela. — Tirei a minha estrela para entrar na sala de cinema.

Fiquei chocada. Jamais passaria em minha cabeça correr tamanho risco.

— Você não imagina os desenhos que tornaram esse filme possível! — Ela não cabia em si de tanta animação. — Os personagens eram tão realistas... as cores, tão saturadas. Senti vontade de voltar correndo para casa e desenhar a noite inteira.

Por alguns segundos, eu me esqueci da estrela em meu casaco, do meu pai e da minha irmã esperando famintos por mim no apartamento. Ali estava eu, enlevada pela visão e pela voz de uma antiga colega entusiasmada com um filme.

Conversamos por mais alguns minutos, até que a visão de um policial alemão caminhando em nossa direção me deixou com medo de continuar a conversa.

Como eu queria ter ficado ali com ela! Sua energia era contagiante, e admirei sua bravura, mas naquele momento era ela que trazia a estrela amarela guardada no bolso, enquanto a minha estava visivelmente costurada na lapela do meu casaco. Nós duas conversando abertamente só poderia causar problemas.

— Dina. — Toquei seu braço suavemente. — Estou muito feliz de ter visto você, mas preciso voltar para casa e levar essas compras, o pouco que tenho, para a minha mãe.

Ela assentiu e sorriu de uma maneira que comunicava que entendia por que eu tinha ficado tão nervosa.

— Vamos torcer para nos vermos em breve — disse, e então cada uma seguiu seu caminho.

Naquela noite, durante o jantar de sopa rala com bolinhos e duas maçãs cortadas em quartos, imaginei como devia ser a sensação de estar numa sala de cinema escura assistindo a um filme de animação. Rir diante das imagens realistas dançando na tela, com a luz do projetor iluminando meus cabelos e a minha estrela amarela escondida no fundo do bolso do meu casaco.

Capítulo 25

JOSEF

À noite, às vezes acordo de um sonho em que estou sentado naquele bote salva-vidas, com Isaac ao meu lado, o violino no colo, seus olhos negros vasculhando as águas, procurando pelo lugar exato onde ele deixou cair o arco,

No sonho, não estou observando o *Athenia* erguendo o nariz para o céu estrelado. Não estou olhando o horror das mutilações daquele bote nem o sangue tingindo de vermelho o mar.

Estou olhando para todos os lugares vazios no bote onde estou. Os lugares que a minha família poderia ter ocupado e, nesse caso, minha vida teria sido completamente diferente. Já ouvi outros sobreviventes falarem dessa mesma culpa — o barco que poderia ter resgatado mais uma pessoa, a família que poderia ter sido convencida a esconder mais um filho, ou a esposa que jamais deveria ter sido deixada para trás.

Quando estou me sentindo particularmente triste, tento imaginar Lenka ao meu lado. Arrasto meu velho traseiro para o lado do colchão e abro espaço para ela no banco de madeira. Pouso a mão num trecho branco de lençol para aquecê-lo para ela, para procurar seus dedos, para esperar que ela segure a minha mão. Sessenta anos se passaram e eu ainda consigo me lembrar da sensação da mão de Lenka.

Conto a quase todas as minhas pacientes a mesma coisa quando vou visitá-las depois do parto. Quase sempre elas estão sentadas na cama, de robe. O bebê está ligeiramente descoberto pelo cobertor do hospital, o rostinho olhando para o seio da mãe, seu dedinho segurando o dela. Existem duas sensações táteis de que você irá se lembrar para sempre na vida: a primeira vez que você se apaixona — e aquela pessoa segurando sua mão — e a primeira vez que seu filho segura o seu dedo. Nesses dois momentos, você está selado ao outro para sempre.

A mão de Lenka foi a mais branca que eu já conheci. Os dedos longos e elegantes. A primeira vez que ela apertou minha mão, meu coração bateu tão depressa que eu mal consegui respirar. Ela nunca cheirava a terebintina ou giz, nem mesmo depois de passar o dia desenhando ou pintando. Eu pressionava os lábios nos nós macios de seus dedos e inspirava o odor de rosas e gerânios. Eu podia me permitir cair nessa lembrança como se fosse uma poltrona acolchoada. Podia sentir o cheiro de uma vida inteira de felicidade. Podia fechar os olhos e ver nós dois envelhecendo juntos, de mãos dadas, enrugadas e castanhas.

Naquele dia, na estação de trem, quando nos despedimos, sinceramente não pensei que seria o último. Mas, até hoje, ainda consigo sentir aquelas mãos tocando minhas bochechas muito de leve, as pontas dos dedos dela sobre minhas pálpebras, o cheiro de flores, e me lembrar da sua pele alva.

Quando minha filha, Rebekkah, nasceu, o aperto de seus dois dedinhos de criança sobre o meu dedo foi igualmente poderoso. E, quando meu filho nasceu e eu o aninhei em meus braços, a sensação foi igualmente tão profunda.

Quando Amalia estava morrendo, deitada na cama com tubos presos no braço e no nariz, segurei sua mão e conversei com ela.

Aquela mão, pequena, com dedos delicados e unhas claras em formato de lua. A mesma mão da minha filha, só que mais velha. Com manchas senis e a pele tão fina quanto papel de arroz. Beijei sua mão. Eu me peguei chorando quando os olhos dela estavam fechados.

Enxuguei as lágrimas com o dorso da mão dela e a apertei, como se estivesse tentando me comunicar com ela em código Morse.

Porém, em meu coração, sabia que, mesmo nos melhores anos de nosso casamento, a mão de Amalia nunca me causara a mesma alegria nem o mesmo conforto que a de Lenka. Ainda assim, quando o coração de Amalia parou de bater e sua mão ficou gelada, senti saudades daquela sensação fugidia de calor e conforto.

Capítulo 26

LENKA

Fomos informados por carta de que nossa família seria transportada para Terezín em dezembro de 1942.

Não fomos os primeiros a receber a notícia desse deslocamento. Dina e sua mãe tinham sido enviadas no início do ano, e Elsa, em outubro, com os pais. Quando recebemos a correspondência com a informação, estávamos praticamente aguardando por isso. Esperávamos nos reunir com muitas pessoas de nosso círculo social que já tinham sido enviadas antes de nós.

— Vai ser um lugar só de judeus — disse papai para nós. Estranhamente, naquele momento, aquilo nos pareceu um alívio.

Todo transporte era designado com uma letra do alfabeto, e o nosso era a letra *Ez*. Fomos instruídos a levar no total 50 quilos que coubessem em uma mala, uma mochila e um embrulho de roupa de cama. Marta e eu repassamos nossas roupas e levamos três conjuntos cada: uma calça, um vestido, duas saias e duas blusas. Meias de lã. Roupa de baixo. Papai disse que eu e Marta poderíamos levar um livro cada uma, mas escolhi levar dois blocos de desenho, uma latinha de carvão e uma caixinha de pastéis.

Quando soubemos que seríamos levados a Terezín, mamãe recebeu a notícia com tamanho silêncio que foi impossível decifrar seus sentimentos. Ela trabalhou como uma máquina, de modo eficiente e sem emoção. Leu as instruções e depois realizou os preparativos necessários. Guardou duas linguiças ao longo de três semanas. Então, à medida que se aproximava a data do transporte, cozinhou leite e açúcar por um longo tempo, até que a mistura adquirisse um tom castanho, e depois a embrulhou em embalagens cartonadas. Também fez um *roux* de manteiga e enrolou-o em papel-manteiga. Assou biscoitinhos e um bolo, além de vários pães. Embrulhou a maior parte dessa comida na mochila com as coisas dela e de papai, e pouco levou de objetos pessoais dos dois, a não ser duas mudas de roupa e roupas de baixo. Nenhum par de sapatos extra. Nem um único livro.

Ferveu nossos lençóis e fronhas até que ficassem da cor de café, para que não parecessem sujos quando eventualmente isso viesse a acontecer. Marta lhe entregou a fronha que Lucie bordara para ela tantos anos antes e pediu que ela também a fervesse no café.

— Quero levá-la comigo — disse.

E mamãe ferveu a fronha, já frágil e gasta de tantos anos que passara na cama de Marta.

Quando eu e Marta terminamos de fazer a mala, mamãe foi conferir o que tínhamos colocado e dobrou nossas roupas de novo, como se ela precisasse do ritual de arrumar as coisas para a viagem das filhas. Já não éramos mais crianças pequenas — Marta tinha agora 16 anos —, mas, aos olhos de mamãe, ainda precisávamos de seus cuidados.

Papai marcou nossos números de transporte em nossas malas e mochilas com uma caneta preta de ponta grossa. Eu era 4704Ez, Marta, 4703Ez, mamãe, 4702Ez, e papai, 4701Ez. Também nos deram etiquetas de identificação com aqueles mesmos números, para usarmos como crachás ao pescoço.

Na noite anterior à nossa partida, Lucie foi nos visitar no apartamento. Seu ar era solene. Seu cabelo preto estava preso atrás das orelhas, e seu rosto parecia tenso. Sua bela pele branca — que poucos anos antes parecia de porcelana — agora mostrava os primeiros sussurros do envelhecimento. O medo no rosto dela era tão visível que senti um calafrio na espinha. Não consegui olhá-la nos olhos.

Concentrei-me então em mamãe. Observei quando ela olhou para a capeleta de Lucie e sorriu ao perceber que o gabardine azul-marinho de qualidade parecia tão novo quanto no dia em que o dera de presente. Ela estendeu o braço para tocar o ombro de Lucie, mas Lucie reagiu abrindo os braços e envolvendo mamãe num abraço tão apertado que eu vi o tecido do vestido dela se reunir sob os dedos de Lucie.

Observando aquelas duas mulheres, mamãe inclinando-se para abraçar Lucie, o queixo apoiado no ombro dela, pensei na história entre elas. Como cada uma me amou e me criou em minha infância, à sua própria maneira. Porém, ao observá-las naquele momento, ficou evidente que a conexão entre as duas mais parecia com a que existia entre mim e Marta. Elas não trocaram uma única palavra, mas cada movimento, cada gesto, tudo era como uma pantomima de preocupação e consolo, de medo e de vontade de transmitir conforto. Tudo aquilo foi expresso sem a manifestação de nem um único som.

⚜

Lucie estava sentada ao lado da minha mãe à mesa de jantar, observando-a abrir três caixas de veludo. Como solicitado pelos alemães, meus pais tinham entregado todos os seus itens valiosos algumas semanas antes. As prateleiras do porão da sinagoga espanhola — estação de coleta designada pelas autoridades alemãs — estavam repletas de candelabros de prata, gramofones de madrepérola, conjuntos de pratarias, quadros e joias. Todos esses objetos, agora considerados luxos extravagantes, seriam enviados para o exterior, a fim de enriquecer os figurões do alto escalão do Reich. Havíamos passado horas na fila para entregar nossos relógios de pulso, as abotoaduras de papai, os colares de pérolas de mamãe, os brincos de pedras facetadas de Marta e meu anel preferido de granada. Porém, o anel de noivado de mamãe, a gargantilha de ouro com pérolas pequeninas que vovó lhe dera na véspera de seu casamento e o pequeno anel que papai lhe deu quando eu nasci, essas joias ela escondeu.

Ainda hoje, consigo ver com clareza minha mãe empurrando essas joias para Lucie, que as enrolou em silêncio em velhas echarpes e as guardou em seu cesto.

— Eu vou guardá-las bem — prometeu Lucie, abaixando os olhos. Ela sabia o que significava para mamãe tê-la escolhido como guardiã daqueles itens. O significado não estava no valor monetário nem do peso do ouro, mas sim nas etapas diferentes da vida de mamãe que estavam marcadas por aquelas joias.

Mamãe se ergueu e Lucie a abraçou uma última vez, levantando--se na ponta dos pés para isso. Uma lágrima solitária escorreu pelo rosto de mamãe. Minha querida Lucie beijou não a face seca, mas sim a molhada, e mamãe assentiu antes de se afastar, apontando para suas duas filhas, que agora não eram mais crianças, mas duas jovens mulheres.

Lucie se aproximou de mim e de Marta, e nos levantamos para nos despedir dela. Ela segurou a cesta com firmeza junto ao corpo, como que sinalizando que as joias ficariam a salvo com ela. Que ela jamais as venderia. Seus olhos eram ferozes e desafiadores, um olhar que eu nunca vira em seu rosto antes.

— Vejo vocês duas quando tudo isso acabar — disse ela, esforçando--se ao máximo para sorrir. — E sua mãe então decidirá quais dessas joias vão ficar com quem.

Olhei para Lucie, sabendo que meus olhos expressavam medo. As lágrimas, a emoção de me despedir dela, eram quase impossíveis de suportar.

— Lucie — disse. — Leve isto, também. — Eu desprendi o camafeu que Josef me dera no último dia na estação de trem. Retirei ainda minha aliança de ouro do dedo, embora tivesse prometido a mim mesma que jamais a tiraria enquanto vivesse. — Guarde esses também.

Lucie me abraçou e me disse que faria isso, que eu não me preocupasse. Tentei agradecer, mas as lágrimas chegaram e ela me acalmou, do jeito que fazia quando eu era menina.

Ela me apertou com mais força ainda junto ao peito, me beijou, beijou Marta mais uma vez e então se levantou e saiu silenciosamente da casa.

Na manhã seguinte, saímos do apartamento com nossas malas e mochilas. Tínhamos dormido pouco e agora falávamos o mínimo possível, porque estávamos ansiosos e não sabíamos o que esperar. Nossos cartões de deportação informavam que devíamos nos registrar numa escola local, onde permaneceríamos por três dias, até a data de nosso transporte para Terezín. Quando chegamos, a escola já estava fervilhando, com centenas de pessoas. Marta encontrou uma de suas antigas colegas de classe imediatamente, mas eu não reconheci ninguém. Dormimos no chão com nossos cobertores e lençóis. O ar estava estagnado com cheiro de leite quente e linguiças. Era um odor horroroso e rançoso, que me deixou enjoada. Lembro-me de enfiar o rosto na minha fronha para sentir o cheiro do café onde mamãe a fervera. Meu estômago doía; ainda não de fome, mas de uma sensação de pavor. Uma névoa de nervosismo e medo pairava sobre todos nós. Cada par de olhos parecia amedrontado. Até mesmo as crianças pequenas que vagavam por ali com seus pezinhos em meias e rostinhos redondos pareciam tensas. Olhava para elas com compaixão. Minha infância tinha sido tão despreocupada — longos passeios com Lucie e Marta, aquarelas ao lado do Vltava, deliciosas fatias de bolo de chocolate. Eu ainda não havia começado a me sentir grata por ter perdido o meu bebê; isso só viria muito mais tarde, mas sentia pena da criança que mirava com olhar comprido a comida dos outros, da outra que já estava precisando de um banho ou de outra ainda em cuja mala os pais não tiveram espaço para trazer nem um único brinquedo.

Fiz amizade com um garotinho já na minha primeira noite na escola. Ele se chamava Hans e completara 3 anos no mês anterior. Eu tinha deixado meus pais e Marta em suas camas improvisadas, saindo para dar um passeio em torno do ginásio e, por força do hábito, tirara da mochila meu bloco de desenho e a lata de carvão, esperando encontrar algo interessante para desenhar. Encontrei um canto silencioso e me acomodei o melhor que pude.

Porém, antes mesmo que tivesse a chance de começar, Hans me encontrou. Vestia uma camisa branca que já estava manchada com algo que parecia ser geleia e calças marrom. Seu cabelo preto era grosso e cacheado, e os olhos, verde-garrafa.

Não sei por que ele escolheu vir sentar-se ao meu lado. Eu não tinha nenhum biscoito para lhe oferecer, nem mesmo um pauzinho com que brincar, mas ele se acomodou aos meus pés e sorriu para mim. Eu mostrei a ele meu bloco de desenho e perguntei se poderia desenhá-lo um pouquinho. Ele fez que sim e sorriu. Senti uma pontada no coração ao olhar seus cachos e a cor de seus olhos, imaginando se meu bebê teria sido parecido com ele aos 3 anos de idade.

— Hans — sussurrei. — Olhe para as sombras no vidro. — Lá no alto, as janelas do ginásio estavam cheias de reflexos das árvores de fora, que se balançavam para frente e para trás, parecendo fantoches gigantescos. Um dos galhos era igual ao pescoço de uma girafa; o conjunto de folhas de seu topo poderia muito bem ser a cabeça oscilante do animal. Outra árvore tinha uma copa comprida e emborcada que parecia uma água-viva balançante. Hans deu uma risada, e eu comecei a desenhar seu perfil.

Ao longo dos dois dias seguintes, rapidamente nos tornamos amigos. Conheci seus pais, Ilona e Benjamin, que tinham mais ou menos a mesma idade que eu e Josef. Eu os desenhei de mãos dadas, Ilona olhando para além do rosto do marido, além do filho que batucava no chão. Ela já tentava visualizar para onde estávamos sendo levados, a antecipação preocupada de mãe diante do desconhecido estampada em seu rosto.

Antes de Terezín, escrevi embaixo da página. Se alguém olhasse para todas as outras mães do lugar, constataria nelas aquela mesma expressão. Para onde estão nos mandando?

O nome Terezín não significava nada para mim naquele momento. Eu nada sabia sobre campos de extermínio ou campos de trabalho, tampouco conhecia o conceito de gueto. Nunca ouvira nem o menor dos boatos sobre um campo de concentração.

Tinham nos dito que ficaríamos apenas com judeus, o que era um alívio para nós. Estar num lugar onde éramos todos iguais, sem ter de morar onde outros podiam ter liberdade, enquanto nós éramos recebidos com uma restrição atrás da outra. Sabíamos que lá estaria a SS e que teríamos de trabalhar, mas sabíamos o que mais nos esperava ali? Não. Não sabíamos. De jeito nenhum. Não.

Fomos embarcados no trem, mais de uma centena de pessoas apertadas num espaço que facilmente já ficaria lotado com menos da metade disso. Fiquei de pé ao lado de Marta e mamãe; papai foi empurrado para longe de nós quando mais e mais pessoas nos forçaram a ir cada vez mais para o fundo do vagão. Depois que as portas foram fechadas, procurei por ele. Só havia um tênue raio de sol no vagão, vindo de uma janelinha estreita lá de cima, mas eu vi seu perfil de relance nos fundos. Sempre que tentava olhar na direção dele, ele estava olhando para a frente.

O trem seguiu engatinhando pelos trilhos. Bebês choravam e as pessoas tentavam não reclamar, mas o desconforto era terrível e não havia onde sentar. O ar era parado, repleto dos odores das provisões das pessoas. Tentei encontrar Hans, só para levantá-lo nos braços um instante e sentir o cheiro de seu cabelo sujo.

No fim da tarde, o trem parou de repente e a porta do vagão foi finalmente aberta. Tínhamos chegado à pequena estação ferroviária de

Bohušovice, situada a cerca de 3 quilômetros de Terezín. A polícia tcheca ordenou que carregássemos nossas malas e mochilas no percurso até lá.

O chão já estava coberto com uma quantidade considerável de neve. Havia enormes pilhas brancas amontoadas nos cantos da estrada, e uma ligeira névoa começara a cair enquanto nos dirigíamos até Terezín. Eu me lembro da visão dos flocos de neve nos cabelos de mamãe e Marta. As duas já pareciam exaustas, e seus casacos pretos já não tinham mais seu ar elegante depois daquela viagem tão longa. Mas, à luz do sol poente, elas pareciam quase fadas com seus cachos compridos de cabelo ruivo adornados de neve, pequeninos cristais que cintilavam por um segundo antes de desaparecerem.

Mais tarde, durante a caminhada, avistamos, por fim, as muralhas de Terezín no horizonte. Percebi que mamãe, que estava na minha frente, remexia os bolsos e depois abaixava a cabeça, seu passo diminuindo o ritmo por um instante. E então, quando já estávamos na fila para sermos contados, percebi que ela parecia diferente, como se a cor de seu rosto houvesse quase revivido. Quando olhei mais de perto, percebi o que causara a mudança: ela havia passado batom, em segredo.

A maioria de nós não sabia nada sobre a cidade de Terezín. Não tínhamos por que saber, dado o conforto de nossa vida pregressa em Praga. Mais tarde, vim a descobrir que Terezín fora construída no final do século XVIII como um forte barroco, por ordem do imperador Josef II. No início, ela servira de prisão política para os Habsburgo, com o acréscimo de uma pequena cidade para abrigar os soldados e as tropas. Portanto, não imaginem Auschwitz ou Treblinka quando eu lhes contar os acontecimentos seguintes da minha história. Não havia nenhuma chaminé fumegante soltando cinzas ardentes para nos dar as boas-vindas ao chegarmos, tampouco havia barracões amarronzados com teto de vigas. O lugar parecia mais uma vilarejo — com edifícios poeirentos e sujos. As fachadas, que um dia haviam sido de um tom mostarda-claro, agora estavam desbotadas e descascadas; a igreja fora coberta com tábuas de madeira. Por outro lado, era o lugar perfeito para prevenir fugas: a cidade estava rodeada por um fosso, seu perímetro protegido por ameias, e todas as entradas e saídas eram marcadas por portões de ferro.

Assim que chegamos, fomos levados até o Schleusse — o salão de chegada —, onde fomos registrados e revistados, e nossas malas inspecionadas profissionalmente por um batalhão especial de mulheres alemãs. Fomos mantidos no Schleusse por muitos dias após esse registro, até sermos designados a um abrigo definitivo pelo *Raumwirtschaft* — um departamento especial da administração de judeus. Os homens e as mulheres desse departamento tinham sido notificados e já haviam preparado os beliches para os recém-chegados de nosso trem. Por sorte, Marta, mamãe e eu fomos instaladas nos alojamentos Dresden, enquanto papai fora destinado aos Sudeten. A maioria dos alojamentos, logo descobrimos, tinha nomes de cidades alemãs.

Quando estávamos a caminho do alojamento, vi Ilona de pé num canto, segurando Hans com força contra o peito. As perninhas dele abraçavam a cintura da mãe, a cabecinha estava apoiada em seu ombro. Tentei olhar para ele e fazê-lo sorrir, mas ele estava letárgico por causa da viagem e da falta de comida. Fiz um fantoche de sombras com a mão e vi que um pequeno sorriso surgiu em seus lábios. Ilona me disse que ela e Benjamin ainda não sabiam para onde seriam destinados, e eu disse que esperava que eles ficassem conosco. Assim, poderíamos cuidar uns dos outros e também de Hans, que ainda era pequeno demais para ser afastado dela e ficar nos barracões de crianças.

Ela assentiu, mas já parecia estar num sonho. Seus olhos estavam nublados, seu cabelo, despenteado. Com que rapidez nossa aparência mudara com a ausência do luxo de roupas limpas, banhos e espelhos.

Minha família e eu nos despedimos das pessoas com quem fizemos amizade durante a estada de poucos dias no Schleusse e começamos a adentrar cada vez mais o gueto.

No caminho para o alojamento, procurei o olhar de uma pessoa que passava pela estrada e que talvez pudesse me assegurar de que Terezín não seria um lugar terrível para se morar durante a guerra. Como tantos outros judeus, eu não podia conceber a ideia de que existia um plano-mestre para nos exterminar — apenas o de que desejavam nos segregar. Mas, enquanto caminhava por Terezín naquela primeira tarde, ficou evidente que aquele era um local de grandes privações. As estradas estavam cheias de prisioneiros semidesnutridos, os rostos encovados, as roupas em trapos. Homens tão magros quanto esqueletos puxavam atrás de si velhas carroças funerárias repletas de malas e suprimentos. Não havia nenhuma cor ou vitalidade. Até mesmo o parque do centro estava protegido por uma cerca.

Outro trem já vinha chegando de Bohušovice, e eu jamais me esquecerei das pessoas que ele trazia. Homens com barbas brancas compridas, alguns de cartolas e fraques. Mulheres de vestidos longos, casacos de pele, algumas até com sombrinhas que se dobravam por causa da neve. Mais tarde, viríamos a saber que aquele era um trem de judeus-alemães — cheio de distintos veteranos de guerra, intelectuais e literatos — que haviam pagado uma fortuna por um contrato que lhes prometia falsamente um assentamento privilegiado durante a guerra.

Virei o pescoço para vê-los caminhando até o Schleusse e, então, Marta cutucou meu ombro.

— Será que a gente errou o figurino?

Era a primeira vez que eu ria em vários dias, e senti vontade de abraçar a minha irmã. Durante toda a nossa vida, sempre fui eu, a irmã mais velha, que tentei ser forte e fazer Marta sorrir, por isso era uma sensação estranha vê-la tentando ser tão corajosa quando, por dentro, eu sabia que ela estava sentindo tanto medo quanto eu.

— Se erramos, terá sido a primeira vez que isso nos ocorre — respondi.

Nossos pais não nos tinham escutado. Estavam caminhando solenemente na nossa frente, como duas pessoas que já se haviam resignado a seguir ordens. Seu passo enfraquecia quando o andar daqueles à sua frente diminuía; eles não conversavam entre si; nem olhavam um para o outro: olhavam sempre para a frente.

Já tinham nos dito que moraríamos em lugares separados, portanto, eu, Marta e mamãe nos esforçamos ao máximo para nos despedir corajosamente de papai quando o grupo parou diante dos nossos alojamentos.

Papai deu um beijo na testa de cada uma. Ele estivera carregando a mochila de mamãe, e eu vi que, ao entregá-la a ela, ele se debatia por dentro. Doía-lhe não poder mais continuar ajudando-a.

— Tudo bem. — Ouvi mamãe sussurrar. Ela estendeu a mão para apanhar a mochila. — Não está pesada — disse.

O braço de papai estava tremendo; um braço forte tremendo embaixo de uma manga de casaco de lã.

— Vou procurar minhas garotas depois do toque de recolher à noite. — Ele tocou o pulso de mamãe.

Mamãe assentiu.

— Sim, papai — dissemos nós duas, enquanto íamos ajudar mamãe com a mochila. Vimos mamãe virar as costas para olhar para papai mais uma vez, lutando para manter a compostura.

⁂

Subimos as escadas, e nosso coração ficou pesado ao sermos recebidas por um fedor parecido com o de esgoto. O cheiro de latrinas sujas e corpos imundos permeava o ar. Marta tinha ido na frente de mamãe e de mim, e virou-se para nós com um olhar assustado.

— Lenka — sussurrou ela. — Para onde eles nos trouxeram?

— Vai ficar tudo bem... não pare... continue andando — murmurei baixinho.

Chegamos por fim ao nosso quarto. Imagine centenas de pessoas amontoadas num espaço do tamanho de uma salinha de aula pequena. Com tricamas dispostas em filas de largura tão estreita que era impossível virar-se à noite e não tocar a pessoa que estava deitada na cama ao lado. Quem estava deitado no primeiro e no segundo andar não conseguia se sentar no colchão de palha sem bater a cabeça no estrado de cima. Embora estivéssemos no meio da tarde, o quarto estava banhado de uma luz mortiça estranha. Uma pequena lâmpada incandescente pendia do teto, presa a um arame torcido.

Malas estavam empilhadas ou num canto ou numa prateleira acima de uma tricama. Havia roupas penduradas em toda parte, e o fedor que nos recebera inicialmente agora se intensificava ainda mais. O lugar estava gelado, pois a única fonte de calor era um pequeno fogão a carvão. Havia uma única pia e uma única latrina para cada cem pessoas.

De pé no que agora seria o nosso quarto, mamãe virou-se para Marta e para mim com lágrimas rolando pelo rosto. Tanto eu como minha irmã ficamos sem fala. Nossa mãe sempre orgulhosa, com a boca congelada por um instante por causa do choque, tocou meu braço. Eu a ouvi sussurrar:

— Filhas, eu sinto muito.

A ideia de que ela sentia necessidade de pedir desculpas para nós ainda me dá vontade de chorar. Isso e a imagem da minha irmã tentando dormir naquela noite — esticando a fronha que Lucie bordara para ela tantos anos antes sobre um "travesseiro" feito de palha.

⚜

— Formação? — perguntou ele. Eu estava diante de uma mesa no escritório do Conselho dos Anciãos e informei, nervosa, ao homem de cabelo grisalho que eu tinha sido aluna da Academia de Arte de Praga.

O Conselho de Anciãos era um grupo de representantes judeus eleitos que trabalhava diante dos alojamentos Magdeburg e inspecionava cada ramo de atividade do gueto. Terezín, viríamos a saber depois, era um experimento para o Reich. Um "gueto-modelo" criado para demonstrar ao mundo que os judeus não estavam sendo exterminados e que, na verdade, era um local administrado basicamente por judeus. Havia gendarmes tchecos e oficiais da SS em Terezín, mas o Conselho de Anciãos administrava a logística do dia a dia. Como um pequeno governo, organizava os alojamentos e os trabalhos, a água e a luz elétrica, os programas de bem-estar para as crianças, a enfermaria, e era responsável até mesmo pela manutenção das pessoas que vinham nos próximos trens do "leste".

Eu estava diante de homens encarregados de decidir quais trabalhos eu faria. Dois sujeitos calvos cujos olhos mal me encararam, até que um deles perguntou minha idade, minha formação e quais talentos específicos eu possuía.

— Eu me chamo Lenka Maizel Kohn — falei com a voz firme, como se já precisasse me recordar de quem eu era. Atrás de mim, ouvi uma mãe tentando consolar seu bebê inquieto. — Dois anos e meio na Academia de Arte de Praga — falei. — Estudei desenho e pintura com modelos vivos.

O mais velho dos dois homens levantou a cabeça e me olhou com olhos estreitos; algo que eu disse despertou seu interesse.

— Você é artista plástica?

— Sim — respondi.

— Tem mão boa e firme?

— Sim, tenho.

O homem sussurrou algo ao colega, que então assentiu.

Em seguida, ele apanhou um papelzinho da mesa e escreveu ali as palavras *Lautscher Werkstatte*.

O número do quarto estava marcado embaixo. Ele não se deu o trabalho de erguer os olhos da mesa, apenas me disse para ir e me reportar naquele local imediatamente.

⁂

Caminhei com meus documentos até Lautscher Werkstatte, um quartinho no alojamento Magdeburg. Quando cheguei, a porta estava aberta e já havia dez artistas trabalhando em uma grande mesa.

Para meu alívio, fui recebida com os aromas e as cores reconfortantes dos meus dias na Academia de Artes de Praga: o odor pungente de terebintina, o perfume oleoso do óleo de linhaça, e o cheiro forte e espesso da mistura de pigmentos. Grandes telas de pinturas dos Velhos Mestres, criadas como imitações ou cópias decorativas, estavam apoiadas ao longo das paredes. Numa bancada, vi pequenas aquarelas do tamanho de cartões-postais retratando cenas animadas e pastorais e algumas criancinhas.

Uma mulher que parecia ter mais ou menos a minha idade aproximou-se de mim. Era franzina e tinha os cabelos loiros e curtos. Embora estivesse usando uma estrela de Davi no guarda-pó, tinha o rosto de uma eslava: maxilares altos, nariz pequeno e olhos verdes grandes. Era magra como um palito.

— Eu me chamo Lenka — falei, e mostrei a ela minha designação de trabalho. — Me disseram para vir trabalhar aqui.

Ela sorriu.

— Então presumo que tenha experiência artística.

— Sim, estudei por pouco mais de dois anos na faculdade em Praga.

— Ótimo — disse ela, e tornou a sorrir. — Pode me chamar de Rita. Acho que você vai ficar feliz de ficar aqui. Somos um bando de pintores que trabalha basicamente sem supervisão, a não ser quando um ou outro soldado alemão vem no fim da semana para nos distribuir tarefas e despachar as obras que concluímos.

Observei com olhos arregalados para aquele lugar. Senti-me confusa com o que vi. Cada superfície estava tomada por quadros postos para secar; alguns deles eram de paisagens, mas outros eram cópias de obras famosas.

— Quem está encomendando isso tudo? — perguntei, incrédula.

— São todas encomendas do Reich. Alguns desses cartões-postais serão vendidos na Alemanha; os trabalhos sobre esmalte e as peças decorativas provavelmente serão oferecidos como presentes dentro da própria SS, e as cópias dos Velhos Mestres serão comercializadas por muito dinheiro, pois são irretocáveis... A Theresa, ali, é um gênio.

Ela apontou para uma garota magra que não devia ter mais de 18 anos e estava de pé diante de um cavalete. Ela pintava sem avental; sua paleta não era mais do que um pedaço velho de compensado de madeira com tintas amontoadas nas bordas.

— Ninguém consegue fazer um Rembrandt com tanta perfeição quanto Theresa. Talvez nem mesmo o próprio Rembrandt.

Olhei para a cópia de *O homem com o capacete dourado* em que a garota estava trabalhando e não consegui acreditar no que via. O quadro era uma réplica exata do original. A boca rígida e solene, os olhos baixos. Até mesmo a armadura do sujeito tinha sido perfeitamente imitada, com seu grande peso sobre os ombros.

O relevo do capacete de metal fora pintado com tamanha precisão que parecia saltar da tela. Mas o que me tirou o fôlego foi o reflexo do metal.

— Estão lhe dando ouro folheado para trabalhar? — perguntei. Eu sabia quanto ouro era raro e caro, mesmo antes da guerra, e achava quase impossível acreditar que tivessem dado ouro a artistas da Lautscher.

— Não, não estão — respondeu Rita. — Não faço a menor ideia de como ela consegue fazer isso.

Eu me aproximei de Theresa e analisei sua pintura. Como era possível que ela conseguisse criar o reflexo do capacete sem usar ouro folheado? Eu estava estupefata. Aquela garota devia ter feito quinze camadas de pigmentos para alcançar tal efeito. Ela usava uma ferramenta para raspar parte da tinta do quadro, modificando a superfície e alterando o jogo de luz sobre ela.

Havia outros quatro "Rembrandts" secando à esquerda de Theresa, todos eles réplicas exatas do anterior. Cada capacete, cada pluma e cada linha do rosto pensativo haviam sido feitos com a mesma precisão de uma máquina.

— A menos que você tenha o talento notável de Theresa, acho melhor começar com os cartões-postais — disse Rita, apontando para a mesa central. — Eles são fáceis e rápidos de fazer. Os alemães vêm apanhá-los na sexta-feira, e é melhor que, até lá, você já tenha pintado uns cem. — Ergui a sobrancelha. Cem cartões-postais em uma semana pareciam uma quantidade impossível.

— Lenka, tome... — Ela me entregou um livro com paisagens. — Muitas garotas preferem usar isso como modelo. Use cores leves e alegres, e procure não cometer erros. Quanto menos papel desperdiçarmos com erros, mais teremos para usar com nossas próprias coisas.

Ela parou por um instante e me olhou com os olhos semicerrados.

— Você trouxe filhos para cá?

— Não. — Fiquei em silêncio por um instante. — Eu não tenho filhos. Ela balançou a cabeça.

— Talvez seja melhor assim; a dor de vê-los amontoados naqueles alojamentos imundos... dá para imaginar? — Ela estalou a língua, enojada. — Acho que todos nós tentamos fazer o melhor nessas condições. Muitas das garotas daqui andam economizando nossos materiais: guardamos uma ou duas tiras de papel, algumas tintas ou seja lá o que virmos pela frente, para levar até os alojamentos das crianças... elas ficam tão felizes, e lá tem um professor maravilhoso que fica bastante agradecido com qualquer coisa que conseguimos levar escondido para as crianças.

A lembrança e o espanto de minha mãe me dando de presente meu primeiro conjunto de tintas e bloco de desenho me vieram à cabeça. Não consegui deixar de sorrir ao pensar que ainda existiam pessoas, até mesmo ali, que estavam dispostas a correr grandes riscos apenas para perpetuar essa magia.

❧

E foi assim que comecei a pintar em Terezín. Acordava todas as manhãs com as outras mulheres do meu alojamento, tomava um café horroroso, que na verdade nem era café, apenas água morna com uma imitação de pó de café flutuando em cima, e comia uma fatia de pão seco e mofado. Eu tinha mais sorte do que a maioria, no entanto. Em comparação com as outras, que trabalhavam nos campos ou cuidando dos doentes, eu não gastava muita energia pintando num pequeno ateliê.

Embora Marta, eu e mamãe mantivéssemos a saúde, os percevejos e as pulgas eram um problema que necessitava de vigilância constante. Todas as noites vasculhávamos os corpos umas das outras, procurando pontinhos pretos e espremendo-os entre duas unhas.

O alojamento eram um lugar abarrotado, fervilhando de mulheres famintas e inquietas cujas miséria e agitação só pareciam aumentar a cada dia que se passava. Havia pouco espaço para todos, e as pessoas iam ficando cada vez mais irritadas com cada coisinha. Uma mulher começava a gritar com outra só porque estava demorando demais na fila para usar a latrina. Outra pessoa podia acusar alguém falsamente de roubo, quando era muito mais provável que o responsável tivesse sido uma das gendarmes tchecas que surrupiavam qualquer pequeno bem que ainda nos restasse.

Certa noite, uma garota chamada Hanka cortou os pulsos com um caco de vidro. Fez isso sem produzir o menor ruído; cortou as veias quando o quarto ainda estava cheio, com outras cinquenta mulheres que tinham acabado de retornar do trabalho. Uma mulher chamada Fanny foi a primeira a encontrá-la.

— Ela vai sangrar até a morte! — gritou Fanny. Todas corremos para ver Hanka, o corpo minúsculo e branco enrodilhado na beira de uma das camas de baixo das tricamas. Um dos braços pendendo até o chão. Embaixo dele, uma poça de sangue, cujas bordas se espalhavam rapidamente pelo chão imundo de madeira.

Uma mulher rasgou a fronha de seu travesseiro e amarrou um torniquete no pulso de Hanka, enquanto Fanny e eu a levantávamos. Então, saímos correndo o mais rápido que pudemos, carregando seu corpo leve como uma pena, que oscilava em nossos braços em direção à enfermaria. Dois dias mais tarde, depois de sobreviver como por um milagre, Hanka retornou ao nosso alojamento. Mas nem todas demonstraram brandura para com ela. Quando ela voltou da enfermaria, todas as posses que tinha trazido de casa haviam sido surrupiadas: tudo, da sua escova de dente ao seu casaco de lã, havia sumido. E todas as mulheres do alojamento juraram não ter a menor ideia de onde seus objetos tinham ido parar.

Capítulo 27

LENKA

O incidente com Hanka me ensinou que não havia ninguém em quem eu pudesse confiar plenamente no alojamento. Ninguém, exceto mamãe e Marta. Muitas das outras garotas continuaram a se socializar umas com as outras, algumas chegaram a me convidar para passear com elas antes do toque de recolher ou fofocar lá fora, mas eu sempre recusava.

Meu trabalho na Lautscher Werkstatte tornou-se minha fuga. Era também o único momento em que eu tinha algum controle sobre a minha vida em Terezín. Quando eu me sentava diante de um retângulo de papel branco, com o pincel na mão, podia decidir a composição, as cores e as linhas que desejava desenhar. Ninguém ditava como eu deveria organizar a cena: cabia somente a mim a decisão de escolher colocar o moinho na esquerda ou pintar um céu cheio de nuvens.

Isso aliviava a tensão do meu cotidiano. Meu estômago doía de fome, mas eu me sentia agradecida por ter acesso a suprimentos de arte. E, muito embora eu pintasse basicamente apenas pequenas aquarelas — imagens de bebês parecidos com querubins ou paisagens que tinham apelo sobre as massas alemãs, que os comprariam para oferecê-los como cartões comemorativos —, aquilo, ainda assim, exercia um efeito reconfortante em meu espírito. Além do mais, a visão de Theresa, uma das únicas pessoas a quem era dada a oportunidade de trabalhar em telas ou usar tintas a óleo, trazia-me certa felicidade. Olhá-la ali, no canto, analisando cada pincelada e aplicando uma camada de pigmentos após a outra, me fazia lembrar dos meus colegas de escola em Praga.

As outras pessoas da minha família tentavam fazer o melhor possível suas tarefas. O trabalho de papai era entregar carvão em diferentes edifícios de Terezín. Marta limpava os tonéis de sopa na cozinha. Mamãe trabalhava nos alojamentos das crianças com duas outras mulheres. As três haviam começado a ensinar arte para as crianças, e eu mandava o máximo de suprimentos que conseguia para elas a cada tantos dias.

À noite, mamãe me contava da mulher austríaca com quem ela estava trabalhando no alojamento infantil, chamada Friedl Brandeis. Ela estava tentando oferecer algum alívio em meio àquele ambiente opressor para as crianças.

— Ela quer que as crianças fechem os olhos e coloquem no papel aquilo que estão sentindo — contou-nos mamãe. — As pinturas e colagens das crianças menores retratam suas fantasias e esperanças, mas as das maiores mostram as dificuldades de viver aqui — disse ela. — É espantoso ver aquilo que, de outra maneira, permaneceria preso dentro delas.

— Você está fazendo algo tão bom, mamãe — sussurrei. Ela estava deitada de um lado, minha irmã do outro. Marta tinha adormecido e, quando mamãe começou a cair no sono, eu me vi olhando para o pescoço e as tranças da minha irmã. Apesar de seu pescoço estar coberto de picadas de piolhos e suas tranças estarem sujas, vê-los me trazia conforto.

Nas noites em que as lembranças de Josef rastejavam para a minha cama, porém, era impossível fazer minha mente sossegar. Eu imaginava o navio afundando no meio do oceano, os braços e as pernas de Josef inchados da água salgada, seu cabelo negro emaranhado como algas. Como um vazamento lento, a mágoa ainda encontrava uma maneira de entrar em mim e, com frequência, isso era quase insuportável. Em outras noites, o vazio do meu ventre doía por causa do bebê que eu havia perdido. Quando essas imagens terríveis me assaltavam, eu tentava rebatê-las pensando na vida da nossa família antes da guerra, a fim de afastar a dor de ver mamãe naquele estado agora — deitada de lado, quase tocando Marta, o cabelo ruivo emaranhado como uma corda esfiapada, o corpo todo coberto de uma camada de sujeira. Eu fechava os olhos com força e tentava conjurar a imagem dela, resplandecente como no dia do casamento de Lucie, com seu vestido verde-garrafa, o pescoço branco rodeado de pérolas.

⁂

No Lautscher Werkstatte, Rita e eu nos tornamos amigas próximas. Eu estava continuamente aprendendo sobre as maneiras que ela encontrava de burlar o sistema. Às vezes, um soldado tcheco ou alemão aparecia com uma foto e ordenava que fizéssemos um retrato para ele. Rita sempre perguntava se, por acaso, ele tinha um pouco de comida extra.

— Claro que não! — vociferava o soldado.

Mas, dali a alguns dias, quando ele voltava para pegar o retrato, deslizava uma pequena barra de chocolate ou um pouco de açúcar nas mãos dela. Aquelas duas coisas eram mais valiosas que ouro.

Rita também me mostrou a arte de surrupiar parte dos suprimentos artísticos. No fim de nosso turno de trabalho, ela me mostrava como colocava tubos de tinta quase no fim dentro do sutiã para poder pintar coisas próprias de madrugada, ou dá-los às crianças. Roubar suprimentos e criar obras de arte que não fossem para o Reich eram duas ofensas passíveis de punição, mas ela corria esse risco sem hesitar.

— O que mais tenho a perder? — dizia, quando eu a olhava. — Se eles tiram de mim a capacidade de ver, de registrar... eu já estou morta. E, se pudermos levar um pouco de tinta e outras coisas para as crianças, tanto melhor.

Eu sabia o que ela queria dizer com isso. Além da alegria de entregar material artístico aos pequenos, eu também tinha o desejo inflexível de canalizar os meus sentimentos. Não sentia um impulso tão forte para capturar o que estava ao meu redor desde os primeiros meses de meu namoro com Josef, quando estávamos nos apaixonando e a única coisa que eu queria era pintar usando uma paleta de vermelho e laranja.

Porém, não me era permitido pintar o que eu estava sentindo. Se tivessem me dado essa liberdade, eu teria usado tons de negro e azul-escuro. Em vez disso, eu era obrigada a pintar caricaturas vazias de bebês rosados e felizes com legendas que diziam *Parabéns pelo nascimento do seu anjinho*, quando à minha volta crianças judias estavam adoecendo com tifo ou morrendo de fome sem poder comer mais que uma fatia de pão velho e mofado.

Olhei para a minha paleta de cores suaves: o vermelho-sardenha, o amarelo-claro e o azul-bebê. Lembrei-me das cores da Praça da Cidade Velha com uma melancolia amarga. Anos antes, eu tinha me sentado no café com papai e olhado para o grande relógio Orloj. Se fechasse os olhos, eu quase podia sentir o gosto dos folhados, grudentos em meus dedos, enquanto papai bebericava seu café, cuja fumaça subia da xícara de porcelana branca. Agora, lá fora, havia apenas neve suja e derretida, fumaça preta das chaminés e homens esqueléticos caminhando em trapos. Ou mulheres com olhos fundos e crianças para quem um copo de leite e um biscoito de chocolate seriam o paraíso.

Nossa ração diária era cem gramas de pão e uma tigela de sopa. O pão não era feito com farinha, mas com raspas de madeira, o que causava em todos os mais terríveis problemas digestivos. As crianças recebiam uma ração semanal de um quarto de litro de leite. Os velhos e doentes recebiam ainda menos do que a nossa quantidade de pão porque não trabalhavam. Ficavam nas camas, enrodilhados um ao lado do outro, tossindo, a respiração com chiado. Os olhos tão nublados quanto água suja de lavagem.

E, embora eu tivesse a sorte de permanecer saudável, minha vida anterior parecia muito distante. Eu tinha me casado, perdido um filho, enviuvado e sido transferida para Terezín em apenas dois anos. Meu cabelo escuro já estava começando a mostrar os primeiros fios grisalhos, apesar de eu ter apenas 23 anos. Às vezes algum guarda da SS na faixa dos 20 e poucos anos vinha apanhar nossas pinturas e eu o pegava olhando para mim ou para Rita. E, por mais estranho que possa parecer, aquele olhar fugaz de interesse me permitia lembrar que eu ainda era jovem e talvez ainda um pouco atraente. Mas, na maioria dos dias, minha sensação era de ter mil anos de idade.

❧

À noite, eu retornava ao alojamento, me sentava com mamãe e Marta e ouvia notícias do dia delas. Marta roubava frutas da cozinha e dividíamos uma pera ou maçã preciosa. Ela sempre tentava trazer alguma coisinha para o Hans, de quem mamãe conseguia cuidar durante o dia.

Ele tinha emagrecido muito nos meses que se passaram desde a nossa chegada. Suas bochechas, antes redondas, agora estavam encovadas. Suas coxas tinham a metade do diâmetro que tinham no vagão de transporte.

Continuei a levar pedaços de papel descartado ou toquinhos de carvão e pastel para mamãe oferecer às crianças.

— Elas não têm nada, essas crianças — contava para nós —, e mesmo assim ainda conseguem rir ou brincar durante o dia.

Marta balançava a cabeça. Eu percebia quanto ela estava ficando mais deprimida a cada dia que se passava, porém sentia-me feliz porque ela pelo menos tinha acesso a um pouco de ar fresco e sol quando estava nos campos. Do contrário, acho que ela não sobreviveria.

Nós três tínhamos ao menos uma coisa que nutria nosso espírito. Mamãe tinha as crianças, eu tinha a arte, e Marta agora tinha um serviço ao ar livre. Papai, porém, não era tão afortunado.

Dávamos um jeito de roubar umas poucas horas antes do toque de recolher às oito da noite e íamos vê-lo na frente do seu alojamento. O trabalho duro já o envelhecera terrivelmente. Ele parecia fraco, e sua pele já estava coberta de fuligem. Na primeira vez que eu o vi com suas roupas de trabalho, ele parecia uma escova de chaminé, preto dos pés à cabeça.

Ele tentava rir quando nós três aparecíamos diante da porta de seu alojamento.

— Eliška, que tal um beijinho em seu marido bonitão? — brincava ele com a mamãe.

Ela corava. Eu captava a expressão em seu rosto: ela desejava beijá-lo, mas, se aquela sujeira ficasse grudada, será que ela um dia conseguiria tirá-la?

— Papai — dizia, aproximando-me dele. — Pode deixar que eu beijo o senhor!

Então, eu e Marta o beijávamos nas duas faces, e nossos lábios e rostos ficavam instantaneamente manchados de fuligem.

— Olhe, agora já ficou limpo para você, mamãe! — brincamos.

Ela conseguia sorrir e depois se aproximava dele. Vejo a imagem dos dois tão claramente na minha cabeça, hoje — como se numa eterna câmera lenta. Mamãe caminhando na direção de seu antes elegante marido, que agora vestia um velho casaco de flanela que eu nunca vira antes. O branco dos olhos dele destacando-se de sua pele coberta de carvão. Seu bigode negro apagado do rosto. E suas faces, antes cheias, agora encovadas como dois poços vazios.

Mas é das mãos de papai que eu me lembro com mais clareza. Como elas tremiam quando ele segurava os ombros estreitos de mamãe. Como ele beijava o topo de sua cabeça, para não deixar nenhum vestígio de sujeira no belo rosto dela.

— *Milačku* — sussurra ele.

— *Lasko Moje* — sussurra ela em resposta.

Ele fecha os olhos e a beija de novo, como se estivesse desejando algo agora impossível. Que, em vez de estarem os dois no frio diante do alojamento Dresden, ele pudesse transportar a si mesmo e mamãe de volta para a rua onde haviam trocado o primeiro beijo, ou até o nosso apartamento com a vista do Vltava.

No frio, penso na história que papai nos contou, de como os cisnes ficavam presos no rio congelado e que os homens e as mulheres de Praga iam cortar o gelo para libertá-los. Contudo, quando nos reuniram para o trem até ali, nem um único deles veio em nosso socorro.

Capítulo 28

LENKA

Muitos meses depois de nossa chegada a Terezín, uma brisa cálida finalmente veio substituir os montes de neve. Marta nos contou que viu campos floridos em frente ao pomar onde ela trabalhava, o que levantou seu ânimo um pouquinho, embora não pudéssemos ver nada disso do interior das muralhas do gueto. Havia alguns poucos pássaros, mas ninguém jamais enxergou um esquilo ou as asas de uma borboleta por ali. Insetos, sim, claro; mosquitos, pulgas, piolhos. As criaturas mais inteligentes sabiam que era melhor ficar longe, enquanto as que se banqueteavam de imundície sentiam-se mais que felizes de juntar-se a nós.

Continuei pintando cartões-postais. Theresa ainda criava suas cópias invejáveis de quadros dos Velhos Mestres, e minha amada Rita continuava a me fazer rir com as caras que fazia enquanto produzia como uma máquina suas paisagens inócuas.

— Que pena que não podemos mandar recados secretos durante o trabalho — sussurrou ela para mim certo dia.

Observei-a mergulhar o pincel num copo de tinta azul aguada e depois desenhar uma pequenina Estrela de Davi no centro da página onde logo estaria um lago.

— Lembre-se de como Da Vinci pintava uma coisa, depois a cobria com uma pintura completamente diferente. Uma imagem enterrada sob uma camada de tinta apenas para o deleite do pintor, e outra criada para sua audiência.

Suspirei. O cartão-postal que eu estava pintando mostrava um moinho de água com uma paisagem montanhosa ao fundo. Nenhuma mensagem secreta estava criptografada ali, isso era certo.

Rita aproximou-se de mim, os olhos vivos com uma ideia.

— E se eu disser que já ouvi boatos de que um punhado de artistas está tentando documentar o que realmente está acontecendo aqui? Alguns homens do ateliê ao lado estão produzindo suas próprias pinturas... e algumas estão sendo escondidas no gueto. Alguém me contou inclusive que eles têm contato com gentios simpatizantes lá de fora que desejam publicar esses trabalhos no exterior.

Olhei para ela, incrédula.

— Não acredito. Isso é suicídio.

Somente três semanas antes, todo um alojamento tinha recebido uma inspeção surpresa porque haviam interceptado uma carta que continha uma frase proibida: *Estou morrendo de fome.*

— Imagine o que eles fariam se encontrassem desenhos de, digamos, camas de madeira repletas de homens e mulheres praticamente esqueléticos, as pilhas de cadáveres que vemos todos os dias — falei, ceticamente. Naquela manhã mesmo, eu tinha me desviado do corpo de uma mulher morta, caído na frente da porta de nosso alojamento. Quando alguém morria durante a noite, o corpo era colocado diante da porta para que fosse retirado dali pela carroça.

— Você não correria o risco, Lenka? — Rita levantou uma sobrancelha para mim. — Eu sei que eu correria. Não tenho dúvida.

Olhei ao redor do ateliê. Theresa estava ocupada com mais uma tela de *O homem com o capacete dourado*. Na minha frente, estavam mais de vinte cartões-postais que eu pintara de um moinho bávaro.

Entretanto, lá fora, eu podia ouvir o som dos cascos de um cavalo transportando a carroça funerária lotada de cadáveres.

Olhei para minha amiga.

Nunca fora de correr riscos na vida. Eu me lembro de como minha colega Dina se colocara em perigo apenas para assistir ao filme *Branca de Neve*, enquanto eu tremia só de pensar em quebrar qualquer regra. Porém, agora eu sentia que havia pouca coisa que ainda podiam arrancar de mim. Dado o índice de fome e de doenças que assolavam o gueto, eu não tinha sequer certeza de que sobreviveria por mais um ano. O que eu de fato tinha a perder àquela altura? Por acaso não queria causar algum impacto no pouco tempo que me restava?

Então foi assim que me vi assentindo para ela.

— Sim, Rita — falei com mais entusiasmo do que sabia existir dentro de mim. — Eu correria o risco.

***

À noite, essa ideia se tornara uma obsessão. Eu não conseguia pensar em mais nada além desse movimento de resistência secreto em Terezín. Imaginei que recebia uma encomenda para registrar as condições dali. A imundície. Os corpos deploráveis. Os olhos fundos.

Confessei a Rita que não conseguia tirar aquela ideia da cabeça.

— O movimento de resistência daria propósito à minha vida aqui... — disse a ela. — Não tenho filho nem marido. Sei que, se me dessem a chance de ajudá-los, eu ajudaria.

— Nem me fale — disse Rita. — Eu também penso nisso todos os dias.

Ela soltou um profundo suspiro e eu a observei mergulhar o pincel num pote com água e girá-lo até que ficasse limpo.

— Não consegui descobrir nenhuma informação a respeito, por mais que tenha tentado. Minha amiga Leah disse que viu um artista que trabalha no departamento técnico, chamado Petr Kien, desenhando um dos velhos que ficam escondidos lá em cima, num dos quartos do sótão.

Rita virou a cabeça para o outro lado, e seu olhar focou uma das janelas do ateliê que tinham sido tapadas com tábuas.

— Você sabia que eles deixam os velhos nesses quartos do sótão sem ar nem janelas? Tem gente demais e espaço de menos, por isso o Conselho de Anciãos designa esses quartos para pessoas que sabem que não vão viver por muito tempo mais.

Eu, na verdade, sabia muito bem disso. Em cima do nosso alojamento, havia um cômodo que abrigava seis mulheres com aparência de avós. Não só elas não tinham janelas ou luz, como também recebiam metade da ração de comida que nós, as jovens com força para trabalhar, recebíamos. Mamãe às vezes ia até lá e lhes dava um pouco de fruta que Marta conseguia roubar do pomar.

— Esse rapaz, Petr, com certeza faz parte da resistência... Leah tentou obter mais informações com ele, mas ele se fechou imediatamente. Disse que estava desenhando para si mesmo, apenas para conservar as habilidades artísticas. — Rita agora estava balançando a cabeça. — Mas até Leah sabe que isso não é verdade.

⁂

Quase um mês depois, para empolgação minha e de Rita, um dos homens do Comitê de Organização Judaico veio pedir uma voluntária para trabalhar no departamento técnico.

— Estão precisando de alguém que tenha boa mão para esboços — disse o homem.

Eu e Rita levantamos a mão. Parecíamos duas garotinhas, desesperadas para sermos escolhidas. Em nossa cabeça, imaginávamos que, depois que saíssemos por aquela porta e entrássemos no departamento de esboços, faríamos parte de um movimento subterrâneo que empunhava pincéis em vez de espadas.

— Por favor, escolha nós duas — sussurrei baixinho. Não queria perder minha amizade com Rita por causa disso, por mais que eu quisesse trabalhar lá.

— Você dos olhos claros — disse o homem, apontando para mim.

— Como você se chama?

— Lenka Kohn.

— Vá se reportar agora. Diga que fui eu que a mandei.

Olhei rapidamente para Rita, esperando que ela me desse um sinal de que não estava brava comigo. Eu tinha decidido desistir do novo trabalho caso ela parecesse irritada. Mas Rita não era do tipo que guarda ressentimento. Ela imediatamente sorriu para mim e murmurou as palavras "boa sorte" enquanto eu me levantava e seguia o homem porta afora.

⚜

Conheci Bedřich Fritta naquela tarde. Entrei no ateliê, que também abrigava o alojamento Magdeburg, e fui imediatamente recebida por um homem alto e magro que parecia estar na faixa dos 35 anos.

— Você é a novata? — perguntou. Havia um traço de simpatia em sua voz, mas o que basicamente escutei foi interesse em obter informações.

— Sim, senhor. Fui informada para vir imediatamente para cá.

— Qual é a sua formação?

— Dois anos e meio na Academia de Arte de Praga.

— Exatamente como o nosso jovem Petr Kien aqui...

Agora ele sorria. Observei-o erguer a mão para apontar um homem na faixa dos 30 anos, com cabelo cacheado negro e grosso. Reconheci o nome do homem de quem Rita havia falado. Também percebi que já o tinha visto antes, caminhando pelos arredores antes do toque de recolher. Todos nós tínhamos. Ele era o único que se arriscava a andar por ali com um bloco de desenho e um vidrinho de tinta. Mamãe havia balançado a cabeça, achando que ele terminaria sendo preso na pequena fortaleza por causa de seu desrespeito insolente às regras, mas eu invejara sua coragem.

— Preciso ver você desenhar alguma coisa à mão livre — disse Fritta, deslizando um papel em minha direção e me entregando uma caneta-tinteiro. — Ali, sente... Quero ver o seu traço... isso vai ser importante para saber onde devo colocar você.

Inspecionei a sala para decidir o que desenhar, e escolhi fazer um perfil rápido de Petr. Algo nele me atraía. Seria seu cabelo grosso e tempestuoso? A boca cheia — lábios tão grossos que mais pareciam os de uma mulher que os de um homem — que me lembrava Josef? Ou seria algo mais? Senti meus olhos correrem pelo contorno de seu rosto. Notei a veia azul fina pulsando em sua têmpora. O punho fechado apoiado na bochecha. Sua outra mão, com os dedos prendendo firmemente a caneta. Ele estava tão absorvido em seu trabalho que não tinha nem ouvido Fritta mencionar seu nome nem percebido que eu já tinha recebido papel e caneta e começado a desenhá-lo.

Imaginei que eu também devia ficar assim quando estava trabalhando; meus olhos reduzidos a um foco agudo. Um fio conectando meus olhos, minha mente e minha mão. A sagrada trindade do artista.

Fiquei sentada diante da prancheta e, em poucos segundos, já tinha registrado um retrato de semelhança invejável a Petr. Desenhei os ângulos agudos de seu rosto, o comprimento de seus dedos pressionados no papel e suas costas curvadas sobre o trabalho. Era o tipo de desenho rápido que eu sabia que Fritta, um dos satiristas mais proeminentes de Praga, famoso por suas caricaturas políticas, gostaria, pois era um método que ele mesmo usava com frequência.

— Excelente — disse Fritta, analisando meu desenho. — Vamos fazer bom uso de você aqui.

Eu me lembro de que não olhei para Fritta quando ele disse isso, e sim para Petr. Ele continuava completamente focado em seu desenho, e não levantara os olhos nem por um segundo sequer.

Capítulo 29

LENKA

Poucas pessoas são sensíveis ao som de papel sendo rasgado de um bloco de desenho ou do raspar da ponta de uma caneta sedenta de tinta, mas, para mim, esses sons são como os de uma navalha ou uma foice cortando o ar. Esses eram os sons do departamento técnico: precisos e agudos, e eu os ouvia toda manhã quando entrava pela porta.

Ao contrário do tempo que passei no Lautscher, ali não havia pilhas de cartões-postais insípidos nem telas grossas a óleo para serem transportadas em caminhões e servir como decoração para o interior das casas de condomínios alemães. Ali, havia a sensação de eficiência e urgência.

— Somos responsáveis por muitas coisas aqui, Lenka — explicou Fritta. — Os arquitetos estão preparando plantas para a expansão de Terezín. Precisamos de estradas novas para escoar a população crescente. De projetos para os novos alojamentos. Os trilhos de Bohušovice até Terezín precisam ser ampliados. O sistema de esgoto antiquado deste campo demanda modernização. Todas essas coisas carecem de desenhos técnicos feitos pelos arquitetos e engenheiros que trabalham no escritório, e artistas como você irão ajudá-los nessa tarefa.

Enquanto falava, ele caminhava pela sala com uma autoridade silenciosa. Notei que todos estavam trabalhando — uma fileira de costas encurvadas sobre pranchetas de desenho. Algumas pessoas tinham se reunido em grupos, uma pilha de suprimentos fora colocada no centro de uma mesa coletiva. Todos estavam de cabeça baixa, não vi um único rosto sequer.

— Temos prazos a cumprir, Lenka. Então, quando eu lhe disser que preciso de algo para daqui a três dias, tente fazer em dois.

Assenti.

— Não desperdice material. Esse é o nosso bem mais precioso.

Mais uma vez, assenti.

Enquanto Fritta falava comigo, seus olhos vasculhavam o local. Sua presença física enviava uma mensagem para todos de que, na sala de projetos, era necessário manter a ordem em todos os momentos. Fritta era o chefe ali, o restante de nós éramos seus soldados. Mas por que motivo, eu me perguntei, estávamos trabalhando — e trabalhando tão duro — para um exército cujo objetivo era nos aprisionar num gueto de enfermidade e fome? Onde estava a resistência? Tive vontade de perguntar essas coisas a Fritta. Olhei em torno, para além das dúzias de homens e mulheres que pareciam escravos mecânicos, e estremeci. Não era possível perceber ali nenhuma espécie de resistência.

❧

— Lenka, este é Otto Unger.

Fritta e eu estávamos diante de uma mesa onde um homem frágil estava curvado sobre um livro de ilustrações.

Quando ele se levantou, vi que seu rosto parecia esculpido: tinha a aparência de alguém modelado a partir de argila, com túneis profundos escavados sob as órbitas dos olhos.

— Sou Otto. — Ele se levantou e estendeu a mão. Seu sorriso era caloroso, mas seus dedos eram gelados.

— Sou Lenka Kohn — falei.

— Lenka? — Ele pronunciou meu nome como uma pergunta. — Que nome bonito! Você é a primeira Lenka que conheço em Terezín.

Aquele comentário me deixou corada.

— Nada de paquera aqui, velho. — Fritta balançou um dedo para ele. Era o primeiro momento de leveza que eu vivenciava desde que entrei na sala. Sorri.

— Desde quando 42 anos é velho? — brincou Otto. Balancei a cabeça; as condições duras tinham obviamente feito com que ele parecesse mais velho do que era. Era apenas uma questão de tempo até a mesma coisa acontecer comigo.

— Otto, quero que Lenka trabalhe no livro que detalha o progresso da construção das ferrovias de Bohušovice até o campo de Terezín. Mostre a ela o formato que você utilizou ao desenhar o sistema de esgoto. Ela deverá basear suas ilustrações nisso.

— Sem problemas, senhor. Claro, agora mesmo.

— Você vai começar aqui. — Algo em Otto me fazia lembrar meu pai. Ele tinha olhos escuros e grandes, e um modo gentil de falar. Puxou uma cadeira para mim e me entregou uma pilha de desenhos técnicos. — Estes são os desenhos dos engenheiros — começou ele. — Você vai precisar fazer ilustrações que complementem o livro. Seus desenhos devem mostrar os homens trabalhando na construção das linhas férreas que vêm até Terezín e os novos edifícios que a rodeiam. Vamos enviar tudo isso aos alemães, que solicitaram informações detalhadas sobre a expansão de Terezín.

Assenti, para mostrar que havia entendido a tarefa.

— Temos pigmentos de guache e aquarela nas prateleiras, bem como pincéis, canetas e tinta. Escolha o meio que preferir, mas, por favor, tente não cometer erros.

— Sim, eu sei. — E sorri. Vendo o quanto mamãe estava dando duro para conseguir material para seus alunos, eu sabia da importância de não desperdiçar.

Ele também sorriu para mim. Era um sorriso caloroso, paternal, que me deu saudades de papai.

— Muito bem, então. — Fechou as mãos em punho na frente do corpo. — Vou deixar você trabalhando então, Lenka. — E retornou à sua cadeira e a sua caneta e papel.

❧

O rosto de Otto era da cor de cera. Ele sempre parecia melancólico quando desenhava, enquanto as outras pessoas da sala mal exibiam qualquer expressão. Eu o observava às vezes pelo canto do olho. Ele sempre umedecia o papel com água antes de aplicar o pigmento. Isso tornava mais difícil pintar, porque as cores podiam sangrar. As bordas podiam borrar. Eu me perguntava se ele fazia isso pelo desafio: precisava trabalhar muito mais rápido para conseguir desenhar daquele jeito.

De vez em quando, ele olhava para o que eu estava fazendo.

— Gostei da expressão no rosto do soldado... — disse ele, e parecia ligeiramente divertido.

Olhei para a figurinha minúscula que eu desenhara ao lado dos homens trabalhando para abrir as trincheiras e percebi que havia lhe atribuído uma expressão quase maníaca.

Ri por um instante.

— Eu nem percebi que fiz isso. Talvez seja melhor começar de novo.

Otto fez que não.

— Não, deixe assim, está preciso. Eles nos dizem que querem que representemos tudo com total precisão, e foi o que você fez. Eles são todos uns merdinhas — sussurrou para mim. — Odeio isso. Odeio ter de trabalhar para eles. — Otto apertou a caneta no papel com tanta força que a tinta começou a formar uma mancha. O desenho teria de ser descartado.

Olhei para o esboço arruinado e estremeci. O que Fritta faria se visse aquela bola de papel amassado? Quem tinha personalidade impulsiva não era Fritta, mas seu braço direito, um artista chamado Leo Haas, que raramente se dirigia a nós: falava apenas com Fritta.

Otto, porém, não atirou o papel na lata de lixo. Claro que não. Ele aguardou até que ele secasse e depois o dobrou em um pequenino quadradinho e o escondeu no bolso.

Otto e eu começamos a passar mais tempo um com o outro. Parte de mim, de forma nada realista, esperava que ele me revelasse que fazia parte da resistência artística, mas ele falava muito pouco, a não ser que odiava ser obrigado a desenhar para homens que queriam ver a ele e a sua família mortos.

Comíamos nosso pão devagar juntos na hora do almoço, mastigando lentamente, fingindo que era alguma outra coisa.

— Estou comendo vários e vários bolinhos e picles de repolho hoje — disse ele. Otto partiu um pedacinho de seu pão amanhecido. Eu o observei fechar os olhos, tentando usar todos os seus poderes de imaginação para transformar uma quantidade de nada em algo muito mais satisfatório.

— Estou comendo bolo de chocolate — respondi a ele. O pão era pura serragem em minha boca, mas comi com a mão em concha embaixo dele. Não deixei nem a menor migalha escapar.

Quando Otto riu, seus olhos se encheram de lágrimas.

Nosso intervalo de quinze minutos para o almoço estava quase no fim.

— Fritta é um grande homem. Temos sorte, Lenka. Mais sorte que os outros — observou ele, como se tivesse de lembrar aquilo a si mesmo ou a mim.

— Sim, eu sei — concordei. Havia dois papéis dobrados dentro do meu sutiã. — Eu sei, Otto.

Todos os dias eu aprendia um pouco mais sobre o departamento técnico e sobre nosso chefe com Otto. Descobri que Fritta fora um dos primeiros a chegar a Terezín, em novembro de 1941 — o *Aufkommando*. Havia um grupo seleto de cerca de 350 judeus altamente qualificados — engenheiros, mecânicos, projetistas e trabalhadores do ramo da construção, que se haviam voluntariado para sair de Praga e ajudar a aumentar a infraestrutura para preparar Terezín para a chegada do influxo de judeus que logo viriam pelo transporte. Esses homens se ofereceram para trabalhar em Terezín antes de todos com a promessa de que nem eles nem suas famílias seriam enviados para o "leste".

Descobri que muitos dos meus colegas no departamento técnico estavam na mesma situação que Fritta e ajudaram a fazer as plantas iniciais do campo. Um engenheiro de nome Jiří havia projetado as plantas para todo o sistema séptico, e outro homem, Beck, desenhara os projetos iniciais que foram utilizados para construir o gueto. Esses homens detinham um conhecimento sobre a infraestrutura de Terezín que nem mesmo a SS possuía e, mais tarde, tal conhecimento se provaria valioso. Se alguém desejasse esconder algo que não poderia ser encontrado, era para esses homens que deveria pedir ajuda.

Meus quinze minutos diários com Otto eram minha forma de obter informações.

Um dia, tomei coragem.

— Ouvi dizer que Fritta e Haas estão se esforçando para mandar desenhos para fora — sussurrei.

Otto não respondeu. Mordeu mais devagar ainda o seu pão. Fechou os olhos, como se estivesse fingindo não ter ouvido o que eu acabara de dizer.

— Otto? — Eu então repeti o que havia dito, mas ele, mesmo assim, nada respondeu. — Otto? — Agora meu tom de voz era um pouco mais firme.

— Eu já tinha ouvido da primeira vez, Lenka — respondeu ele. Limpou a boca com um lenço que tinha a cor de um pano de prato sujo. — Você sabia que eu tenho esposa e uma filha de 5 anos? — perguntou ele, mudando de assunto. — Ela se chama Zuzanna.

Fiquei surpresa. Era a primeira vez que ele mencionava a existência das duas.

— Não as vejo com tanta frequência quanto eu gostaria. À noite, sinto tanta falta delas que fecho os olhos e tento imaginar que estou cavando um túnel entre o meu alojamento e o delas.

— Sinto muito, de verdade, Otto — falei. — Eu não tinha ideia.

— É terrível sonhar acordado que você está cavando a terra.

Não digo nada. Apenas assinto.

— É como se você estivesse enterrado o tempo todo. É sufocante.

Mais uma vez, assinto.

— Não — continuou ele. — Eu não sei de nenhuma resistência.

Olhou para mim, e seu olhar foi um aviso. As íris pareciam sinais de PARE me instruindo a parar.

— Lenka — disse ele, segurando a minha mão. — Está na hora de a gente entrar.

⁂

Olhei, espantada, Otto começar uma aquarela das ameias de Terezín. Ele trabalhou depressa, primeiro fazendo o contorno escuro dos muros de tijolos e depois os preenchendo com tons suaves de castanho e amarelo. Com mão hábil, pintou o desenho suave e nebuloso das montanhas mais além e os trechos de verde-água. No dia seguinte, depois de ter provavelmente guardado a pintura para que secasse, ele usou um pincel com caneta e tinta para pintar os arames farpados, que pareciam a lâmina de uma faca cortando a página.

Eu sabia que os nazistas tinham proibido quaisquer ilustrações que os retratassem desfavoravelmente. Tinham avisado que quem fosse pego fazendo isso seria preso na pequena fortaleza ou atirado no próximo transporte que seguisse para o leste. Assim, não foi nenhuma surpresa para mim não ver nenhuma imagem das atrocidades que estavam acontecendo no interior do campo. Se essas pinturas existiam, só podiam ser produzidas em segredo, à noite no alojamento ou em lugares lotados onde ninguém estaria reparando. Apesar disso, seria mentira se eu dissesse que não sentia haver uma comunicação secreta entre Fritta e Hans enquanto todos nós trabalhávamos.

— Escreva isso! — vociferavam eles de vez em quando por cima de suas mesas. Era como se estivessem dizendo um ao outro o que estavam registrando.

Fritta e Hans nos deixavam em paz, desde que cumpríssemos nossos prazos. Tenho certeza de que sabiam que muitos de nós estavam surrupiando material para uso próprio em nossos quartos. Otto tinha coragem de trabalhar em suas próprias pinturas, inclusive durante o dia. Ele me ensinara como manter o bloco de desenho repleto de desenhos para os alemães e esconder meus trabalhos pessoais no meio das páginas. Se um oficial da SS nos surpreendesse no ateliê, podíamos simplesmente cobrir o que estávamos de fato pintando com outra página do bloco.

Eu ainda não tinha feito amizade com Petr Kien. Algumas vezes eu o via desenhando em segredo os programas de óperas ou as peças teatrais que seriam apresentadas antes do horário do toque de recolher. Mais tarde, veríamos esses pôsteres pregados em algum poste perto de algum dos alojamentos, e todos nos reuniríamos para assistir ao entretenimento daquela noite.

Olhando em retrospecto, é difícil acreditar na quantidade de atividades artísticas que conseguíamos produzir em Terezín. Embora os alemães fizessem vista grossa para as apresentações — desde que não criticassem o Reich —, sempre havia alguma crueldade inevitável. Quantas vezes não víamos soldados alemães assistindo a uma de nossas performances, aplaudindo o grande alcance de certo tenor ou a ária impressionante de uma soprano, e no dia seguinte ordenando que esses mesmos cantores fossem despachados no próximo transporte para o leste.

⚜

Eu via Rita com frequência nesses espetáculos. Ela adorava os números de canto, segundo me contou, e começara a sair com um rapaz chamado Oskar, que tinha uma voz maravilhosa e, com frequência, era chamado para ser um dos cantores principais.

Eles formavam um belo casal — ela, com os maxilares altos e o cabelo loiro curtinho, e ele com seus ombros largos e olhos castanhos amendoados. Quando ele cantava para os outros, sempre pousava a mão sobre o coração, como se estivesse emitindo cada nota em nome de sua amada. Claro que esta era Rita, que ficava num canto com seu sorriso radiante e os olhos brilhantes. Nos poucos momentos antes de o toque de recolher soar, eu os via frequentemente escondidos atrás das portas e outros locais escondidos no campo para roubarem um beijo, e eu sorria, feliz ao ver que os dois tinham descoberto um pouco de romance em condições tão miseráveis.

Por mais lotado e infestado de doenças que fosse Terezín, romances como o de Rita e Oskar de alguma maneira desabrochavam. Ouvi falar de muitas garotas nos alojamentos falando de namorados e encontros secretos. Via como elas tentavam se enfeitar usando nada mais além de seus dedos nus e sujos e um pouco de saliva na palma da mão. Via como beliscavam as faces e mordiam os lábios para que as pequeninas gotas de sangue lhes trouxessem um arremedo de cor.

Mas eu não tinha ninguém, apenas o fantasma de Josef em meu coração. Nas noites em que conseguia sonhar, sonhava apenas com ele.

Capítulo 30

JOSEF

Inúmeras vezes, ao longo dos anos, eu jurava ter visto Lenka. Estava no metrô e via alguém igual a ela. Estava de férias com Amalia e as crianças e pensava ter visto Lenka saindo da piscina. Outras vezes, eu estava no ônibus e jurava haver visto a parte de trás de uma cabeça que tinha o mesmo formato da dela, o cabelo da mesma cor. Segurava a respiração até que a mulher, por fim, se virasse e eu pudesse ver que estava enganado.

Isso é o que Amalia chamava de "dia fantasma": quando você enxergava aqueles que estava procurando na sombra dos outros. Certa vez, Isaac chamou isso de "projeção da saudade", mas eu preferia a simplicidade do termo de Amalia. Ela o cunhara logo no início do nosso casamento. A única coisa que eu precisava fazer quando chegava cansado do trabalho era dizer que tivera um desses dias e nenhuma palavra mais era necessária.

Quando era ela quem tinha um desses dias, eu simplesmente assentia, os olhos cheios de compreensão sincera. Eu tentava esboçar um sorriso e apertava sua mão.

Depois que ela morreu, às vezes eu me permitia imaginar como teriam sido os "dias fantasma" dela em comparação com os meus.

Eu estava procurando uma esposa, uma amante que eu deixara para trás. Ela estava em busca de uma mãe, de um pai e de uma irmã que supostamente deveria ter seguido com ela na viagem. O meu caso era o de um amor perdido; o dela, de uma família perdida. Mas perda é perda, não é? Fria e branca. Azul e escura. Corte uma veia, e ela sangra.

Eu amo uma sombra. Procuro por ela na escuridão do corredor. Procuro por ela nos olhos das velhas senhoras que atravessam a rua. Minha segunda esposa, a quem eu aninhava todas as manhãs, na cama, não era o esteio do meu sono; era Lenka quem me visitava em meus sonhos. Ela ainda me assombra como uma leoa, uma gata com olhos penetrantes. Mais de sessenta anos se passaram e sua sombra ainda caminha ao meu lado. Sua sombra estende-se, comprida e negra — desejando que eu a toque, esperando apenas que eu estenda a minha mão.

Na velhice, comecei a acreditar que não existe amor substantivo, apenas verbo. Uma ação. Tal como a água, ele flui seguindo uma corrente própria. Se você quiser represar o verdadeiro amor numa barragem, de tão abundante ele fluiria por cima dela. Mesmo na separação, mesmo na morte, o amor se movimenta e se modifica. Mora na lembrança, na memória de um toque, na transitoriedade de um odor ou na nuance de um suspiro. Busca deixar rastros como um fóssil na areia, uma folha queimada no asfalto quente. Nunca deixei de amar Lenka, nem mesmo quando as minhas cartas foram devolvidas e os jornais revelaram a morte de milhões de judeus incinerados numa nuvem incessante de fumaça preta.

Eu disse à minha filha, na primeira vez que ela se apaixonou, para não prender demais o amor. Imagine que você está numa piscina grande de águas mornas, eu disse, com círculos concêntricos ao seu redor. Raios dourados de luz do sol inundam seu cabelo, banham seu rosto.

Inspire-os. Respire-os. E eles jamais irão abandonar você. Se você prender a luz do sol na palma da sua mão, ela se tornará uma sombra. Se você prender vaga-lumes em um vidro, eles morrerão. Mas, se você amar com asas, sempre experimentará a alegria de se sentir em suspensão num voo.

Ela se apaixonou por um rapaz na faculdade que a pediu em casamento na véspera da formatura. Ele era alto e moreno como eu fui. Era quieto e amante de livros. Gostei de Benjamin. Vi como ele se sentava à mesa com Amalia e comigo, olhando para nós de um modo reverente e um pouco confuso com o que via.

Foi aquela confusão que me fez achar que ele era o homem certo para Rebekkah. Ele examinava o silêncio entre mim e Amalia, a compaixão cuidadosa e quase cautelosa que existia entre nós, e eu podia ler sua mente: *Que isso nunca aconteça comigo!*

E foi isso o que me conectou a ele. Tem razão; que isso nunca aconteça com você. Que você beije a minha filha e sinta o calor da brisa em seu rosto, o calor do sol em suas pálpebras. Receba o bater de asas de borboletas em seu estômago. Se eu lhe der a minha bênção, case-se com ela e faça amor com ela como se vocês fossem rei e rainha de seu próprio reino. Sinta o bater do coração dela sobre o seu. Selem-se um ao outro.

Mas, se você a trair, eu queimarei seus olhos. Ame-a com pureza e não a deixe ir. E que vocês dois sejam recompensados com as canções dos anjos em seus ouvidos.

Quando ele terminou a sobremesa e procurou a mão de Rebekkah, colocando a dele sobre a dela, eu vi a confirmação de que eu precisava. Vi como as pálpebras dos olhos dele se fecharam, como se ele estivesse entrando nela. Fluido como mel. Forte como uma torrente de ondas.

E eu também fechei os meus olhos.

Capítulo 31

JOSEF

Meu neto nasceu cinco anos mais tarde. Eu estava na sala de espera, de pé, com Benjamin e Amalia. O médico que estava fazendo o parto era meu pupilo. Eu poderia reconhecê-lo só pelas mãos. Eram largas e fortes. Ele já tinha feito o parto de mais de trezentos bebês, e eu implicitamente confiava nele. Suas cesarianas eram irretocáveis; suas suturas cicatrizavam com perfeição, sem o menor vestígio.

Rebekkah nunca ficou tão linda quanto na gravidez. Seu cabelo comprido ficou brilhante e grosso, sua pele clara cintilava.

Amalia costurou seus vestidos de gestante. Benjamin lhe comprava *milk shakes* e buquês de lírios-do-vale na volta do trabalho. Ele ficara magro depois da faculdade de Direito, e os dois pareciam uma das pinturas medievais que eu me lembrava de ter visto nas igrejas de Praga — minha filha, a Madonna de ventre inchado; e Benjamin, um dos sábios que lhe ofereciam presentes.

Quando Rebekkah entrou em trabalho de parto, Amalia e eu fomos a pé até o Lenox Hill Hospital. Eu sabia aquele caminho de cor. Percorrera-o durante vinte anos: 17 minutos se encontrássemos os semáforos todos abertos, e 21 se topássemos com mais de três fechados.

Amalia tinha 52 anos, e eu, 56. Já estávamos grisalhos. Eu tinha uma barriguinha, mas Amalia continuava tão magra quanto uma vareta; a pele dos seus braços era a única coisa que traía sua idade.

Vi em seus olhos o quanto ela estava nervosa no caminho para o hospital.

— Ela vai ficar bem — falei, e apertei sua mão e depois envolvi seu ombro com um braço. Os ossos das costas dela estremeceram quando eu a trouxe para perto de meu corpo.

Na estação da enfermaria, fui recebido como um rei:

— Parabéns, Dr. Kohn — entoavam todos, antes mesmo de o parto terminar. — Ela está indo muito bem. Quatro centímetros já.

Benjamin estava sentado num dos sofás de vinil, o rosto branco pela ausência de sono.

— Pai! — disse, levantando-se. — Que bom que você finalmente chegou!

Eu amava Benjamin como a um filho e, sempre que ele me chamava de pai, era como se uma dose extra de amor paternal fosse injetada direto em meu coração.

— Não se preocupe — falei, e o abracei. Eu parecia um general confortando as minhas tropas.

Eu havia trazido café — preto para Amalia e cheio de leite e açúcar para Benjamin — e depois fui checar como estava Rebbekah.

Ela estava deitada de lado, a dor estampada em seu rosto.

— Olá, meu amor — sussurrei.

Ela sorriu, mas percebi quanto era um sorriso forçado. Um médico é capaz de mensurar a dor de uma paciente só de olhar para ela. E a de Rebbekah estava aumentando cada vez mais. Também enxerguei o medo em seus olhos.

Segurei sua mão. Ah, a mão da minha filha! Seu aperto tomou conta do meu coração, ondas de calor encharcaram os meus dedos.

— Onde está o Dr. Liep? — perguntei, baixinho.

— Ele acabou de vir me ver minutos atrás e disse que eu ainda preciso esperar um pouco.

— Ah, então se apresse! A maternidade está à sua espera — brinquei, dando uma palmadinha em sua perna por cima do lençol fino do hospital. Era uma frase que eu já tinha usado várias vezes antes.

Mas a minha Rebbekah não riu, o que era incomum, pois Rebbekah sempre ria quando eu tentava brincar com ela. Essa era a bondade da minha filha; ela ria mesmo quando eu fazia piadas sem a menor graça. Ela ria junto comigo para que eu não me sentisse sozinho.

— Vou procurar por ele — garanti. — Você está confortável?

— Sim — respondeu ela, cheia de coragem. Mas eu sabia que não era verdade. Ela nos dissera que não queria analgésico porque queria dar à luz consciente, e não sob o torpor de drogas. Queria dar à luz em seu estado normal e de olhos bem abertos.

— Estado normal? — Eu me lembro de Benjamin balançando a cabeça ao ouvir isso em nossa sala de estar. — Pai, quantas mulheres em partos normais você já viu que ainda conseguem manter o estado normal?

— Não muitas. Não mesmo — respondi com uma risada. — Mas Rebbekah vai dar conta.

— Ótimo — disse Benjamin. — Vamos saber o que temos de fazer se as coisas se complicarem lá.

Sorri e me lembrei da visão de Rebbekah poucos dias antes, sentada no sofá, a barriga tão redonda quanto uma melancia, os braços finos desafiadoramente pousados sobre ela.

Eu me lembro de haver pensado: aqui estou eu, um obstetra olhando para a minha própria filha prestes a dar à luz, e ainda sou capaz de me impressionar com ela.

⚜

Sob as luzes fluorescentes da sala dos médicos, encontro o Dr. Liep examinando uma pasta de documentos.

Ele olhou para mim quando ouviu meus passos.

— Ela está ótima, Josef. Mais cinco centímetros e pronto.

Eu mesmo já havia examinado milhares de documentos enquanto minhas pacientes estavam no leito e a natureza seguia seu curso, eu sabia, mas, mesmo assim, estaria mentindo se dissesse que não esperava que o Dr. Liep estivesse no quarto com Rebekkah durante a maior parte do trabalho de parto.

Eu o acompanhei até o quarto dela, mas saí quando ele foi examiná-la. Minha filha desejava que eu respeitasse sua privacidade, e eu queria manter aquela promessa.

Se agora a dilatação era de cinco centímetros, eu estimava que o parto começaria para valer dali a três ou quatro horas.

Voltei à sala de espera.

— Vamos ficar aqui por um tempo — contei a eles. — Benjamin, por que você e Amalia não vão comer alguma coisa lá embaixo enquanto eu fico de prontidão por aqui?

Eles concordaram, e eu me acomodei numa das cadeiras do hospital. Era tão estranho estar agora do lado da família que aguarda a boa notícia — que o bebê nasceu saudável, que a mãe passa bem e avisar à família que agora eles tinham ganhado um filho ou uma filha.

Eu tinha de admitir que não me agradava não estar no controle. Eu queria estar no quarto com Rebekkah, com o prontuário dela nas mãos e calçado com luvas — só para o caso de haver alguma emergência.

No entanto, até mesmo eu sabia que essa não era uma boa ideia. No meu coração, achava que tudo iria correr sem percalços. Portanto, quando Eleanor, uma das minhas enfermeiras preferidas, apareceu e me disse que o ombro do bebê tinha ficado preso no canal de parto, ela e mais uma enfermeira tiveram de me segurar para impedir que eu saísse correndo até o quarto.

A distócia de ombro é o pior pesadelo de todo obstetra. Não existe nada pior do que ver a cabeça da criança e depois observá-la ir ficando azulada.

Fazer cesariana nesses casos é quase impossível, porque o bebê em geral está preso num local muito baixo.

Enquanto eu lutava para me libertar dela, Eleanor pousou as duas mãos nos meus ombros.

— Phillip acha melhor o senhor ficar aqui, doutor.

Eu sabia que teria dado as mesmas instruções que ele se nossa situação fosse oposta. Ninguém quer dramas familiares na sala de cirurgia. Mas a ideia de Rebekkah sofrendo e apavorada na sala de parto, a ideia de meu neto não conseguir sobreviver ou ficar aleijado do braço para sempre — uma complicação bastante possível em um parto com distócia — me aterrorizavam.

Eleanor segurou meu braço.

— Vamos, Dr. Kohn. Vamos dar uma volta.

— Você precisa deixar alguém aqui para acalmar Amalia e Benjamin quando eles voltarem — contei a ela. — Peça a uma das enfermeiras para dizer que houve uma complicação, mas que vai ficar tudo bem.

— É claro. — disse ela. — Pode deixar.

Ela me guiou pelo corredor. Eu tinha percorrido aquele trecho de linóleo mil vezes, mas agora o medo quase me fazia congelar onde estava.

⚜

Meu neto nasceu azul. Muitas vezes eu me lembrei dessa imagem, um garoto de 4 quilos na mesa de reanimação aquecida, a pele manchada como a de uma ameixa. Rebekkah me disse que o primeiro choro dele lhe deu a impressão de que ele tinha quase sido afogado, um uivo gorgolejante vindo do fundo de um oceano.

— Ele lutou para sair do útero — disse o médico. — Um guerreirinho, ele. — A posição McRoberts não deu certo, mas a pressão suprapúbica funcionou que foi uma beleza. — Ele estava sorrindo para mim, mas eu li sua expressão perfeitamente: ele estivera aterrorizado. A exaustão e o medo continuavam logo atrás de seus olhos, e, se eu não estivesse tão esgotado naquele momento, teria lhe dado um abraço e lhe dito o quanto me sentia agradecido por ele haver conseguido retirar meu neto com saúde.

— Vamos chamá-lo de Jason, papai — disse Rebekkah. — Em homenagem ao avô de Benjamin, Joshua.

— Um ótimo nome — falei.

Segurei Jason nos braços e chorei. O filho da minha filha. Meu neto, que tinha meu sangue correndo em suas veias. Outra vida neste mundo para amar, cantar, fazer toda espécie de bem. Meu coração deu um pulo em meu peito ao pensar nele viajando pela vida e todos os marcos que um dia alcançaria: as primeiras palavras, os primeiros passos.

O primeiro amor.

Li suas feições como um mapa. Olhei para sua testa alta e a curva de seu lábio, e vi minha filha. As sobrancelhas marcantes emoldurando duas pálpebras em formato de concha eram do meu genro, e o queixinho, de Amalia. Não me vi ali até ele abrir os olhos mais tarde, à noite. No olhar líquido de índigo recém-nascido, eu me vi refletido. Tão escuro quanto minha lembrança, e tão profundo quanto o mar, eu amei aquele menino desde o instante em que ele nasceu.

Pulei a história do meu filho, Jakob. Meu menininho de pernas e braços roliços, reflexões profundas e seu jeito silencioso.

Depois do seu *bris*, Isaac o acalmou com melodias de Brahms e Dvořák, e anos mais tarde, quando o levei ao médico, me perguntei se teria sido no oitavo dia que toda a nossa tristeza se saturara em sua pequena alma.

Claro, como não poderia o nosso filho ter crescido triste e silencioso tendo nós dois como pais? Rebekkah, de alguma maneira, fora abençoada com um fogo interior, como a minha irmã, de espírito banhado em vermelho.

Mas os olhos de Jakob já eram tristes desde o momento em que o pegamos no colo, pela primeira vez. Amalia comentou isso antes de mim.

— O dele é diferente — observou ela, quando o bebê tinha menos de 2 semanas de idade. — Eu consigo ouvir.

Eu lhe disse que ela estava imaginando coisas.

— Não, não tem nenhum problema com ele. Ele é forte e saudável.

— O choro dele não é sono nem fome — disse ela. — É choro de querer chorar.

— Os bebês choram — falei. — Eles ainda não sabem falar.

— Eu sinto isso no fundo dos meus ossos — insistiu ela. — É um choro de tristeza.

Meu filho necessitava de colo. Nos meses seguintes ao seu parto, nós nos revezávamos para aninhá-lo à noite. Amalia cantava para ele as canções que sua mãe cantara para ela. Sua voz baixinha e melodiosa temporariamente o acalmava — como se aquelas melodias fossem tão familiares para ele quanto eram para ela. Quando era minha vez, eu o levava ao meu escritório, que era adjacente ao nosso quarto. Nós nos sentávamos à minha escrivaninha, com o rostinho dele encostado em meu peito, e eu lia para ele. Talvez fosse melhor ter escolhido livros infantis, como *Babar* ou *A história do coelho Benjamin,* em vez dos meus romances preferidos, mas ele sempre se aquietava quando estávamos juntos.

No jardim de infância, diziam que ele tinha uma inteligência incomum e que, se deixassem, seria capaz de montar quebra-cabeças o dia inteiro. Ele não gostava de brincar com as outras crianças, mas quem poderia culpá-lo? Segundo a professora, ele era um pensador, extremamente sensível. Dizia que a chuva caía nas vidraças como lágrimas, que os quadrados de linóleo estavam salpicados de sardas. Ao ouvir isso, Amalia sorriu. Uma criança de 3 anos que fica olhando pela janela, que prefere a solidão a brincar com as outras no trepa-trepa ou na caixa de areia. Eu disse a mim mesmo para aceitar o meu filho como ele era.

O nascimento de Rebekkah só enfatizou a diferença de Jakob. Ela era uma bola de energia constante, seus olhos dançavam quando alguém a segurava no colo. Ela ria. Só chorava quando tinha fome ou estava cansada, mas Amalia tinha razão no que percebera em nosso filho. O choro de Rebekkah tinha um começo e um fim perceptíveis. Não era um lamento longo e lamurioso como o de Jakob.

✦

O que se faz com uma criança que não tem o menor interesse em fazer amizades? Que, em vez disso, cria amigos imaginários quando está sozinho em seu quarto, brincando com os bloquinhos de Lego encaixados em pilhas altas, organizadas por cores, e que só quer vestir azul?

Camiseta azul. Calça azul. Meias azuis.

— Se ele gosta da cor azul, quer dizer que é decidido. Ele tem uma adoração por tudo o que gosta — observei a Amalia.

Ela balança a cabeça.

— Não. Tem alguma coisa errada.

O médico aqui sou eu, eu tinha vontade de dizer. *Ele é meio esquisito, sim, mas é nosso filho e não tem problema algum com ele.*

Mas a intuição de mãe sempre acerta. Eu devia saber disso, não? Quantas vezes não vi uma mãe vir ao meu consultório dizendo sentir que havia algo de errado na sua gravidez e, no fim das contas, ter razão?

Quando Jakob entrou no ensino fundamental, ficou claro que ele não conseguia funcionar dentro da estrutura de uma sala de aula. Seu cabelo castanho-escuro quase sempre estava cobrindo seus olhos, e seu corpo, antes rechonchudo, agora tinha se esticado e afinado. Ele me lembrava um potro de aparência doentia, atrapalhado ao tentar se pôr de pé. Os barulhos o incomodavam, qualquer mudança que o professor fazia na programação o fazia ter um chilique, e ele não suportava que ninguém além de mim ou de Amalia o tocasse. Era como se sua pele ardesse caso alguém simplesmente o roçasse.

Nós o levamos de especialista em especialista. Ele espantava a todos com seu índice de inteligência, mas parecia não conseguir funcionar fora da sua bolha.

A escola yeshivá do Brooklyn foi a única que o aceitou, e ele floresceu sob os cuidados de seus professores. Amava o idioma hebraico, lidava com a língua como se fosse um mistério que ele precisava decodificar. Como a programação escolar era rígida, as crianças de lá eram obedientes e o deixavam em paz.

Ele adorava o uniforme; embora fosse preto e branco, e não azul. Ainda assim, gostava da rotina de usá-lo todos os dias, porque o tecido não o irritava como tantas outras coisas.

Ele gostava do pequeno prédio de tijolos e dos bancos do pátio da escola. E do fato de ninguém incomodá-lo se ele brincasse sozinho ou simplesmente ficasse assistindo num canto. Quando balançava o corpo para frente e para trás ou agitava os braços, os professores diziam às crianças que aquele era o método próprio de Jakob rezar.

❧

Minha vida adulta foi amaldiçoada com uma dualidade constante. É como se alguém tivesse cindido minha existência ao meio com um cutelo, de modo que não me foi possível desfrutar de algo sem ver a tristeza do outro lado. Eu me casei com Amalia, mas não conseguia parar de pensar em como teria sido minha vida com Lenka. Vi minha linda filha transformar-se na mulher que ela é, enquanto via meu filho mal conseguir construir uma existência graças às suas várias limitações.

Nos anos de adolescência de Jakob e Rebekkah, enquanto nossa filha se arrumava com uma saia de veludo cotelê e uma camisa de gola alta para ir encontrar os amigos e comer hambúrguer ou tomar *milk shake* no fim da rua, Jakob ficava vendo televisão na sala comigo e com Amalia. Eu ia limpar os pratos do jantar de legumes e carnes cozidos demais, raspando em silêncio os restos para dentro da lixeira, enquanto ouvia meu filho responder corretamente a todas as perguntas que eram feitas nos programas de perguntas e respostas antes mesmo de qualquer dos concorrentes ter a chance de abrir a boca.

E observava as cabeças de Amalia e Jakob olhando a tela. Desejava que minha esposa olhasse para mim, mas ela permanecia olhando para a frente. Sei que ela devia ter escutado Jakob dando as respostas, mas não sorria com orgulho. Tampouco chorava. Simplesmente comia sua comida sem-graça enquanto assistia a um programa de televisão que, para ela, não tinha nenhum significado, sem jamais dizer uma única palavra.

Hoje, Rebekkah é esposa e mãe. Casou-se com um advogado e tem um filho. Meu filho, hoje com 50 anos, ainda mora comigo. Não lhe falta competência para morar sozinho, mas ele sempre recusou essa oportunidade.

— Por que, papai? Eu sou feliz assim... sou feliz aqui com o senhor.

— Sua fala é cuidadosa e deliberada, como se ele pesasse cada palavra em sua cabeça antes de articulá-la.

Levanto as sobrancelhas e observo a compleição cor de cera do meu filho, o branco de seus olhos, que parece gelo rachado. As mãos nervosas. Parte de mim deseja levantar a mão para ele, aliviar tantos anos de frustração de ver meu filho brilhante dentro de um casulo próprio de seda. Mas não tenho essa coragem.

Ele lê a minha mente. Lê a minha tristeza. Lê a minha raiva. Ela faísca em minhas retinas como relâmpagos numa tempestade.

E então desaparece.

Capítulo 32

JOSEF

No funeral de Amalia, Isaac tocou o *Kol Nidre*. Ele me parecia um ancião, agora. Estava completamente grisalho, seus cabelos que outrora foram negros agora pareciam um emaranhado de folhas cobertas de neve. Seu corpo esguio, porém, permanecia elegante e ereto. Ele usava um vistoso terno preto, o mesmo que havia vestido quando eu e Amalia fomos ouvi-lo tocar no Carnegie Hall, anos atrás. À menção do rabino, ele se levantou do banco detrás de mim e caminhou até o *bimá*. Seu violino pendia ao seu lado, enquanto o arco pousava levemente sobre seu coração.

Todos ficaram em silêncio quando ele se empertigou, o arco atrás de si e os pergaminhos dos Dez Mandamentos pendendo em ambos os lados do corpo. Havia apenas alguns presentes, os poucos que tinham permanecido amigos apesar do tempo: a família de Benjamin, meus dois filhos, meu neto e alguns pacientes dos quais eu havia me tornado próximo.

Ele ficou parado, de pé, por vários segundos. Olhava adiante, por entre os bancos da sinagoga, como se procurasse, em vão, por alguém que esperava que ainda estivesse lá. Fiquei sentado com as mãos entrelaçadas, observando-o respirar fundo e fechar os olhos. Finalmente ele ergueu o instrumento e o apoiou contra o queixo. Então ergueu o arco.

Eu nunca o ouvira tocar tão bonito. A música vibrava como um coração despedaçado, cada nota musical flutuando como um pássaro de asas douradas. A pele em suas bochechas tremia enquanto ele tocava, os cílios selando seu olhar. Mas, para mim, ficou claro, enquanto o observava — quase uma epifania ao ouvir sua música —, que ele sempre fora apaixonado por Amalia. Que todos aqueles anos, enquanto se sentava quieto em nossa cozinha, nos observando, estava ali apenas para ficar perto dela.

Rebekkah chorou com a apresentação musical. Seu corpo frágil tremia, incapaz de conter tamanha tristeza. Meu filho mantinha o olhar adiante, os olhos etéreos em seu sofrimento. Uma única lágrima escorreu pelo seu rosto.

E as minhas lágrimas, por fim, começaram a rolar também, enquanto a música, suave e triste, crescendo e caindo, vinha em ondas como o oceano. Sim, eu chorei porque sentia saudades de Amalia, claro, mas também porque ficou claro para mim que meu melhor amigo havia amado minha mulher de uma maneira que eu jamais poderia amar.

O *Kadish* que ele tocou consistia das notas que vinham do meu coração, do meu anseio por um amor perdido para sempre. Mas não pela mulher que estava diante de mim, num caixão, e sim pela mulher que eu havia perdido 45 anos antes, numa estação de trem lotada em Praga, e que nunca recebera um funeral decente. E, se eu soubesse tocar violino, minha tristeza por tê-la perdido soaria exatamente como a música que Isaac tocava agora para Amalia. Cada nota musical reproduzida em sua plenitude, cheia de sofrimento, cada acorde entoando a solidão deixada depois que ela se foi.

Capítulo 33

JOSEF

Nós sentamos *Shivá* no nosso apartamento, Rebekkah com sua jovem família, eu e meu filho letárgico. Como manda a tradição, cobrimos os espelhos com um pano. Rasgamos nossas roupas. Sentamos sem fazer a barba em banquinhos baixos.

Meu neto lê um livro no meu escritório. Ele está no ensino médio agora e ama livros tanto quanto eu quando tinha sua idade. A mãe dele dá uma bronca, chamando o rapaz para que se sente junto dela e do irmão, mas eu digo a ela que tudo bem. Ele é jovem. Cheio de vida. É desnecessário que ele fique sentado conosco num cômodo escuro recebendo pessoas das quais nem sabe o nome.

Outro prato de *rugelach* e *bagels* com peixe defumado chega, trazido por amigos da minha filha. Ela anota num bloquinho o que cada um trouxe para poder mandar um cartão de agradecimento posteriormente.

O sofá está coberto pelas capas que Amalia costurou à mão. As cortinas estão fechadas para que não haja claridade. Lá fora, na Terceira Avenida, os táxis buzinam e as mães chamam pelos filhos na saída da escola. Aqui dentro, os potes de mantimentos na despensa ainda trazem os rótulos com a caligrafia caprichada de Amalia: *farinha, açúcar, sal.* Os números de telefone que ela anotou — hospital, corpo de bombeiros, polícia — ainda estão pregados na parede.

A essa altura, eu mal consigo imaginar o som de sua voz. Amalia passara uma semana na UTI por causa de um derrame. Dormiu profundamente durante todo esse tempo e se despediu sem palavras. Eu sei que durante as próximas semanas irei procurar por ela nos vestidos de algodão pendurados no armário, no pote de hidratante em sua penteadeira e no pão que irá estragar sem que eu tenha outra boca com quem partilhá-lo.

Não imagino que Amalia irá me visitar agora, em espírito. Ela com certeza estará ocupada em outro lugar, procurando no céu por sua família, voando para os braços da mãe e do pai ou procurando obter o perdão da irmã, que lhe dirá que ela deveria ter esquecido esse assunto há muito tempo.

Seu espírito finalmente voltou para casa. Porque é isso o que acontece quando finalmente retornamos para aqueles que amamos, mas que deixamos para trás. Aqueles de quem nunca nos esquecemos. Escorregamos ao encontro deles, como duas mãos que se complementam. Caímos sobre eles como nuvens de algodão.

❦

Isaac compareceu ao enterro de Amalia, mas não reapareceu em nossa casa para nos dar os pêsames. Durante sete dias, esperei vê-lo entrar pela porta, ou pelo menos telefonar, mas ele não o fez. Finalmente tive notícias dele na semana seguinte, quando se desculpou. Explicou que tivera uma gripe forte e ficara de cama a semana toda. Também comentou que deixara o arco do violino cair em algum lugar e que agora precisava comprar um novo.

Algo em sua voz, entretanto, me dizia que ele não falava a verdade sobre nenhum dos tópicos. De repente, imaginei-o enterrando o arco ao lado de Amalia. E, tão logo a imagem me veio à cabeça, soube em meu coração que era verdade. Enquanto eu e meus filhos caminhávamos para o carro, eu olhei para trás e o vi sozinho, de pé ao lado da cova dela, a cabeça baixa, solene.

Imagino que ele deve ter pousado o arco sobre a terra quando ninguém estava olhando, para que fosse enterrado junto com ela. Silenciosamente. Assim como ela estava, silenciosa. Uma única nota musical flutuando no céu.

— Tudo bem — disse a ele. — Entendo. Você vai ter que comprar um novo.

— Sim — respondeu. — Um novo.

Penso nos dois arcos que Isaac perdeu ao longo dos anos. Um caído no mar, onde perdi meus pais e minha irmã, outro pousado sobre a minha companheira de 38 anos. Cada uma das minhas perdas demarcadas por um simples gesto de suas mãos.

Capítulo 34

LENKA

Minha mãe ficou ainda mais magra durante aquele verão de 1943. Eu podia ver as veias sob a sua pele, sua clavícula tão protuberante que me lembrava uma foice. Os ossos da face tão demarcados que me lembravam os desenhos cravados nos pendentes de lustres de cristal.

A *Jugenfursorge*, iniciativa de bem-estar social iniciada pelo Conselho dos Anciãos, havia criado um cronograma para as crianças, garantindo que elas tivessem algum tipo de educação escolar em segredo e algum contato com poesia, teatro e música. Mamãe chegava exausta em casa quando vinha dos barracões das crianças, porém revigorada. Era estranho ver minha jovem e artística mãe ressuscitada em Terezín. A mulher que eu imaginara havia tantos anos naquela tarde com Lucie no porão, de pinturas escondidas feitas em tons de berinjela e ameixa, agora aparecia diante de mim. Ela transbordava empolgação por seu trabalho com as crianças.

Mamãe dissera que, em breve, haveria uma exposição no porão de um dos alojamentos das crianças. Todas elas trabalhavam agora com colagens e pinturas, portanto, eu continuava roubando para elas quaisquer suprimentos que encontrasse no departamento técnico.

Eu agora era especialista em furtos. A cada tantos dias, eu roubava um lápis de cor ou um tubinho de tinta que estivesse no final, mas que ainda pudesse ser espremido, fornecendo algumas gotas de pigmento. Theresa e Rita também escondiam coisas para eu entregar à minha mãe, pois estavam determinadas, assim como eu, a não deixar que nenhum suprimento de arte fosse desperdiçado. Theresa era muito quieta, não dizia quase nada ao puxar da saia dois quadrados de telas rasgadas. Rita olhava desafiadoramente ao colocar em minhas mãos alguns pedaços de carvão ou de giz pastel.

Quando eu conseguia visitar Hans, ele sempre me perguntava se eu poderia desenhá-lo. Eu brincava com ele, dizendo:

— Bom, então você vai ter que me desenhar também.

Eu pegava um pedaço de papel para desenho de dentro da minha blusa e quebrava o carvão em dois pedaços.

— Tome — dizia eu. — Tente você.

Ele olhava para o papel, depois para mim, estreitando os grandes olhos verdes, e começava a desenhar. Primeiro um círculo. Dois pontos para os olhos e uma linha para a boca. Mas tinha apenas 4 anos e eu sabia que aquilo era bastante para uma criança tão pequena.

A melhor parte era saber que algo que poderia facilmente acontecer fora dos muros de Terezín ainda podia ser conquistado mesmo dentro deles.

Eu estendi a mão e a pousei sobre seu pequeno ombro.

— Lenka — disse ele, baixinho. — Eu te amo.

— Eu também te amo — sussurrei.

Mas, antes que eu viesse a chorar, ele pegou minha mão e a pousou sobre o papel.

— Agora é a sua vez — disse ele.

— Sim, é a minha vez — respondi, sorrindo.

E comecei a desenhar.

A exposição dos trabalhos de artes das crianças foi maravilhosa. Mamãe, Friedl e as outras professoras haviam passado horas incontáveis com elas, e agora suas lindas colagens e pinturas coloriam as paredes.

Marta e eu caminhamos pela exposição mordiscando os lábios, tão emocionadas que estávamos em ver aqueles trabalhos. Havia pinturas de árvores e borboletas. Algumas crianças tinham desenhado suas famílias, seus antigos animais de estimação e memórias de suas vidas antes de Terezín. Contudo, as imagens mais tocantes eram aquelas que tentavam retratar sua realidade atual. Uma criança desenhara suas memórias da chegada a Terezín. Sete figuras enfileiradas, cada qual com seu número de identificação gravado nas sacolas, o rosto de cada uma delas triste e amedrontado. Outra criança havia desenhado os beliches num alojamento — um balão representando um sonho acima da cabeça do boneco, nuvens repletas de chocolates e potes de doces.

Fui transportada pelos desenhos das crianças. Podia fechar meus olhos e lembrar minha própria infância pintando com aquarelas, a sensação de primeiro ver a tinta pingando do pincel, os rios de cores escorrendo pelo papel.

Fiquei muito orgulhosa de minha mãe naquela noite. Ela estava de pé num porão escuro, os desenhos de seus alunos grudados nas paredes, usando o mesmo vestido simples que havia usado naquela tarde em que fomos levadas para aquele lugar. Ele estava agora manchado de tinta, partes dele estavam puídas, e o tecido cobria seus ossos como um saco folgado vestindo um espantalho. Porém, mamãe ficou ali, os braços cruzados à sua frente e os olhos brilhando, de um jeito que me lembrava como ela era antes da guerra. Seu sorriso era tão alegre que iluminava todo o salão.

Capítulo 35

JOSEF

Eu meio que esperava encontrar cartas de amor de Isaac entre os pertences de Amalia. Olhei-os um a um, imaginando se iria descobrir uma vida secreta. Olhei para as prateleiras em busca de fitas de música clássica, um programa do Carnegie Hall, alguma fotografia escondida ou uma mecha de cabelos grisalhos. Se eu morresse primeiro, será que ela faria o mesmo? Será que ela encontraria a foto que Lenka me deu do nosso casamento? A única coisa que consegui guardar quando entrei no bote salva-vidas? Será que finalmente ela veria o rosto do meu espírito, aquele que eu nunca havia mostrado a ela, cujos olhos me puxavam do fundo de seu túmulo? Será que ela iria procurar debaixo da cama e finalmente encontraria a caixa repleta de cartas devolvidas? Ou será que ela respeitaria a santidade do passado e manteria as cartas na caixa, com a tampa lacrada? Acho que seria isso o que ela faria.

Seu armário estava quase vazio; o excesso de espaço entre os cabides retratando mais sua personalidade do que as roupas propriamente ditas. O casaco que ela usava no inverno me fez pensar nela, de tecido xadrez com cinto trançado. Olhei para os três pares de sapato e vi os arranhões, o contorno de seus pés nas palmilhas e no couro gasto. Em sua bolsa de maquiagem, peguei a escova e vi alguns fios de cabelo.

Tirei a tampa de um batom usado pela metade, uma cor tão clara que me lembrava areia.

Busquei memórias de nós dois e elas apareceram diante dos meus olhos como negativos de um filme. Eu a vi segurando Rebekkah nos braços, eu a vi correndo os dedos pelos cabelos do nosso filho. Eu a vi de costas para mim, aquecendo meu jantar depois de um plantão noturno no hospital.

Então, naquela noite, quando me deitei para dormir, não sonhei com Lenka, como de costume, mas com Amalia. Eu finalmente a deixei ir ao encontro de sua família. Disse adeus e a vi como naquele primeiro dia em que nos conhecemos, de vestido de algodão e cabelos loiros. Eu a vi ao meu lado, no Café Vienna, o vapor subindo de sua xícara de chocolate quente, seus olhos castanhos molhados de lágrimas.

Capítulo 36

LENKA

As crianças de Terezín estavam encenando uma apresentação de *Brundibár*, uma ópera escrita por Hans Krása, com cenário criado sob a direção de um dos designers mais famosos de Praga, František Zelenka. O conjunto consistia de uma cerca construída com sobras de tábuas de madeira e três placas: de um cachorro, um gato e um corvo. Cada placa estava pendurada na cerca; um círculo havia sido cortado no meio da placa para que a criança designada para o papel pudesse inserir seu rosto e, imediatamente, entrar no personagem. A imagem pintada, assim, descartava a necessidade de um figurino. O conjunto era extremamente convincente. *Quantas pessoas no meu escritório e em Lautscher haviam andado secretamente, surrupiando suprimentos para que essa peça pudesse acontecer?*, pensei. As crianças soltavam gritinhos animados diante de sua transformação, distraídas por um momento de sua fome e privações. Todos aplaudimos quando elas subiram no palco.

A ópera era sobre duas crianças, os pequenos Annette e Joe, que saíam para comprar leite para a mãe doente. Na rua, encontravam um afinador de órgão chamado Brundibár. Elas cantavam para ele na esperança de ganhar algumas de suas moedas, mas ele simplesmente as espantava dali. Naquela noite, as crianças adormeceram sob os cartazes do cachorro, do gato e do corvo. Quando acordaram, os animais ganharam vida e todos se juntaram para lutar contra Brundibár. Cantaram uma linda música e os moradores do vilarejo jogaram moedas para eles, mas Brundibár ainda não havia sido derrotado. Ele voltou ao palco e roubou as moedas. A ópera terminava com os animais e as crianças vitoriosos sobre o afinador de órgão, seus chapéus lotados de moedas quando retornavam para casa com o leite para a mãe.

Quase todos nós de Terezín amávamos aquela ópera. Pois as crianças, em sua atuação, haviam criado por si mesmas uma mensagem de resistência. Quando triunfavam sobre o terrível Brundibár, a metáfora da ópera era entendida por todos.

<hr />

Naquela noite, quando vi Rita cuidadosamente arrancando as placas das cercas, senti imediatamente que ela estava grávida. Embora ainda estivesse magérrima, seus seios pareciam maiores e mais redondos. Até mesmo seu rosto estava levemente diferente. Apesar das olheiras profundas, ela estava mais linda do que nunca, uma figura pequena, mas bela.

Mais tarde naquela mesma noite, depois da emoção causada pela encenação das crianças, consegui conversar com ela sem a presença de Oskar.

— Rita — chamei. — Você e Zelenka fizeram um trabalho excelente com o cenário. Mas você me parece cansada. — Toquei seu braço. — Está tudo bem?

Ela me levou até um canto onde não havia ninguém.

— Pensei que minha menstruação estava atrasada, Lenka, mas estou grávida. — Ela buscou minha mão e a apertou. Olhando para a própria barriga, Rita a segurou entre as mãos. Ergueu seu vestido roto e me mostrou a leve protuberância de seu abdômen. Colocou a mão sobre a barriga, como se escondesse um segredo.

— Rita — falei baixinho. — O que você vai fazer? — Ambas sabíamos o que significava estar grávida em Terezín. Nos últimos meses, ouvimos rumores de mulheres que haviam engravidado dentro do gueto e foram colocadas no próximo transporte seguindo para o leste.

Ela olhou para mim com lágrimas nos olhos.

— O que posso fazer, Lenka?

Eu tinha ouvido sussurros de algumas mulheres que foram à enfermaria, contando que havia um médico judeu que tratava do assunto. Era terrível pensar naquilo, mas Terezín não era um lugar apropriado para se trazer uma criança ao mundo. Ser embarcada num trem, grávida, e enviada a um campo de trabalho forçado era um pensamento ainda pior.

Eu havia conhecido pessoalmente apenas uma mulher que engravidara em Terezín. Seu nome era Elsie, e ela dormia no mesmo alojamento que eu. Certa noite, eu a vi chorando em sua cama. Ela sussurrava para uma de suas amigas, que trabalhava na enfermaria. Pude ouvir a amiga dizendo a Elsie que a levaria para ver o Dr. Roth.

Mais tarde, fiquei sabendo, por meio de Rita, que o Dr. Roth havia realizado vários abortos em Terezín. Ele fazia isso em segredo e apenas quando a mulher implorava, sacrificando o feto para salvar a vida da mãe.

***

Oskar dissera a Rita que eles teriam tempo para ter filhos quando a guerra acabasse, mas não agora. Ela me contou isso em prantos, entrelaçando as mãos magras e pálidas.

— Ele me ama — disse ela, entre soluços. — Disse até mesmo que quer que o Conselho dos Anciãos nos case, mas acha que estão enviando garotas grávidas para a morte.

— E se ele estiver certo? — falei.

— Como? Como alguém pode acreditar nisso? Pode simplesmente ser um campo cujas instalações sejam mais apropriadas para mães e mulheres grávidas, depois que elas não puderem mais trabalhar. — Ela parou. — Por que eles permitiriam a entrada de mulheres com carrinhos de bebê nos trens se não houvesse um lugar apropriado para as crianças?

Balancei a cabeça. Eu não sabia a resposta. A única coisa que eu sabia era o que havia em Terezín, e tudo em relação aos trens que seguiam para o leste era um buraco negro.

— Mas e se ele estiver certo, Rita? — sussurrei. — Vale a pena arriscar? No momento, você tem um posto de trabalho seguro em Lautscher e o emprego de Oskar como engenheiro lhe provê maior segurança dentro do campo. Aceite a proposta dele de se casar agora e começar a família depois.

Eu não podia acreditar que estava de fato aconselhando minha amiga a fazer um aborto, especialmente quando os envolvidos eram duas pessoas que desejavam passar o resto da vida juntos. Eu sabia que, se alguém tivesse feito essa sugestão para mim quando Josef partiu rumo à Inglaterra, eu teria desprezado tal pessoa com todas as minhas forças. Mas, desde que fomos trazidos, cerca de um ano antes, eu presenciara os embarques dos trens para o "leste". Pude ver que a maioria dos que embarcavam eram pessoas doentes, velhos ou mulheres grávidas. E agora, quando um novo trem partia, até mesmo alguns prisioneiros saudáveis eram enviados. Para mim, estava claro que, para onde quer que os nazistas estivessem mandando aquelas pessoas, com certeza era um lugar bem pior do que Terezín.

Eu podia apenas tentar imaginar como Rita se sentia nesse momento, aterrorizada e traída, ao me ouvir dizer todas essas coisas. Tenho certeza de que ela esperava que eu a apoiasse, que eu dissesse que iria conversar com Oskar e convencê-lo de que estava errado.

— Suponho que seja porque você não faz a mínima ideia do que é ter um bebê crescendo dentro de você, Lenka. — Ela olhou para mim com os olhos de um animal encurralado. — Se você soubesse, jamais me diria essas coisas.

— Rita — falei com a voz embargada, muito embora não passasse de um sussurro. — Eu sei o que é estar grávida.

Não me alonguei muito sobre a história do meu aborto, sobre a tristeza de perder meu único elo com meu marido, que havia morrido afogado no oceano gélido. Já tínhamos tristezas demais ao nosso redor. Eu simplesmente estendi minha mão, e apertei a dela com força.

⚜

Nas duas semanas seguintes, observei Rita num dilema, em dúvida entre os perigos à sua segurança e o desejo de preservar a vida que crescia dentro dela. Nesse gueto estéril, onde não crescia flor nem vegetação, a capacidade de criar uma vida ainda era um milagre. Quantas mulheres eu havia escutado dizerem que não menstruavam mais e acreditavam que seus corpos castigados pela fome se haviam tornado incapazes de conceber um bebê durante um encontro rápido e casual com seus namorados?

Rita me mostrou sua decisão sem falar diretamente a respeito. Quando se sentou, ela cruzou as mãos sobre a barriga, como se suas duas palmas pudessem proteger a vida que crescia em segredo dentro de si.

Quando falou, ela não olhou diretamente para a frente, mas para sua barriga.

— Oskar está doente de preocupação — disse ela — A única maneira de silenciá-lo é colocando sua mão aqui. — Ela descruzou as mãos e tocou na barriga. Estava grávida de quatro meses agora, muito embora nem mesmo uma barriguinha estivesse visível. — Sinto um movimento aqui dentro. — Seu rosto estava corado de alegria. — Sei que não pareço estar grávida, mas, ainda assim, eu sinto.

Olhei para Rita e tentei afastar a preocupação, aproveitando a alegria de ver minha amiga tão realizada, tão cheia de vida.

Oskar disse a Rita que queria se casar com ela antes de o bebê nascer. Ele fez algo parecido com um anel de noivado usando um fio contorcido e a pediu em casamento de joelhos quando ela terminou mais um dia de trabalho em Lautscher.

Em Terezín, os noivados não eram longos: dentro de poucos dias, os dois se casavam na câmara do Conselho dos Anciãos. Na noite anterior ao casamento, as mulheres do alojamento de Rita se juntaram para lavar seus cabelos. Elas colocaram uma bacia grande debaixo da torneira da pia, onde ela permaneceu por várias horas, coletando os pingos de água até ter o suficiente para lavar sua cabeça. Os cabelos de Rita eram curtos, repicados ao redor de seu rosto anguloso, mas duas garotas ficaram de pé e arrumaram os cabelos dela da melhor maneira possível.

Rita usou um vestido marrom velho, com barra de franjas, e um colar velho. Sua aparência era solene, uma noiva sem adornos. Não havia véu, nem uma única flor que ela pudesse segurar com seus dedos pálidos.

Theresa apareceu e rapidamente disse a Rita que havia trazido algo para ela usar.

Entregou a Rita um pacotinho embrulhado em jornal. O embrulho, que aparentemente quase não tinha peso quando ela o segurou nas mãos, parecia subitamente tornar-se pesado e digno de reverência à medida que Rita o desembrulhava.

Todos observamos impressionados quando ela se desfez das camadas de jornal, revelando um pequeno ramalhete feito com pedaços de tela pintados e costurados com linha amarela, o centro feito de feltro, uma bela flor modelada apenas com retalhos.

— É para o seu cabelo — disse Theresa, baixinho.

Ela pegou dentro do bolso do vestido um pedaço de fio.

— Aqui. Você pode usar isso para prender algumas mechas, talvez logo acima da orelha.

Rita tocou o rosto, tentando conter as lágrimas.

— Obrigada, Theresa. Obrigada. — Os dedos dela envolveram o rosto da garota e ela lhe deu um beijo nas bochechas. — Só mesmo você para fazer algo tão lindo sem recursos.

Theresa corou por um instante.

— Ora, não é nada... Eu, eu... — Ela começou a gaguejar, tímida pela atenção que seu presente ganhou. — Eu só queria que você pudesse ter uma flor.

De fato, Rita não tinha nem mesmo um buquê. Mas, ainda assim, ficou linda com o ramalhete preso aos cabelos, as mãos entrelaçadas sobre o ventre levemente protuberante, protegendo-o. Os quatro amigos de Oskar seguraram galhos de madeira e estenderam um lençol branco, formando um gazebo sobre a cabeça dos noivos. Todos tinham os olhos grudados no casal enquanto o rabino-chefe do gueto evocava as sete bênçãos. Uma velha garrafa de vidro foi colocada dentro de um guardanapo e Oskar a estilhaçou com o pé.

— *Ani L'Dodi v'Dodi Li* — disse o rabino, e então eles repetiram um para o outro. — Eu sou do meu amado, e meu amado é meu.

Penso naquelas palavras e lembro o dia do meu casamento. Parece tão distante e ao mesmo tempo tenho a impressão de que foi ontem. Tento conter as lágrimas diante da lembrança.

As outras garotas batiam palmas, congratulando o casal, e vi que todas tocavam os próprios cabelos, desligadas. Todos desejávamos que fosse outra época, quando havia uma abundância de flores — ou mesmo apenas um punhado —, para que cada uma tivesse ao menos uma para colocar atrás da orelha.

O ventre de Rita não cresceu muito. Ela usou o mesmo vestido folgado de sempre. Aprendeu a andar ainda mais ereta, de maneira que o pouco peso extra ficava ainda mais imperceptível. Eu não comia meu pão inteiro e colocava metade da minha sopa aguada num regador. Levava tanto o pedaço de pão como a sopa aguada com um pedaço de nabo para o alojamento de Rita.

— Coma — disse para ela.

Ela se recusou a comer minha ração.

— Não preciso de mais do que já tenho — insistiu. — Por favor, não guarde sua comida para mim, Lenka. Você também precisa comer.

— Você precisa estar forte para quando o bebê chegar.

Deixei a comida lá, apesar da recusa de Rita. Mais tarde, quando encontrei Oskar, percebi o quanto ele havia emagrecido.

— Eu também tento guardar minha comida para Rita e ela se recusa a comer. Mas só saio para trabalhar à noite depois que a vejo comer tudo.

— Você também precisa estar forte — disse a ele, tocando seu cotovelo, solidária.

❧

Da próxima vez que levei a comida para Rita, ela falou comigo de forma mais dura.

— Lenka, você *precisa* parar com isso. Estou falando sério.

— Não entendo — respondi ela. — Você precisa comer mais, para você e para o bebê.

— Eu não quero comer mais! Não posso engordar mais do que isso, ou vão perceber que estou grávida e me mandarão embora!

Olhei para ela, seus olhos verdes agora cheios de medo.

— Mas o bebê precisa se alimentar, Rita. — Eu mal conseguia pronunciar aquelas palavras.

— O bebê vai pegar de mim o que ele precisa. Só quero que ele nasça em Terezín... — disse ela, chorando. — Tenho medo demais de ir para qualquer outro lugar.

Agora entendia o que ela queria dizer. Então fiz a única coisa na qual consegui pensar: segurei Rita em meus braços, tal como eu me lembrava de minha mãe fazendo comigo quando eu estava grávida e assustada, ainda em Praga. E desejei que o meu abraço desse a Rita ao menos metade do consolo que o de mamãe dera para mim.

Capítulo 37

JOSEF

Um dos primeiros presentes que meu neto Jason me deu foi um peso de papel, que ele fez quando tinha 3 anos. Era uma pedra que ele pintou de azul, com dois olhos em preto e branco, e um nariz de feltro laranja. Eu ainda o deixo sobre a minha mesa, junto com meus papéis e ao lado da fotografia dos membros da minha família, agora todos adultos.

Amo aquele peso de papel. Toda vez que o coloco sobre uma pilha de contas ou sobre um caderno, eu me lembro do dia em que ele o trouxe da escola.

Ele me chamava de *ôô* naquele tempo, o mais próximo de vovô que ele conseguia falar. Tirou o presente de sua mochilinha vermelha e o deu para mim.

— Pra você, *ôô*.

Eu o segurei e sorri. A pedra estava embrulhada em papel de seda, sua tinta opaca ainda um pouco molhada; o nariz de feltro estava torto e os dois olhos de plástico tremiam de um lado para o outro.

— Vou cuidar dele — prometi. Fomos até a cozinha e o colocamos para secar sobre um guardanapo. Então, lavamos as mãos juntos, a água escorrendo azulada.

Fecho meus olhos e me lembro de meu neto quando era pequeno. A primeira vez que o levei a algum lugar, só nós dois, foi no Metropolitan Museum of Art e o guiei pelo Templo de Dendur, explicando a história dos egípcios, a mágica dos hieróglifos e a maldição que caíra sobre aqueles que abriram as tumbas. A alegria de sua primeira visita ao zoológico do Central Park, a doce lembrança de seu primeiro chocolate quente congelado na Serendipity e a maravilha de nossa primeira visita ao Hayden Planetarium, quando ele me perguntou se as estrelas representavam cada pessoa que havia morrido.

Seu comentário me deixou sem palavras. Não era uma ideia maravilhosa imaginar cada alma brilhando no céu? Peguei sua mão. Enquanto a projeção de planetas e estrelas enchia o domo negro, vi a expressão maravilhada em seu rosto e desejei poder observá-lo para sempre. Queria presenciar como ele vivenciava o mundo, como ele aprenderia a navegar pela vida. E, ao vê-lo crescendo, me entristeci pelo que havia perdido das experiências do meu próprio filho. Jakob me mantinha a distância, ou talvez tenha sido eu que a criara. Jamais saberia de verdade.

Mas o que eu sabia era que queria grudar a mim e a meu neto naquelas cadeiras do planetário e contar cada estrela a seu lado. E como eu queria que a ideia dele fosse verdadeira! Que, ao morrer, eu me tornasse uma estrela. Suspenso no céu, brilhando sobre ele. Protegendo-o com uma luz branca e pura.

⚜

A futura esposa dele é linda, elegante e refinada. Seus cabelos vermelhos me fazem lembrar dos cabelos da mãe e da irmã de Lenka.

Eu havia conhecido um punhado de suas namoradas ao longo dos anos. A morena que ele conheceu na Brown, em seu primeiro ano. A que não depilava as pernas e lutava tão fervorosamente pelos direitos dos animais que mais parecia ser sua religião. A italiana sinuosa, cujos seios eram tão volumosos que eu imaginava que ela começaria a produzir leite na mesa. A gêmea que tinha um olho azul e outro castanho, o rosto anguloso e o corpo cheio de curvas.

Depois teve a garota inglesa que ele conheceu quando estudava no exterior, cuja risada era a mais adorável que eu já ouvi e que me encanta até hoje, mesmo aos 85 anos e viúvo.

Suas visitas começaram a se tornar menos frequentes depois que ele entrou na faculdade de Direito. Jason estava mais ocupado, eu compreendia. Ele tinha de estudar, a pressão para tirar boas notas era grande, além, é claro, da cerveja com os amigos e da música nos bares de New Haven.

Eleanor e ele namoravam havia menos de um ano quando anunciaram o noivado e, na época, eu a havia visto apenas uma vez, no apartamento de Rebekkah, na noite de Rosh Hashanah. Ela era calada e educada. Eu podia perceber sua inteligência pela escolha cuidadosa de palavras e pelo interesse nos livros que cobriam as estantes da casa da minha filha.

Eu levara meu filho comigo naquela noite, e foi a gentileza de Eleanor para com ele que ganhou meu coração. Ela se sentou ao lado dele e tentou tirá-lo de dentro de sua concha. Ele estava agora com 50 anos, a barba grisalha e os cabelos começando a rarear, o que acentuava o brilho de sua pele vermelha.

Ela perguntou o que ele estava lendo e ele lhe deu uma lista tão grande que eu tinha certeza de que a moça começou a ficar zonza. Mesmo assim, minutos mais tarde, ouvi os dois conversando em detalhes sobre um dos títulos e vi um leve brilho nos olhos dele. Eu queria ir até lá e dar um beijo naquela moça, de tão feliz que eu estava ao ver que finalmente Jakob estava interagindo com alguém.

Eu podia perceber como Jason brilhava na companhia daquela moça. A maneira como ele parecia gravitar em sua direção quando ela se levantava. Naquela noite, fui um observador insaciável, observando também minha filha, os primeiros cabelos grisalhos tingindo seus cachos, enquanto ela cortava bagels e se certificava de que havia *cream cheese* e salmão para todos. Observei como Benjamin, agora na meia-idade, ainda parecia completamente apaixonado por ela. E aquele olhar me aqueceu, pois logo eles iriam celebrar 33 anos de casamento e não era uma tarefa fácil manter as chamas da paixão acesas por tanto tempo.

Naquela noite, meu filho e eu ficamos vendo televisão juntos até tarde. O ruído suave me fez lembrar dos momentos tranquilos entre mim e sua mãe. Fiquei triste ao pensar que Amalia não veria o casamento de Jason e não teria o prazer de conhecer sua adorável noiva, mas então me lembrei do comentário feito por meu neto quase vinte anos atrás, no planetário, e desejei que ele estivesse certo. Que ela estivesse ali, observando à sua própria maneira, uma das muitas estrelas que cintilavam sobre nós.

Capítulo 38

LENKA

De acordo com suas contas, Rita estava agora no sexto mês de gestação. Sempre que eu passava pela oficina Lautscher, via que ela estava quase sempre sentada, ainda pintando cartões. Aqueles que estavam prontos e secos eram empilhados à sua direita; os que ainda estavam secando ficavam espalhados à sua frente.

Suas mãos ainda pintavam com precisão. Notei as cenas de cavalos e montes de feno, a mãe com a criança sentada em seu colo, a cena da natividade que ela havia pintado em abundância, muito embora ainda fosse setembro.

Theresa estava de pé no canto, próxima ao cavalete, pintando uma cópia da *Noiva judia*, de Rembrandt. Teria a SS feito esse pedido como forma de ironia do terror ou seria a maneira de Theresa desafiá-los silenciosamente? Olhei de relance para o quadro e vi o vermelho e o dourado do vestido da noiva retratados pelas pinceladas delicadas de Theresa.

— É lindo — disse a ela.

— Espero que eles não conheçam o título — respondeu. — Eles simplesmente me pediram para pintar outro Rembrandt.

Sorri e ela me olhou bem fundo nos olhos.

— Você sabia que dizem que a mulher de Rembrandt era judia?

Assenti, e todas sorrimos umas para as outras, satisfeitas. Quando me virei para Rita, contudo, percebi como estava pálida.

— Como você está? — perguntei, pousando a mão em seu ombro.

Ela ficou calada por alguns instantes.

— Estou cansada, mas melhor do que muitos outros aqui.

Eu entendia a verdade no que ela estava falando. Uma epidemia de febre tifoide havia atingido Terezín, e a enfermaria estava lotada. As temidas rondas continuavam a acontecer. Aqueles considerados inaptos, fracos demais, eram mandados para o leste, para a Polônia.

Vimos a fumaça sobre o crematório do gueto, suas duas chaminés queimando com os corpos daqueles que haviam morrido na enfermaria ou no trabalho. E, embora as únicas execuções fossem os raros enforcamentos daqueles que tentavam fugir, duas forcas permaneciam no centro do gueto, como um alerta para todos nós.

Ainda assim, novos trens chegavam semanalmente com cada vez mais judeus.

Algumas vezes, ouvíamos sussurros de alguém que havia escutado alguma informação vinda de dentro do Conselho de Anciãos, dizendo que outros mil chegariam de Brno. Outro dia, eram cinquenta vindos de Berlim, na semana seguinte outros mil de Viena ou algumas centenas de Munique ou Kladno. Víamos os recém-chegados pelas janelas dos nossos locais de trabalho: mulheres segurando bebês num braço e uma maleta no outro. As jovens e solteiras sempre vinham à frente, as idosas e desacompanhadas seguiam lentamente atrás.

Aquela cena me lembrava um cortejo fúnebre; aqueles homens, mulheres e crianças caminhando com um ar de morte e derrota em seus rostos. Eu não conseguia imaginar como o gueto, que já estava transbordando de gente, poderia acomodar uma única pessoa a mais.

Certa tarde, pouco antes do toque de recolher, Rita me confidenciou que tinha visto Fritta em seu alojamento na noite anterior. Ele viera desenhar a mulher que era conhecida como a Vidente, uma senhora idosa que sempre usava um xale esfarrapado.

Rita vivia num dos dormitórios do sótão, onde, por causa da altura do teto, não havia beliches de três andares. Havia apenas colchões e palha no chão, além de algumas camas longas de madeira.

Fritta havia encontrado a Vidente num dos cantos, sentada perto de uma janela coberta de panelas e frigideiras.

— Ele a desenhou rapidamente, usando caneta nanquim — contou-me Rita. — Seus cabelos brancos amarrados com trapos, seus óculos, sua mandíbula frouxa e a boca banguela. Enquanto desenhava a mulher, ele não disse uma única palavra. Foi uma cena incrível de se ver. Em alguns segundos, ele havia retratado o peso de sua cabeça sobre o corpo magro, os braços finos e longos, seus grandes olhos.

Ela descreveu como ele desenhara a janela em frente à qual ela estava sentada como se estivesse aberta, muito embora tenha permanecido completamente fechada. Ele desenhou a parede de tijolos do quarto ao lado como se estivesse partida ao meio. Desenhou torres, uma árvore antiga no centro do desenho e um portão de ferro num muro antigo. Estendido no canto do desenho, estava um varal cheio de roupas esvoaçantes, como bandeirinhas brancas.

— Ele desenhou isso tudo em menos de uma hora — sussurrou Rita.

— A Vidente perguntou se ele queria que ela lesse as cartas para ele.

— E o que ele respondeu? — perguntei, agora envolvida pela história.

— Disse que, infelizmente, já sabia o que o futuro reservava para ele.

Balancei a cabeça.

Rita fechou os olhos, como se também soubesse o que o futuro lhe reservava.

— A Vidente não discordou.

⁂

Continuei ouvindo sussurros sobre os muitos desenhos e pinturas que Fritta e seu colega Leo Haas estavam fazendo às escondidas, mas vi apenas dois deles com meus próprios olhos e, ainda assim, por acidente. Certa manhã fui à oficina de pintura logo cedo, pois queria coletar alguns materiais para mamãe antes que as outras chegassem.

Quando cheguei lá, o salão ainda estava escuro. Havia apenas uma única luz incandescente acesa nos fundos. Eu me aproximei e vi uma figura debruçada sobre a pia. Era Fritta.

— Senhor? — Minha voz soou muito mais alta do que eu havia pretendido. Ao escutá-la, Fritta se virou. Uma de suas mãos acompanhou o movimento do corpo e um copo de vidro se espatifou no chão.

— Lenka? — chamou ele, quando se virou. — Você me assustou!

— Sinto muito, muitíssimo, senhor... — Eu devia estar parecendo uma criança nervosa ao tentar me desculpar. Imediatamente me apressei em direção ao copo quebrado e tentei limpar a sujeira com minhas mãos.

— Não, Lenka. Não. — Ele ergueu uma mão para me deter. — Você vai se machucar. E de que vai me servir se estiver machucada? — Ele rapidamente foi para o canto do salão, pegou uma vassoura de cabo curto e se ajoelhou para limpar os cacos de vidro. — Você deveria pensar melhor antes de surpreender alguém antes do horário de trabalho. — Ele parecia estar perplexo, e não irritado comigo. — E por que você chegou aqui tão cedo? E se alguém pegasse você aqui?

Ele trabalhou rápida e eficientemente enquanto conversava comigo, colocando os cacos de vidro num papelão e jogando-os num cesto próximo à sua mesa.

Enquanto caminhava, eu o seguia.

— Desculpe, senhor. Eu deveria ter pensado antes de vir. — Evitei olhá-lo nos olhos. Minhas palavras ficaram presas na garganta quando tentei inventar alguma explicação para estar ali tão cedo. — Eu... eu queria começar logo aquelas ilustrações do gasoduto para a SS — menti. Quando me aproximei dele, não pude deixar de ver dois desenhos sobre a sua mesa.

O primeiro era de um trem chegando. O segundo, de um dormitório de idosos em Kavalier. Três corpos esqueléticos, novamente desenhados com caneta nanquim, eram retratados como se fossem vistos através das grades de uma janela arqueada. Seus corpos estavam devastados pela fome — olhos fundos, faces encovadas e pescoços finos, enrolados sob os lençóis de seus beliches.

— Você não precisa vir mais cedo, Lenka. As horas que você já dedica aos alemães são mais do que suficientes.

Assenti e olhei novamente para os desenhos sobre a sua mesa. Fritta deve ter percebido, pois seus olhos subitamente encontraram os meus e me encararam, como se dissessem *não faça perguntas a respeito desses desenhos.*

Ele rapidamente girou e colocou os desenhos virados para a mesa. Um segundo mais tarde, ouvimos os barulhos de passos. Ambos nos viramos para olhar. Era Haas.

— O que diabos ela está fazendo aqui? — exigiu ele ao me ver.

— Sinto muito... — Comecei a gaguejar a mesma desculpa que já dera a Fritta, mas Haas levantou a mão para me fazer calar. Ele claramente não estava nem aí para as minhas desculpas.

— Kish — disse ele, bravo. — Kish era o apelido que ele dera a Fritta. — Nós combinamos que isso não aconteceria mais.

Olhei para Fritta, que encarava Haas diretamente nos olhos.

— Lenka é tão diligente que queria iniciar logo seus trabalhos. — Seus olhos se arregalaram, como se dissessem para Haas parar de falar.

Por alguns segundos, os dois conversaram em silêncio. Haas ergueu uma de suas sobrancelhas escuras, e Fritta assentiu. Terminaram seu diálogo sem palavras com um olhando atentamente para o outro. Haas pareceu entender que meu único crime havia sido chegar num momento inoportuno.

— Muito bem — disse Fritta, rompendo o silêncio — Acredito que agora Lenka já saiba que não deve chegar ao trabalho mais cedo do que se espera dela.

— Sim, senhor.

— Não queremos que os alemães saibam que estivemos aqui, por isso nós três faremos um pacto de não mencionar isso novamente.

— Sim, senhor — assenti. Olhei para Haas, que olhava ao redor da oficina, em busca de alguma coisa.

— Agora vamos levá-la de volta ao seu alojamento, Lenka. — Ele rapidamente tirou o livro de cima dos desenhos e os enrolou, colocando-os dentro de um tubo de papel com tanta rapidez que não pude ver nada além dos movimentos precisos de suas mãos.

— Não falaremos sobre isso de novo.

Assenti.

Fritta se virou para Haas.

— Voltarei em uma hora, quando os demais chegarem — disse ele.

Haas já estava em sua mesa, de costas para nós. Ele assentiu.

Fritta colocou o tubo com os desenhos debaixo do braço e nós dois caminhamos silenciosa e rapidamente para fora.

Capítulo 39

LENKA

Rita estava agora no sétimo mês. Olhei para o corpo dela através do vestido, seu ventre se parecendo com um melão pequeno. Ela se encontrava severamente desnutrida e ninguém desconfiaria da gestação. Estava exausta. Era possível perceber isso simplesmente olhando para o seu rosto. Dessa vez, quando a visitei no Lautscher, observei que suas mãos tremiam quando ela pintava.

Theresa olhou de soslaio para mim de seu cavalete e balançou a cabeça, preocupada. Rita não estava nada bem.

— Acho que devemos ir para a enfermaria — disse para ela.

Ela balançou a cabeça. Continuou pintando enquanto conversávamos. Suas leves pinceladas de aquarela espalhavam tinta por todo o papel.

— Não diremos a ninguém que você está grávida. Diremos apenas que você está passando mal.

— Prefiro ficar aqui a me arriscar a pegar tifo, ou algo pior — respondeu-me ela, virando-se para mim. Ela pousou o pincel. — Já conversei com Oskar. Por favor, me deixe terminar meu trabalho, Lenka.

A rispidez de seu tom me surpreendeu, mas tentei não me sentir ofendida.

Observei Rita pressionar as palmas das mãos contra a mesa na qual estava trabalhando, suas costas levemente arqueadas, o leve contorno de seu ventre visível sob o vestido.

Então, escutei Theresa ofegar.

Sob o banco baixo de madeira, entre as pernas de Rita, eu vi uma poça d'água.

Capítulo 40

LENKA

Theresa correu para chamar Oskar. Ele e eu carregamos Rita para a enfermaria. Lá, o bebê nasceu dois meses prematuro, entre os doentes e feridos. O menino de Rita saiu de dentro dela facilmente, não maior do que um cachorrinho recém-nascido.

Ele estava vivo, mas nada bem. Tinha nascido azul e não muito maior do que a minha mão. Quando ela o levou até o peito, não havia leite.

Jamais me esquecerei do som de seu choro. Tão baixinho que era quase imperceptível. Porém, considerando quão fraco ele era, considerando seu desespero para viver, era ensurdecedor.

❧

Encontrei Oskar ao lado de Rita. Sua pele estava acinzentada, o que me fez lembrar a cor de uma gaivota. Seus olhos castanhos estavam cheios de lágrimas.

Eles chamaram um dos rabinos, que sugeriu que o bebê fosse chamado de Adi, que, em hebraico, significa "minha testemunha". Rita o segurou em seu seio, convencida de que o ato de sugar poderia fazer com que o leite descesse. Saí para dar-lhes privacidade, mas em menos de uma hora vi um amigo de Oskar de pé diante de mim.

— Eles querem que você faça um retrato do bebê — disse ele, sem fôlego por ter vindo correndo me procurar. — *É urgente. Não resta muito tempo.*

Fui ao meu alojamento e encontrei um pedaço de papel. Era o maior que eu tinha, mas, ainda assim, não era maior do que um prato de jantar. Suas pontas estavam amassadas, mas o papel estava limpo e sem marcas. Em meu bolso, coloquei dois pedaços de carvão. Não restava mais nada, pois dera tudo o que tinha para mamãe entregar a Friedl e às crianças.

Quando cheguei à enfermaria, o bebê estava em seu seio vazio.

— Não tenho leite! — disse ela, chorando. Pousei meu papel e fui abraçá-la. Beijei o topo de sua testa, e então a de Adi. Sentei e olhei para os dois. Minha linda Rita, com seus cabelos loiros molhados de suor, suas bochechas vermelhas e os olhos cheios de lágrimas. As feições da criança, sem a gordura natural dos bebês, eram iguais às de Rita. A testa alta e plana, o nariz arrebitado e as maçãs do rosto protuberantes. O rosto de Rita estava baixo, em direção a Adi, os olhos grudados nele, seu corpinho aninhado em seus braços chacoalhantes.

O rosto da criança era belo e delicado. Sua pele ainda estava rosada devido aos nutrientes que sugara de Rita quando em seu útero. Mas, a cada minuto, a cor do bebê se apagava. O tom azulado aparecia primeiro nas pontas de seus dedos, espalhando-se então para os membros e, por último, no rosto. Percebi o rosto de Rita tenso, enquanto ela tentava aninhar o bebê mais perto de si, a fim de aquecê-lo.

— Ele está ficando azul! — gritou ela. — Oskar, ele está com tanto frio. Não temos nada para aquecê-lo? — gritou, como um animal amedrontado.

Oskar tirou sua camisa suja e tenta pousá-la sobre o bebê. Vi que Rita fechou os olhos. A sujeira na camisa era evidente e provavelmente o cheiro também. Não havia nenhuma mantinha bordada à mão, como a que lembro de Marta ter usado quando era recém-nascida. Esse pedaço de pano imundo seria a primeira e talvez a última coisa a tocar a pele do bebê.

Agora, Rita estava desesperada, a respiração do bebê ficando cada vez mais fraca, sua cor deixando de ser azulada e ficando pálida.

Comecei a desenhá-los. Vi as primeiras linhas tomando a forma de mãe e filho, seus rostos emergindo num pedaço precioso de papel roubado. Desenhei o rosto de Rita pousado próximo ao do seu bebê, a bochecha dele contra o seio dela, suas feições idênticas. Eu queria capturar a vida — conferindo ao menos um pouco de cor ao desenho —, mas não tinha um único pedaço de giz pastel ou tubo de tinta. O pedaço de carvão já estava virando pó em minhas mãos. Então, tive uma ideia, um ato de desespero quase primitivo. Olhei para minhas mãos castigadas, minhas cutículas finas, e as puxei. Rasguei a pele até começar a sangrar. Apertei pingos vermelhos de sangue em várias partes do desenho: as bochechas de Rita, boca, seios e os membros da criança. Meu desenho, que inicialmente tinha a intenção de retratar o amor entre mãe e filho, agora se tornava um doloroso desafio: retratado em vermelho e preto.

Capítulo 41

JOSEF

Jamais falei sobre Lenka para meus filhos ou meu neto. Eles cresceram pensando que seus pais se encontraram após a guerra, duas pessoas deslocadas num país estranho que se casaram querendo esquecer o passado.

Penso que Rebekkah explicaria como um desejo de começar tudo de novo, uma nova família, pois a família de ambos havia desaparecido como fumaça. Um desejo tão intenso que batia forte em nossos peitos, não nos deixando pensar direito.

Já meu filho, acho que diria que me casei com Amalia simplesmente porque era melhor do que ficar sozinho.

E eu diria aos meus filhos, se eles algum dia perguntassem a verdade, que era um pouco de tudo isso.

❧

Quando minha filha entrou para a faculdade, descobri que havia sido equivocadamente listado entre os mortos do *SS Athenia*. Rebekkah descobriu isso enquanto pesquisava microfilmes antigos na biblioteca da faculdade.

Ela conversou comigo em particular, durante as férias de primavera, duas xícaras de chá sobre a mesa diante de nós.

A cópia que ela fizera do jornal estava sobre a mesa. Antes de tocar o papel, fiquei observando. A manchete falava sobre a assinatura de Roosevelt relativa à proclamação de neutralidade dos Estados Unidos. Mais abaixo, perto de um artigo menor sobre o exército francês penetrando a Alemanha, havia uma fotografia do *Athenia* e um anúncio de que 117 pessoas haviam morrido. Meu nome, o de meu pai, minha mãe e minha irmã estavam na lista.

— Papai, você está bem? — quis saber Rebekkah. Eu estava fitando o papel havia vários segundos, mas tinha dificuldade em acreditar que o que eu estava vendo era verdade. Eu sabia que havia sido um grande caos quando o navio de resgate chegou a Glasgow. Eu tinha reportado a morte de meus pais e de minha irmã para o atendente e a única explicação que podia pensar é que, quando eu lhe dei meu nome, ele o listou erroneamente entre os mortos.

— Isso é inacreditável — falei. Meu estômago estava se revirando e eu achei que fosse vomitar.

— É como se você tivesse ganhado uma segunda vida — disse ela. Havia juventude em sua voz e, ao mesmo tempo, um profundo entendimento, uma maturidade muito além de sua idade. Lembro que ela estendeu a mão e tocou a minha.

Naquele momento, entretanto, eu não estava pensando em minha filha e em sua compaixão. Em vez disso, minha cabeça nadava em lembranças da minha amada Lenka. Ela certamente teria lido isso nos jornais tchecos. Ela certamente havia acreditado que eu estava morto.

Lembro que pedi licença e disse à minha filha que precisava me deitar. Eu estava tonto. Sentia-me sufocado. Lenka. Lenka. Lenka. Visualizei Lenka grávida, usando um vestido negro de viúva, acreditando ter sido abandonada. Aterrorizada. Sozinha.

A culpa me sufocava. Eu sentia suas garras implacáveis havia anos. Escrevera cartas para a Cruz Vermelha. Fizera buscas que terminaram sem notícias. Recebera cartas que diziam que Lenka fora enviada a Auschwitz e provavelmente estava morta.

É isso que significa amar? Sofrer eternamente por um erro que cometi por uma bobagem? Quantas vezes eu havia revivido aquelas últimas horas em nosso apartamento? Eu devia ter insistido mais para que ela viesse comigo. Eu devia tê-la segurado em meus braços e nunca a deixado partir.

Minha ingenuidade sempre me cortou como uma navalha. Uma ferida dolorida, sangrenta.

Fechei a porta do meu quarto enquanto minha filha terminava seu chá. Estendi os braços, imaginando Lenka. Tantos anos se haviam passado e tudo o que eu queria era poder abraçá-la, confortá-la.

Pedir perdão.

Mas só ouvi o silêncio, depois o leve ruído de Rebekkah levando as xícaras para a pia.

Entrelacei minhas mãos, como um novelo.

Ar e memória. Pressionei minhas mãos profundamente sobre o coração.

Capítulo 42

JOSEF

Depois da guerra, comecei a procurar por Lenka pelos canais oficiais. A Cruz Vermelha havia estabelecido centros de procura por todo o país, por isso me registrei em um deles, no Upper West Side. Eu ia lá uma vez por semana, mesmo que estivesse chovendo ou nevando, para ver se haviam localizado Lenka.

Fiz um pedido oficial e preenchi um formulário atrás do outro.

Durante a minha primeira visita, a mulher que me atendeu pediu que eu fosse paciente.

— Estamos trabalhando com organizações judaicas espalhadas por toda a Europa — disse ela. — Precisamos de tempo. Entraremos em contato imediatamente se tivermos alguma notícia.

Mas eu não ficava esperando que ela entrasse em contato comigo. Eu continuava voltando, todas as semanas, sempre às quartas-feiras à tarde. A regularidade de minhas visitas me dava forças para não desistir. Eu jamais faltava à minha visita ao centro.

Passaram-se meses.

Logo, os meses viraram um ano.

— Todos os dias, a lista de sobreviventes cresce. Estamos sempre recebendo nomes novos, por isso ainda há esperança.

Durante o primeiro ano, passei a conhecer cada pessoa que trabalhava naquele escritório. Geraldine Dobrow fora designada para tomar conta do meu caso.

Certa tarde de fevereiro, começamos o que havia se tornado nossa típica conversa semanal.

— Sr. Kohn...

— Josef — dizia eu. — Por favor, me chame de Josef.

— Sr. Kohn — repetia ela.

Eu tinha a sensação de que ela não estava me ouvindo. Eu queria gritar. Era sempre a mesma resposta, cada vez que eu a via.

— EU PRECISO QUE VOCÊ ME AJUDE A ENCONTRÁ-LA. — Minha voz saiu mais alta do que deveria. As costas da Srta. Dobrow ficaram eretas contra o encosto de sua cadeira. Ela fez uma anotação na minha ficha. Eu tinha certeza de que ela iria recomendar que eu visse um terapeuta. Ou pior, que abandonasse meu caso.

— Sr. Kohn — disse ela com firmeza. — Por favor, preciso que o senhor escute o que estou dizendo.

— Eu estou escutando. — Suspirei, caindo de volta em minha cadeira.

— Entendo sua frustração — disse ela. — De verdade. Estamos tentando encontrá-la. — Ela pigarreou. Apontando para a fila que serpenteava do lado de fora do escritório, disse: — Todos os que vêm até aqui estão buscando um ente querido.

— É que eu preciso encontrá-la.

— Eu sei.

— Eu *tenho* que encontrá-la. — Percebi que estava parecendo desesperado, mas não conseguia evitar. — Eu prometi a ela.

— Sim, entendo. Muitas pessoas fizeram promessas... mas o senhor precisa acreditar quando digo que estamos fazendo todo o possível para ajudá-lo. Para ajudar todos os outros como o senhor.

Eu queria acreditar na bondade daquela mulher, mas eu não conseguia me conter. Ela me deixava furioso.

Ela não fazia a mínima ideia de como eu me sentia ao visitar seu escritório e descobrir que nenhum progresso havia sido feito. Era impossível para ela saber o que eu estava passando — o que aquelas pessoas que ela apontava do lado de fora estavam passando. De que forma ela poderia saber como nos sentíamos procurando por pessoas que estavam do outro lado do oceano? Dia após dia, os norte-americanos eram inundados de fotos de uma Europa destruída pela guerra. Pilhas de cadáveres. Covas comunitárias. As histórias que começavam a ser contadas acerca do que os nazistas haviam feito aos judeus.

Por isso, sim, em mais de uma ocasião, eu me sentei em frente à Srta. Dobrow e simplesmente coloquei minha cabeça entre as mãos. Ou bati o punho contra a sua mesa. Ou xinguei, frustrado, por seu escritório não estar fazendo o suficiente para me ajudar.

E, na maior parte do tempo, ela ficava calada, suas mãos pousadas sobre uma pilha de pastas de arquivos.

— Eu falei desde o início, Sr. Kohn, que levaria muito tempo, muito, muito tempo para localizar a sua esposa.

Ela respirou fundo.

— A Europa está em ruínas agora. Estamos contando com as poucas organizações judaicas que ainda restam e que estão ocupadíssimas registrando os vivos e contabilizando os mortos. Milhões de pessoas foram transportadas pelo continente para campos de pessoas deslocadas. Está um caos lá — disse ela, pigarreando. — O senhor precisa se preparar para o que pode ser um processo de busca muito, muito demorado. Como sempre digo, o senhor terá que ter muita paciência.

Ela me olhou bem fundo nos olhos.

— E o senhor precisa estar preparado para descobrir que talvez ela não tenha sobrevivido.

Estremeci.

— Ela está viva — falei. — Ela está viva!

Mas a funcionária não me respondeu. Foi a única vez que me lembro de ela ter abaixado os olhos.

Continuei esperançoso. Visitei aquele centro uma vez por semana durante seis anos. O centro de buscas continuava recebendo novas listas de Auschwitz, Treblinka e Dachau, assim como de outros campos menores, como Sobibor e Ravensbrück. Havia listas de vivos e de mortos.

A Srta. Dobrow foi substituída por uma Srta. Goldstein, e depois por uma Srta. Markovitz. E então, um dia, me disseram que haviam encontrado o nome de Lenka numa lista de Auschwitz, que, a essa altura, era bem conhecido por ser o mais temido dos campos de concentração. O nome dela estava entre o dos pais e da irmã.

— Temos motivo para acreditar que todos morreram na câmara de gás no dia em que chegaram ao campo — disse ela. — Sinto muito, Dr. Kohn.

Ela me entregou uma cópia da lista de transporte.

Lenka Maizel Kohn, dizia a lista, em letras datilografadas. Pressionei o papel contra meus lábios.

— Se o senhor precisar ficar sozinho... — disse ela, tocando meu ombro. — Temos uma sala especial...

Não me lembro de muita coisa depois disso, exceto de uma sala pequena com diversas outras pessoas em choque sentadas em cadeiras plásticas ao meu redor. Eu me lembro de duas menininhas recitando o *kaddish*. Lembro-me de ver algumas pessoas se abraçando e chorando. Mas havia também algumas pessoas como eu. Sozinhas, chocadas demais até mesmo para chorar.

Capítulo 43

LENKA

Entreguei a Rita o desenho dela e de seu bebê assim que terminei. Coloquei-o perto da cama e abracei Oskar, que agora tremia sem a camisa, as costelas subindo e descendo a cada respiração.

— Obrigado, Lenka — disse ele, tentando se recobrar. — Vamos cuidar desse desenho até o dia de nossa morte.

Assenti, sem conseguir falar nada. Olhei para minha amiga, que ainda abraçava seu bebê, agora sem vida. Pressionei a perna de Rita levemente sobre a coberta. Ainda me lembro da sensação de tocá-la. Parecia que não havia carne nela, apenas ossos.

A única coisa que eu podia fazer era abraçá-la, o mais gentilmente possível.

Rita não ergueu os olhos para olhar para mim. Não estava nem mesmo me escutando. Quando saí, ela estava cantando "Eine Kinderen", em ídiche, no ouvido da criança.

<hr/>

Gostaria de poder dizer que Rita se recuperou após a perda do bebê, mas eu estaria mentindo. Quem consegue se recuperar de uma perda dessas? Observei minha amiga ficar cada vez mais fraca. Não conseguia mais pintar, as mãos tremiam demais, e ela não conseguia se concentrar. Era como se sua vontade de viver tivesse morrido junto com Adi.

Terezín tinha tolerância zero para tamanha ineficiência. Você podia viver — e talvez até mesmo criar — dentro dos seus muros, contanto que seu trabalho tivesse algum valor para o Reich. Certamente era possível morrer de tifo na enfermaria ou de inanição em sua própria cama, mas sua morte seria vista como um mero inconveniente. E, quando você não fosse mais necessário ou quando os alojamentos estivessem cheios demais e fosse preciso abrir espaço para novas pessoas, você era simplesmente descartado, enviado para o leste.

Passadas algumas semanas da morte de Adi, Rita recebeu o aviso de que seria enviada para o leste. Oskar não recebeu aviso semelhante, mas se ofereceu para ir mesmo assim, porque não queria permanecer em Terezín sem ela.

Não era permitido que os acompanhássemos até o trem, por isso tive de me despedir na noite anterior.

Oskar havia trazido Rita para me visitar do lado de fora do meu alojamento pouco antes do toque de recolher. Ele a manteve de pé, segurando-a nos braços. Minha amiga tinha a mesma aparência que Adi da primeira vez que o vi. Estava quase transparente, exceto pelas veias azuis de sua garganta visíveis sob a pele.

Ela não passava de um fantasma agora. Seus olhos verde-claros estavam leitosos, os cabelos loiros haviam ficado cinzentos. Ela era pouco mais do que um corpo oco, cansado, feito apenas de ossos e um coração despedaçado. Abracei minha amiga. Sussurrei seu nome e disse que nos veríamos novamente depois da guerra.

O marido dela assentiu e apertou minha mão. Ergueu a camisa e puxou o desenho de Rita e Adi que estava enrolado ali, escondido no elástico de sua cintura.

— Tome — disse ele. — Temos medo de levar o desenho para onde vamos. — A voz de Oskar estava embargada ao pronunciar aquelas palavras. — Ele ficará mais seguro com você, não será perdido.

Peguei o desenho e disse que o manteria a salvo.

— Vou encontrar vocês quando a guerra acabar e devolverei o desenho. Prometo.

Oskar colocou um dedo na frente dos lábios, dando a entender que eu não tinha que dizer nada. Ele sabia — assim como eu sabia que Lucie faria o mesmo quando entreguei a ela meus pertences mais valiosos antes de vir para cá — que eu faria de tudo para manter o desenho a salvo.

Escondi o desenho entre dois pedaços de papelão sob o meu colchão. Comecei, entretanto, a temer que o peso de três mulheres pudesse estragá-lo de alguma maneira. Então o coloquei na minha maleta, mas logo me vi com medo de que alguém pudesse roubá-lo.

Só que depois pensei comigo mesma: quem teria interesse em roubar um simples desenho de uma mãe e seu filho? Não podia ser usado como moeda de troca. Não tinha valor para ninguém, exceto para mim, Rita e Oskar.

Assim, o desenho permaneceu em minha maleta por muito tempo, e eu tentava não pensar nele com muita frequência. Eu me considerava apenas sua cuidadora temporária, cujo trabalho era mantê-lo a salvo até que seus verdadeiros donos pudessem solicitá-lo de volta. Entretanto, vez ou outra, eu subia a escada do nosso alojamento para me certificar de que ele permanecia escondido e fora de perigo.

Terezín estava ainda mais cheia. Tempos depois, li num livro a sua população exata. Em 1943, havia mais de 58 mil homens, mulheres e crianças dentro dos muros de uma cidade que havia sido construída para abrigar sete mil.

E, a cada novo trem que chegava trazendo mais e mais pessoas, centenas, às vezes milhares de outras pessoas eram mandadas embora de uma vez.

Garotas com nomes estrangeiros, como Luiza, Annika e Katya começaram a ocupar as camas do meu alojamento, que antes eram ocupadas por garotas com nomes tchecos, como Hanka, Eva, Flaska e Anna.

As brigas dentro do alojamento aumentaram. As meninas se irritavam devido à falta de descanso, fome e por trabalharem tão duro que seus dedos, antes elegantes, não passavam de gravetos ensanguentados.

Uma garota roubou da própria mãe. Sua irmã mais nova a acusou. A briga começou com insultos, violência verbal, mas então foi piorando. Logo elas estavam brigando como animais, puxando os cabelos e mesmo mordendo os braços uma da outra. A matrona do alojamento tentou separar a briga. Eu fiquei observando, sem palavras. Com frequência, dividia o pouco de pão que eu recebia com mamãe e Marta, mas não pude deixar de pensar quanto tempo mais iria aguentar antes de ficar como elas.

Os roubos dentro dos alojamentos saíram do controle. Artigos que eu antes consideraria lixo — um pente quebrado, um único cadarço de sapato, uma colher de madeira — passaram a ser bens que podiam ser utilizados para trocar por algo mais precioso: um cigarro, uma colherada de margarina, um pedaço de chocolate. Dormíamos com nossas roupas. Algumas de nós não tiravam nem os sapatos, com medo de que, caso fossem colocados embaixo da cama, alguém os roubasse.

Tudo corria o risco de ser roubado por algum par de mãos gulosas. E tudo que não servia para nada era jogado no fogo, como combustível. Pensei no desenho dentro da minha maleta e sabia que, quando chegasse o inverno, alguém o encontraria e o usaria na fogueira — mais uma coisa descartável que alguém decidiria jogar no fogão quente para ter um segundo extra de calor.

Em novembro de 1943, veio de Berlim a ordem de realizar um censo. Todo o gueto foi reunido certa manhã às sete horas, num campo enorme, no perímetro exterior dos baluartes. Fomos obrigadas a ficar de pé sem os nossos casacos, algumas de nós até mesmo sem sapatos, até todas as cabeças serem contadas. Ficamos ali a manhã inteira, depois a tarde, depois a noite. Não recebemos água nem comida, tampouco permissão de ir ao banheiro. Depois que terminaram a contagem, chegando a um total de mais de quarenta mil, fomos levadas no escuro de volta ao alojamento. Passamos pelos corpos de centenas de pessoas que estavam fracas demais para suportar as dezessete horas de pé no frio, seus cadáveres permanecendo no mesmo lugar onde haviam caído.

No departamento técnico, continuei a trabalhar no projeto que fora destinado a mim. Completei quatorze desenhos ilustrando as construções em andamento da ferrovia que cortaria o gueto e comecei outros desenhos que mostravam a adição de novos alojamentos. Fritta me disse que estava satisfeito com meu trabalho, embora Leo Haas raramente olhasse para mim. Às vezes via os dois num canto, discutindo a respeito de alguma coisa. Haas erguia os braços e seu rosto ficava vermelho de frustração.

— Estão excelentes — disse Fritta uma tarde, enquanto levava os desenhos para a luz. — É uma pena que você tenha que gastar sua energia nessa bobagem — continuou ele, balançando a cabeça. — Em outra época, seu talento seria mais bem aproveitado.

Enquanto ele dizia isso, eu sentia vontade de interrompê-lo e gritar: *Sim! Vamos usar minhas mãos para propósitos mais nobres! Deixe-me participar do que você e Haas estão fazendo. Me deixem pintar os transportes, ou a fumaça saindo do novo crematório...*

Mas minha voz ficou presa no fundo da garganta. Olhei para ele, esperando que entendesse que eu estava ansiosa para trabalhar em qualquer projeto alternativo no qual ele e Haas estivessem trabalhando.

Acho que ele pressentiu o que eu estava pensando. Colocou uma de suas mãos grandes sobre meu ombro.

— Lenka — sussurrou ele. — Quando isso tudo acabar, você sempre terá seu papel e caneta para registrar tudo. Até lá, não faça nada que possa prejudicar sua segurança e a de sua família.

Concordei e levei meus desenhos de volta comigo para a mesa de trabalho. Coloquei os cotovelos sobre a mesa e descansei minha cabeça em minhas mãos por alguns minutos, para me recobrar. Quando me endireitei, Otto estava olhando para mim, e eu consegui esboçar um sorriso.

⚜

Uma tarde, quando esperava na fila para receber minha ração de almoço, vi Petr Kien de pé atrás de mim.

— O que é o almoço hoje, Lenka? Sopa de água com um pedaço de batata ou sopa de água com um nabo preto?

Fiquei surpresa por ele saber meu nome.

— Acho que o cheiro é de repolho podre.

Ele riu.

— O cheiro sempre é de alguma coisa podre, Lenka. Você já deve ter percebido isso. — Onde está Otto? — perguntou.

Olhei para ele. As belas feições e as mechas grossas de cabelos pretos que lembravam Josef.

Corei subitamente. Será que ele andara me observando?

— A esposa de Otto pôde almoçar com ele hoje — respondi. Tinha ficado feliz de ver a alegria estampada em seu rosto quando ele saiu para encontrá-la, algo raro.

Petr não mencionou sua esposa, embora eu soubesse que ele era casado. Nós nos sentamos num banco do lado de fora do alojamento Magdeburg, tomando nossa sopa sem sentir o gosto.

Um único pedaço de repolho flutuava no prato.

Petr era uma luz clara e límpida. Otto era melancolia e sombra. Eu amava os dois. Ser amiga de homens com personalidades tão contrastantes ajudava a me sustentar. Petr se oferecera para ilustrar todos os programas de óperas; cada pôster promovia uma peça ou um concerto. Ele não conseguia parar de desenhar nem mesmo durante o almoço, ou quando já havíamos terminado nosso trabalho no departamento técnico, nem mesmo quando faltavam apenas algumas horas para o toque de recolher.

Embora Petr assumisse riscos ao desenhar abertamente, o que ele escolhia pintar não era nada controverso. Em sua maioria, eram retratos.

Eu o observei uma noite enquanto trabalhava no estudo de uma mulher chamada Ilse Weber. A mão dela tocando a própria bochecha, os olhos sombrios e inteligentes, os lábios levemente erguidos. Outra vez, ele desenhou Zuzka Levitová com nanquim preto. Seus olhos grandes, como os de um sapo, renderam um desenho caricaturesco, suas nádegas enormes formando um volume sob seu vestido xadrez. Petr o desenhou com rabiscos rápidos.

— Gostaria de trabalhar rápido como você — disse a ele certa noite. O simples ato de observá-lo me trazia muita alegria. Ele pintou um retrato de Adolf Aussenberg em aquarela, numa paleta de rosa e azul, a figura magra olhando para baixo, as mãos pousadas sobre os joelhos. Mas era o retrato de Hana Steindlerová que era o mais encantador.

— Uma mulher nos quatro estágios da vida — explicou ele. Primeiro, ele desenhou Hana como uma garotinha, suas feições suaves em foco, o lápis fazendo um leve sombreado ao redor do seu rosto. Perto desse desenho, um rápido esboço dela sedutora, as mãos atrás da cabeça, os cabelos em desalinho, a blusa aberta, mostrando o contorno dos seios, o umbigo, as curvas de seus quadris. O desenho maior era dela como mãe e esposa, o rosto agora mais sério, a juventude substituída por uma suavidade maternal, sua expressão distante. No canto da página, a imagem final era um rápido estudo de uma garota de cabelos curtos, olhando para baixo, o sorriso quase travesso.

— Amei esses desenhos — disse a Petr. — É tanto o desenho da filha de Hana como da própria Hana quando criança.

— Exatamente — respondeu ele. E eu vi em seus olhos o brilho de alegria de quem fora compreendido.

Todos os dias eu o via trabalhando em algum retrato. Havia o de Frantiska Edelsteinová. O retrato de Eva Winderová, com suas sobrancelhas grossas e o olhar esperançoso. O impactante retrato de Willy van Adelsberg, o jovem holandês, seus longos cabelos e a boca carnuda desenhados de maneira tão sedutora que sua beleza se assemelhava à de uma mulher. Petr nunca deixou de me impressionar.

E ainda havia Otto. Meu doce e misterioso Otto. Ele trabalhava com cores. Com aquarela. Guache. Pintava as imagens que o perseguiam. Os crematórios, os depósitos dos caixões em frente ao necrotério, as longas filas para obter comida, os velhos rezando pelos mortos.

Eu o via escondendo seus desenhos entre as páginas de seu trabalho oficial. Ele nunca os mostrava para mim, mas também nunca os escondia. Quando terminava seu turno, ele guardava os desenhos enrolados no elástico de sua calça. Sempre rezei para que ninguém o parasse a caminho de seu alojamento. Não conseguia imaginá-lo suportando qualquer tipo de punição física e tremia só de pensar nele sendo transportado para o leste.

⁕

Depois de meses observando Petr trabalhar em seus retratos, finalmente o ouvi perguntar se poderia fazer o meu retrato.

Estávamos sentados no mesmo banco de sempre, mas agora o ar tinha o cheiro do outono. Percebi o vento ficando mais frio e senti o cheiro de folhas secando. A terra vermelha e seca era um véu arenoso em meus sapatos.

Ele me pediu para ficar até mais tarde uma noite no departamento técnico. Isso envolvia certo risco. O risco óbvio de um soldado alemão descobrir que estávamos quebrando as regras e o risco de eu quebrar minha promessa feita a Fritta, de que não voltaria ao escritório fora do expediente.

— Mas Fritta vai querer que a gente vá embora com os outros — expliquei. Não queria parecer covarde ao mencionar o risco de sermos descobertos por algum soldado alemão. — Ele não gosta que ninguém fique sozinho na oficina. Uma vez, cometi o erro de chegar mais cedo... e prometi que jamais faria isso novamente.

— Não se preocupe. Vou falar com ele. Nós temos um trato.

Ergui uma sobrancelha, mas ele foi evasivo, não me dando muitas explicações.

Naquela noite, depois que os outros guardaram seus trabalhos e saíram, Petr e eu permanecemos em nossos postos de trabalho.

Otto permaneceu por mais alguns instantes, os olhos dançando de mim para Petr.

— Tudo bem com você, Lenka? — perguntou ele. Novamente, ele me fazia lembrar do meu pai. Sua terna preocupação e a suavidade de sua voz ao fazer aquela pergunta, sempre cuidadoso em não parecer muito direto.

Fiquei imaginando se Otto pensava que eu e Petr estávamos tendo um caso. Muito embora Petr fosse casado, casos extraconjugais não eram raros. Quando as pessoas acreditam que morrerão em breve, um corpo morno e um coração batendo forte podem fazê-las cometer atos que jamais cometeriam em outra situação.

Otto olhou para nós, então caminhou até a porta.

— Vejo vocês dois amanhã — disse ele. Sua voz era triste.

— Sim, Otto. — Tentei parecer alegre. — Vejo você amanhã.

Ele acenou devagar e me olhou de maneira paternal, como quem tentava dar um alerta. Sorri e balancei a cabeça.

Petr nem se incomodou em se despedir. Pegou cinco tubos de tinta das gavetas. Suas mãos eram fortes e decididas; ele sabia exatamente a paleta que pretendia utilizar antes mesmo de dar a primeira pincelada.

Azul cádmio. Branco titânio. Amarelo queimado.

— Sente-se — disse ele. Obedeci sem pensar. Eu me sentia tonta só de pensar em seus olhos fixos em mim e que ele considerava que eu valia a pena ser retratada.

Ele apertou os pigmentos cuidadosamente, com reverência. Pequenas gotas oleosas numa pequena bandeja de metal. Desenrolou um pedaço de tela, escondido debaixo de uma pilha de desenhos em sua mesa. Estava com as extremidades rasgadas, sua forma não era exatamente um retângulo, nem um quadrado.

Não havia esquadro de madeira onde pregá-lo, então observei enquanto Petr o esticou com as mãos e usou duas tachas para pregá-lo no tampo de sua mesa.

— Não olhe para mim, Lenka. Olhe para a porta.

E foi o que eu fiz. Mantive o foco na soleira da porta. Imaginei meus colegas entrando e saindo, as sombras daqueles que tinham chegado a Terezín antes de mim e que se foram antes de eu saber seus nomes.

Os minutos se passaram. Talvez uma hora tenha se passado. Em breve ficaríamos apressados, pois o toque de recolher logo soaria. Meu coração bateu forte no peito. Meu corpo foi tomado pelo medo de que um soldado alemão chegasse para inspecionar a oficina, tudo isso misturado à adrenalina de ver Petr trabalhando. Ele estava pintando bastante rápido. Seus pulsos viajavam pela tela com a velocidade de um patinador no gelo.

Meus pensamentos agora tomavam conta de mim. Parte de mim queria pular do assento e pegar minha própria tela, minha própria paleta de cores. Imaginei a mim mesma e Petr como imagens no espelho, cada qual esboçando o reflexo do outro.

— Fique quieta, Lenka — disse ele — Por favor.

Agora os minutos mais pareciam horas.

Eu sentia muita sede. Imaginei a tinta molhando o pano, ficando seca como sangue. Meu pescoço começou a doer, e o pensamento que eu vinha lutando para suprimir veio à tona, como uma ferida.

Fui tomada por uma solidão enorme. Não fui tocada — não da maneira que desejava ser tocada naquele momento, com os olhos de Petr sobre mim, suas mãos trabalhando rapidamente, os sons da tinta molhada sendo espalhada pela tela.

— Lenka — disse ele. — Não feche os olhos.

Eu senti que corava.

— Sim... desculpe. Desculpe. — Estava quase envergonhada de estar tendo esses pensamentos.

Olhei para seus cabelos negros, os ângulos do seu rosto, o branco de seus dedos enquanto segurava o pincel. Senti algo se revirando dentro de mim, uma vontade de beijá-lo. Desejei estar perto de alguém. Quase não me lembrava mais de como era ser abraçada.

Tentei evocar a imagem da esposa de Petr, Ilse. Imaginei-os deitados lado a lado, a paixão urgente quando faziam amor, não um banquete dos sentidos, mas uma rápida satisfação da fome.

— Lenka, fique quieta. Estamos quase no fim. Sim... isso, estamos quase terminando.

Olhei para a tela. Minha pele era branca, cabelos negros caindo atrás dos ombros. Olhos azul-claros. Olhar penetrante. Meu rosto, mais bonito do que achava que ele era realmente.

Capítulo 44

LENKA

Depois da pintura, era como se Petr e eu tivéssemos nos tornado amantes que nunca se haviam tocado. Ele me olhara, me estudara; ele me vira com olhos afiados como navalha. Pergunte a qualquer um que já serviu de modelo para um quadro e vão lhe dizer que nunca se sentiram mais vulneráveis do que quando posaram durante horas sob o olhar de outra pessoa. Com ou sem roupa, não importa: você está nu do mesmo jeito.

⚜

No dia seguinte, na hora do almoço, perguntei se ele estava fazendo pinturas secretas além dos retratos.

Ele nada disse a princípio. Olhei fixamente para sua tigela de sopa nublada e permaneci em silêncio.

— Lenka — disse ele, por fim. — Não quero mentir para você... — Ele me olhou e seus olhos encontraram os meus. — Mas não quero que você se envolva.

— Mas eu quero me envolver, Petr! O que mais posso fazer? Será que preciso me limitar a ficar desenhando a ferrovia todos os dias para uma gangue de nazistas que só está esperando a primeira oportunidade para me matar?

Petr afastou a tigela para o lado e olhou para a frente. Diante de nós, nossos colegas estavam comendo suas rações sem pensar em nada. A fome antes do sabor. Eles me lembravam um exército de formigas que executava cada movimento, cada tarefa, sem pensar.

— Sim, Lenka, eu estou fazendo pinturas secretas, se é isso o que você está me perguntando.

Ele então começou a me contar aquilo de que eu já suspeitava. Que de fato existia uma rede subterrânea de pintores que estavam ilustrando as atrocidades. Petr estava trabalhando com Fritta e Haas, além de um homem chamado František Strass, que tinha alguns familiares gentios lá fora. Eles estavam se esforçando para fazer essas pinturas chegarem até pessoas que desejavam expor as atrocidades do gueto.

⚜

Strass, um astuto homem de negócios que fora um comerciante bem-sucedido e colecionador de obras de arte tchecas, agora administrava sua própria galeria a partir do seu alojamento em Terezín. Com alguns outros prisioneiros, ele trocava a comida que recebia em remessas especiais — potes de geleia ou caixas de chocolate, biscoitos e cigarros — por coisas de que necessitava no gueto. Mas também estava contrabandeando obras de alguns dos artistas que trabalhavam no departamento técnico dali para seus parentes gentios. Haas, Fritta, um pintor chamado Ferdinand Bloch e até mesmo Petr e Otto estavam entregando suas obras proibidas a ele.

Com as pinturas em mãos, Strass subornava dois irmãos tchecos que eram policiais em Terezín, para que eles enviassem as obras para fora do gueto.

— Strass conseguiu mandar nossas pinturas para alguns de seus parentes e outras pessoas que são simpatizantes da nossa causa.

— Minha nossa! — exclamei, mal conseguindo conter minha felicidade.

— Eu sei, Lenka, mas isso precisa continuar em segredo. Prometa. A situação agora está mais perigosa do que nunca. Os parentes de Strass contataram algumas pessoas na Suíça e existem boatos de que elas talvez publiquem algumas de nossas obras, para mostrar ao mundo o que realmente está acontecendo.

❦

Contei a Petr sobre os desenhos de Rita e de seu bebê que eu havia escondido em minha mala.

Estávamos diante do alojamento Magdebug antes do toque de recolher.

— Lenka, pode haver revistas. — Ele estava visivelmente preocupado comigo. — Houve uma batida no alojamento de Strass algumas semanas atrás. Encontraram pinturas escondidas embaixo do colchão dele que, por sorte, não tinham cunho político. Mas, mesmo assim, os alemães estavam querendo apreender toda a *Greuelpropaganda*, agora.

— *Greuelpropaganda*? — Eu não conhecia o significado daquela palavra.

— *Greuelpropaganda* é tudo aquilo que retrata o Reich de um modo desfavorável. Em tradução literal, significa "propaganda de terror".

— Imagens aterrorizantes de Terezín? — indaguei a Petr.

— Sim, Lenka. — Ele parou por um instante e me olhou direto nos olhos. — Em outras palavras, a verdade.

❦

Petr e eu estávamos sentados durante o que pareceram ser horas. Eu retorcia as minhas mãos.

— O que eu faço com a pintura que fiz de Rita e Adi?

Ele me olhou como se não estivesse concentrado na minha pergunta, e sim procurando o que dizer. Será que eu era a única que percebia a estranha sensação de desejo entre nós? A mesma sensação que eu me lembrava de ter sentido naquele verão tão distante, em Karlovy Nary.

Não havia alianças nos dedos das pessoas em Terezín, mas eu tentava imaginar uma na mão de Petr.

Tinha a impressão de ficar sem ar quando ele olhava para mim.

Foi a minha mão que procurou a dele primeiro, ou foi a dele que procurou a minha?

Ainda não consigo me lembrar, mas sei que senti o calor de sua mão inundando meu corpo, cobrindo primeiro os nós dos meus dedos, depois apertando meus dedos com tanta força que achei que eu poderia quebrar com a intensidade de seu toque.

— Petr — sussurrei. Mas ele interrompeu o pensamento que estava prestes a sair dos meus lábios, e subitamente nos trouxe de volta ao assunto da pintura.

— Entregue-a para Jíří. Ele saberá o que fazer — disse ele, por fim.

E, mais uma vez, apertou a minha mão. Embora nossas mãos estivessem geladas, eu me senti arder em fogo. E tive vontade de chorar.

Durante meses, eu quis contar-lhe que eu também ansiava por ter uma chance de documentar a verdade, de enviar minhas pinturas pelo mundo afora como Haas e Fritta, mas agora esses sentimentos estavam anuviados pelo desejo por algo que era ainda mais impossível.

Ele não me beijara, mas eu o imaginei fazendo isso. Eu torcia para que ele fizesse. Ele apenas me olhava nos olhos.

E, ao fazer isso, será que enxergava uma mulher faminta pelo toque dele? Ou uma artista que estava quase tão faminta quanto para empregar seu talento em prol do seu povo?

Tenho certeza de que ele enxergava ambas as coisas, mas escolheu reagir a apenas uma.

— Entregue suas obras para Jíří e não faça mais nada que possa colocá-la em risco — disse ele. — As coisas estão mais perigosas agora do que nunca. As buscas irão continuar... podem até mesmo intensificar-se. — Vi dor em seus olhos. — Eu nunca deveria ter lhe contado nada, Lenka.

Senti o aperto dos dedos dele afrouxar-se, o fogo entre nós subitamente ficar mais parecido com água tépida. A mão de Petr caiu encostada à lateral de seu corpo antes que ele começasse a mexer no bolso, à procura de uma caneta.

— Não se envolva em nada disso, Lenka. Prometa.

E eu concordei.

⚜

Jíří era um dos engenheiros mais respeitados e talentosos de Terezín. Tal como Fritta, fora membro do prestigioso *Aufkommando*, ordenado a realizar os projetos técnicos para a expansão do campo.

— Estou aqui desde o início — disse ele para mim. — Conheço cada cantinho e cada dobra deste lugar.

Ele desenrolou meu desenho.

— Que lindo, Lenka!

— O senhor conheceu Rita Meissner? — perguntei. — É ela e seu filho, Adi.

— Não, sinto muito. Não conheci. — Ele ainda olhava o desenho.

— Ele morreu logo após o parto, e Rita e Oskar foram mandados para o leste alguns meses depois. — Fiz uma pausa. — Prometi a ela e ao marido que eu cuidaria deste desenho o melhor que pudesse.

Jíří assentiu.

— Eu sei o quanto esses desenhos e pinturas são importantes. Estes são os únicos documentos que as futuras gerações terão de Terezín. Não se preocupe, Lenka. Esconderei a pintura em um lugar seguro.

Ele me disse que faria um tubo metálico para guardar o desenho e depois o enterraria no porão do alojamento Hamburgo.

— Existe uma pequena antecâmara assim que você desce as escadas — explicou-me. — Quando chegar o momento de recuperar o desenho, cave naquele lugar.

Ele não me contou que já havia realizado essa mesma tarefa para Haas e Fritta muitas vezes. Anos mais tarde, eu viria a descobrir que ele embrulhou o tubo de metal com um pedaço de tecido rasgado, como uma mortalha, e depois o colocou com todo o cuidado no chão. As obras de Fritta e Haas estavam enterradas em outros lugares: as de Fritta no campo, e as de Haas, muradas entre os tijolos das paredes de um dos alojamentos. Entretanto, o meu desenho era exatamente igual ao deles: uma cápsula do tempo que retratava o sofrimento de Terezín, plantada em segredo no interior das próprias paredes do gueto.

Capítulo 45

LENKA

Terezín era assolada pela fome severa. Por doenças. Pelo esgotamento, pela superlotação. Ainda assim, apesar das condições horríveis e do desespero gigantesco, de alguma maneira ainda conseguíamos criar arte.

Os nazistas haviam proibido qualquer um de levar instrumentos musicais para Terezín, pois não eram considerados uma necessidade. Karel Frölich conseguira fazer entrar seu violino e sua viola, e Kurt Maier, um acordeão. Havia também a lenda do violoncelo: seu dono, antes do transporte, cuidadosamente o desmantelou em uma dúzia de pedaços; quando já estava em Terezín, ele os montou novamente. Um velho piano, com uma única perna, foi descoberto, apoiado contra uma parede, e, com suporte extra e sob os dedos de mestre de Bernard Koff, voltou à vida.

Os músicos de Terezín acabaram por se tornar desafiadores. Circulava um boato de que Rafael Schachter, um dos mais talentosos e amados maestros do gueto, estava organizando uma apresentação do *Réquiem*, de Verdi.

— Um réquiem é uma missa para os mortos — disse-me Otto, balançando a cabeça. — Este homem por acaso perdeu a cabeça?

— Ele está sendo corajoso — argumentei. — Está protestando contra a injustiça do aprisionamento.

— Ele vai é conseguir uma bala na cabeça. É isso o que ele vai conseguir, se for em frente com essa história.

— Eles não fizeram nada quando as crianças montaram *Brundíbar*.

— Isso é diferente, Lenka. É o equivalente musical a um levante.

Eu não sabia no que acreditar. O que eu sabia é que o Conselho de Anciãos tinha ouvido falar da ideia de Schachter e não tinha gostado da ideia de um coro judaico cantando uma missa cristã.

— Terezín é o único lugar controlado pelos nazistas onde qualquer coisa judaica ainda pode ser apresentada — argumentaram. — Eles baniram isso de todos os outros lugares.

Schachter não se deixou abalar.

— É uma das últimas liberdades que nos restam — disse, em sua defesa. — Os alemães cantam seus slogans nazistas, suas marchas. Que nós executemos o réquiem em nossos próprios termos! Nossas vozes juntas, unidas.

Schachter tentou angariar o apoio das pessoas dentro do gueto e muitas uniram-se a ele. Sua execução de *A noiva vendida* fora lendária. Ele conduzira aquela ópera de pé, diante do piano semidestruído, agora apoiado por vários caixotes de madeira empilhados. Eu estava na plateia quando a ópera foi apresentada. A noite estava tão fria que a água que fora esquecida nas panelas congelou e os espectadores tinham de se amontoar para se aquecer. Mas lembro que a apresentação nos enlevou. Muitas pessoas chegaram a chorar, de tão agradecidas. Em oposição à austeridade de nosso entorno, o som daquelas vozes evocava uma tempestade tão poderosa de emoções que, quando corri os olhos pela plateia, vi não apenas lágrimas de alegria, mas também de esperança e encanto.

Os cantores do coral de Schachter permaneciam fiéis e leais a ele. Depois que ele obteve a aprovação do Conselho de Anciãos para executar o réquiem, começou a trabalhar no que se tornou um *tour de force* teatral. Seria o seu próprio motim contra a tirania do nazismo, acoplado à obra de Verdi.

Cento e vinte cantores foram escolhidos para emprestar suas vozes em apoio à causa de Schachter. Em um dos ensaios, ele incitou os cantores:

— Vocês todos têm coragem de unir-se a mim. Sim, somos judeus cantando um texto católico. — Ele respirou fundo. — Mas este não é um réquiem qualquer: é um réquiem que será cantado em homenagem a todos os nossos irmãos e irmãs, mães e pais que caíram. De todos os nossos amigos... que já pereceram nas mãos deles.

⚜

Nos dias que antecederam a apresentação, Petr pintou pôsteres com tinta preta e dourada divulgando a produção. Eu o ajudei a prender os cartazes ao redor do gueto, felicíssima de empolgação diante da perspectiva de ouvir o espetáculo.

Em estado fragilizado, meus pais enxergaram aquela noite como uma grande noitada especial. Mamãe fez o que pôde para melhorar a aparência, mordendo os lábios rachados para fazer as vezes de batom e apertando as bochechas para substituir ruge. Mas não havia nenhum teatro estadual dourado, nenhum vestido de veludo ou colar de pérolas para mamãe; nenhum terno preto e colete de seda para papai. Mamãe estava vestida com trapos, e seu cabelo ficou completamente branco. Os dois eram dois velhos, sombras transparentes do que haviam sido um dia.

Naquela noite, meus pais, minha irmã e eu nos amontoamos junto a centenas de pessoas ao redor do palco improvisado. O piano de uma perna só estava no centro do palco e ganhava vida sob as mãos de mestre de Gideon Klein. Frölich estava de pé com seu violino acariciando as cordas para fazê-lo cantar, rivalizando até mesmo com a melhor voz do coro.

Mesmo hoje, já uma mulher de idade, não houve nenhum outro violinista capaz de me levar às lágrimas como Karel Frölich fez naquela noite em Terezín. Quando eu o vi tocar naquela noite, o instrumento aninhado entre seu pescoço e seu ombro ossudo, os olhos fechados e a face encovada pressionada contra a madeira, homem e violino pareciam estar unidos num abraço eterno.

Tenho certeza de que não fui a única que senti arrepios atravessarem o corpo. De mãos dadas, aqueles 120 cantores cantaram de modo mais belo e mais poderoso do que quaisquer outros cantores que eu já ouvi antes ou depois.

Porém, poucos dias depois do espetáculo, a mensagem subjacente não passou despercebida aos nazistas. Todos os que se apresentaram foram enviados no próximo transporte para o leste. Rafael Schachter permaneceu em Terezín.

Ele repetiu o espetáculo e, mais uma vez, todos os 120 cantores foram enviados no transporte seguinte para o leste.

Na terceira e última vez que o réquiem foi apresentado no campo, Schachter só conseguiu reunir sessenta cantores.

Aquela ironia não passou despercebida a ninguém.

Cada cantor que participava do réquiem estava cantando uma missa em homenagem à sua própria morte.

Capítulo 46

JOSEF

Nos anos seguintes à morte de Amalia, eu frequentemente acordava no meio da noite com o coração acelerado e a mente aturdida por sonhos que não conseguia entender. Imaginava ouvir o som do meu pager, ou a voz da secretária eletrônica, dizendo que estava atrasado para um parto. Ouvia minha filha gritando, como ela costumava fazer com tanta frequência quando era pequenininha, querendo um copo d'água, um ursinho perdido ou a simples garantia de que eu e minha esposa estávamos em casa. E também tinha ataques de pânico, que começavam tarde da noite, quando a casa estava em silêncio, depois que Jakob já dormira ao som da televisão e eu ficava deitado na cama, acordado, pensando: *Como foi que fiquei assim tão velho? Tão sozinho?*

Puxava as cobertas com meus pés enrugados. A barra da calça do pijama desgastada e algumas partes bastante surradas, mas, mesmo assim, não comprava um novo. Este foi presente de Dia dos Pais de Rebekkah, anos atrás. Ainda consigo me lembrar da caixa da Lord & Taylor, da rosa de caule comprido com a caligrafia manuscrita em preto, do laço de fita branco e grosso. "Para combinar com seus olhos." E, enquanto eu amassava as nuvens de papel de seda branco

264

e recolocava o pijama na caixa, tive vontade de beijar minha filhinha no meio da testa, muito embora ela já tivesse quase 40 anos.

Eu sempre me pergunto se será a maldição da velhice sentir-se jovem em seu coração enquanto o seu corpo o trai. Sinto a flacidez do meu sexo, enrodilhado por baixo da minha cueca boxer, mas ainda consigo fechar os olhos e me lembrar daqueles poucos dias com Lenka antes de eu e minha família partirmos para a Inglaterra. Sinto-a deitada na minha cama, meu torso erguendo-se sobre ela, seus olhos queimando os meus.

Vejo seus braços me puxando, deslizando em torno dos meus ombros, seus dedos entrelaçando-se atrás do meu pescoço. Vejo a pele branca de sua garganta quando ela atira a cabeça para trás, aquela fonte de cabelo escuro roçando o travesseiro. Sua cintura fina entre as minhas duas mãos.

Às vezes me torturo imaginando o peso de Lenka em meus braços. Tento me obrigar a me lembrar do som de seu riso, da risada que ela dava quando eu, divertido, a colocava sobre a cama. Da sensação de ficar sem chão ao entrar nela, ao viajar dentro dela. Quando eu fazia amor com ela — quando estava dentro dela —, parecia algo sem-fim.

Nos meus sonhos, puxo seu cabelo para cima. Beijo seu pescoço, suas pálpebras. Beijo seu ombro, sua boca perfeita.

Encontro sua coluna e, com o dedo, tracejo cada vértebra enquanto ela me enlaça em torno de seu corpo. Suas pernas se prendem em mim como se ela estivesse subindo uma árvore, apertando tanto minhas costas que sou pressionado contra seu corpo com tamanha força que sinto meus ossos deixando marcas em sua carne.

E nesses devaneios ainda sou um jovem na faixa dos 20 anos, vital e forte. Tenho a cabeça coberta de cabelos escuros, meu peito não é côncavo, mas robusto, e meu coração não necessita de remédios. Sou o amado de Lenka, e ela é a minha amada, e nesses sonhos não há ameaça de guerra, nem necessidade urgente de passaportes e vistos de imigração, ou navios que serão atingidos por torpedos, tampouco cartas que permanecerão sem resposta. São sonhos.

Meus.

Bobos. Velhos. Meus.

E eles me impedem de descansar. Talvez também de morrer.

Minha cabeça se enche de sonhos. Meu coração, de fantasmas.

Eu me sento na cama e coloco minhas pantufas. Ajusto o sintonizador do rádio e adormeço ao som de Duke Ellington.

E, mais uma vez, sonho. Depois, desperto, enxugo a baba dos meus lábios e deslizo uma mão pela calça do pijama para saber se ainda estou inteiro aqui.

E, cruelmente, sempre estou.

Capítulo 47

LENKA

Continuei trabalhando por longas horas à prancheta do departamento técnico. Havia dias em que eu mal conseguia enxergar direito ao voltar para o alojamento. Muitas vezes, precisava refazer os meus desenhos porque minhas mãos tinham começado a tremer. Eu já tinha ouvido outros reclamarem disso também. A fadiga, a desidratação e a falta de comida faziam nossos corpos se deteriorarem. Nossos ventres estavam côncavos, nossa pele, amarelada. Éramos mapas de ossos e pele coberta de hematomas.

Apesar da minha decadência física, minha admiração por Fritta continuava a crescer. Nunca o vi fazer o trabalho que deveria ser de Strass, mas notei que estava criando um livro para comemorar o aniversário de três anos de seu filho. Que pai maravilhoso, pensei. Havia tão pouco em Terezín para oferecer a uma criança — Fritta estava criando um pouco de alegria usando apenas sua caneta e suas tintas. Comecei a arrumar desculpas para passar por ele, a fim de observá-lo trabalhar e ver de relance alguma de suas ilustrações. Eu o via desenhando o menininho como um desenho de tirinha, com dois olhos negros de botão, bochechas redondas e narizinho. Pernas com covinhas e um redemoinho no cabelo.

Certa tarde, Fritta se aproximou de mim e disse:

— Lenka, terminei.

— Senhor — respondi. — Terminou o quê?

— Meu livro para Tomáš. — Ele o colocou sobre a minha mesa. — Eu sei que você andou espiando.

Dei um sorriso.

— Suspeito que eu não tenha sido muito discreta — digo.

Ele deu uma risadinha. Era a primeira vez que o via rir em todos os meses que trabalhei para ele.

— Me diga o que achou.

Ele me deixou ali com o livro. Deve ter pedido para alguém encaderná-lo em costura, pois o livro tinha sido costurado com tecido marrom áspero.

Para Tomíčkovi em seu terceiro aniversário. Terezín. 22 de janeiro de 1944, escreveu Fritta na primeira página.

Mas foram as imagens coloridas nas páginas seguintes que me deixaram sem ar. Ele desenhou o menininho diante da janela de uma fortaleza murada, os pés descalços sobre uma mala que continha o número de seu transporte: AAL/710. Pela janela, ele via um pássaro preto voando no céu, o tronco de uma árvore solitária e o ângulo de um telhado vermelho. As outras ilustrações que se seguiam, todas feitas com caneta preta e preenchidas com pinceladas de aquarela, eram seus desejos para o filho. Ele pintou um bolo de aniversário com três velas altas. Pintou o menino de mãos abertas, com casaco de lã e luvas de cores vivas, em meio à neve que caía. Pintou-o como ele imaginava que seria no futuro, Tomi de sobretudo xadrez e chapéu combinando, fumando um cachimbo. Perguntou a ele, em letras escritas embaixo de uma das páginas: *Quem será sua esposa?* E pintou Tomi de smoking e cartola oferecendo flores a uma linda jovem.

Na última página do livro, estava a inscrição de um desejo: *Este é o primeiro de uma longa série de livros que desenharei para você.*

Fechei o livro e o devolvi a Fritta.

— É lindo — disse a ele.

No entanto, era mais do que lindo. Era emocionante. Era como-vente. Mais precioso do que se um dos presentes que Fritta desenhou saltasse de uma das páginas.

Observei os dedos compridos de Fritta segurarem o livro. Ele o sacudiu de leve e sorriu.

— Acha que ele vai gostar, Lenka? — Ele olhou para o livro. — Eu o fiz para ser um livro de introdução, para ajudá-lo a ler e escrever.

Agora era Fritta quem parecia um menininho, feliz de dar um presente à pessoa que ele mais amava no mundo.

— Ele vai amar este livro para sempre — respondi.

— Obrigado, Lenka — disse ele com infinita doçura. Não tenho certeza se me sinto mais emocionada pelo fato de que ele deixou so-mente a mim ver este lindo presente que preparou para seu filho, ou por ele ter dito meu nome com tanta ternura. Tenho a sensação de que ele me olhou com a mesma expressão que vi nos olhos do meu pai, anos atrás, e por um breve instante eu me senti uma garotinha novamente. Meu pai, trazendo um presente secreto no bolso, seus braços cálidos em torno de mim, os olhos tão felizes ao ver que gostei do que ele me ofereceu.

CAPÍTULO 48

JOSEF

Alguns meses antes do casamento do meu neto, tomei a decisão de colocar meus assuntos em ordem. Eu estava então com 85 anos. Meu cabelo estava grisalho, minha pele, manchada de tantos anos de sol, e minhas mãos, tão enrugadas que eu mal as reconhecia. Durante algum tempo, pensei que seria errado deixar meus filhos encontrarem as minhas antigas cartas para Lenka. Isso mancharia os sentimentos deles por mim, eu tinha certeza. Eles questionariam o meu casamento com Amalia, e me desprezariam por amar um fantasma, e não a mulher — a mãe devotada deles — que me serviu o jantar todas as noites durante 38 anos.

Assim, retirei a caixa que continha as cartas que escrevi para Lenka e que foram devolvidas, que estivera guardada embaixo da cama por tantos anos.

Retirei o elástico que prendia as cartas e separei as três que ela me mandou enquanto eu estava em Suffolk.

Os envelopes brancos estavam agora amarelados, mas o carimbo que ordenava aos correios *Devolver ao Remetente* em alemão continuava vermelho-sangue.

As cartas não eram abertas havia quase sessenta anos. Minha intenção era ler cada uma e depois queimá-las na chama do fogão.

Não coloquei nenhum disco na vitrola. Eu leria cada carta em silêncio, uma após a outra. Seria meu *kaddish* para Lenka, uma maneira de executar um ritual de luto por ela, do qual eu fugira todos aqueles anos. Comecei pela primeira:

Querida Lenka,

Rezo para que tenha recebido minha última carta contando que fui resgatado na costa da Irlanda. As pessoas do vilarejo para onde fomos levados foram muito gentis. Quando nosso navio chegou, elas nos receberam com comida e roupas, e nos ofereceram para nos abrigar em suas casas. Esperei quase três dias até receber notícias de mamãe, papai e Veruška, mas meus piores medos foram confirmados quando o capelão do vilarejo me informou que o bote salva-vidas delas fora sugado pelo propulsor do Knute Nelson, o navio que deveria nos salvar. Não tenho como expressar quanto chorei naqueles três dias. Todos eles se foram, e minha solidão parece uma escuridão que ameaça me engolir por inteiro. Meu único consolo é saber que você está a salvo. Rezo para que nosso filho esteja crescendo com saúde. Fecho os olhos e imagino você com as faces rosadas, seus longos cabelos negros em torno dos ombros, sua barriga redonda. É a imagem que me acalanta antes de dormir, meu único tesouro.

Estou agora em Nova York. Sei que muitas semanas se passaram e que você provavelmente está exausta de preocupação. Mas não desperdice energia com tais pensamentos. Estou bem e me esforçarei para conseguir que você e sua família venham para cá assim que possível. O primo do meu pai me ajudou a encontrar um trabalho numa escola, e preciso guardar dinheiro para provar que tenho meios de sustentar vocês. Confie em mim. Irei trabalhar com mais afinco do que nunca.

Mando-lhe meu amor e minha devoção eterna.

Seu eterno,

J.

Acendo o fogão, a chama azul ergue-se como uma espada de ponta alaranjada. Queimada.

As outras eram mais do mesmo. *Lenka*, escrevo, embora as minhas cartas estejam sendo devolvidas. Outras pessoas receberam cartas da Europa de seus seres amados, embora boa parte do conteúdo tenha sido riscada em preto pelos censores. Mas as minhas eram devolvidas.

Estou perdendo as esperanças.

Queimada.

Você está recebendo alguma das minhas cartas?

Queimada.

Estou preocupado.

Queimada.

E houve então a última carta, que escrevi logo depois de conhecer Amalia. Datada de agosto de 1945.

Minha querida Lenka,

Não tenho notícias suas há quase seis anos. É engraçado quanto o espírito é teimoso. Eu provavelmente poderia continuar escrevendo pela eternidade se achasse que minhas palavras estão de alguma maneira chegando até você. Você continua viva em minha memória, Lenka.

Tanto arrependimento de minha parte, meu amor. Está tão claro para mim agora que eu jamais deveria ter abandonado você. Você foi muito corajosa, mas eu deveria ter insistido para que você viesse ou deveria ter ficado até todos poderem partir. Este erro me atormenta todos os dias.

Todas as manhãs, ao acordar, e todas as noites, ao me deitar, eu me pergunto se você está viva e se tivemos um filho juntos. Rezo para que ele ou ela esteja forte e com saúde. Que tenha seus olhos azuis, sua pele branca, e essa sua boca tão perfeita, da qual até hoje, quando fecho os olhos, imagino o beijo.

Você ficará feliz em saber que depois de quase dois anos de escola noturna agora consigo falar e escrever em inglês bem o bastante para ser aceito na faculdade de medicina. Vou ter de repetir boa parte do que já estudei em Praga, mas é uma bênção poder voltar à universidade, aprender e me preparar para o futuro, seja ele qual for.

Estou pensando em optar pela obstetrícia, em parte por respeito ao meu pai e, em parte, porque a ideia de trazer vida a este mundo me dá imenso consolo.

Querida, por favor, que esta carta chegue até você. Estou perdendo as esperanças, mas não consigo aceitar que estou escrevendo para um fantasma. Eu te amo.

Seu eterno,

J.

O cheiro do papel queimado. As pontas dos meus dedos quase queimando enquanto as beiradas se enegrecem e enrolam.

Queimada.

Gostaria que esta tivesse sido a última carta, mas eu sabia que havia mais uma. A última da pilha. O envelope ainda estava alvo. Não havia nenhum carimbo de *Devolver ao Remetente, Endereço Desconhecido*. Sequer havia um selo colado. Aquela nunca tinha sido enviada.

Minha amada Lenka,

Não tenho endereço para onde mandar esta carta, mas estou escrevendo-a mesmo assim, porque é a única maneira que tenho de lhe dizer adeus. Faz seis anos desde que recebi notícias suas pela última vez. As três cartas que você me enviou na Inglaterra são o único tesouro da minha vida. Todas as noites antes de dormir eu as leio e tento imaginar o som da sua voz.

A cada dia, mês e ano que passam você jamais desaparece de meu coração. Mas tornou-se cada vez mais difícil imaginar o som de sua respiração suave ao meu lado, a cadência de suas palavras e o cheiro de seu cabelo.

Apesar disso, a memória pode ser bondosa. Você continua eternamente linda em meus olhos. Posso me lembrar claramente da simetria de seu rosto, do tom rosado da sua boca, da curva suave e gentil do seu queixo.

E, quando Deus é bom comigo, você me visita à noite em meus sonhos. Quase posso tocar sua pele, sentir o roçar de seus lábios, o peso do seu corpo caindo sobre o meu.

A Cruz Vermelha me informou que você morreu em um lugar chamado Auschwitz. Disseram que você chegou num dos últimos transportes vinda de um lugar chamado Terezín com sua mãe, seu pai e sua irmã.

Terezín e Auschwitz são nomes que eu já li no jornal. As imagens ali publicadas são tão horríveis que minha mente não é capaz de acreditar que o homem possa ser capaz de conceber tamanho mal. Não consigo imaginar que você, minha amada Lenka, tenha falecido em um lugar assim. Não irei escrever neste papel que você é mais uma em meio à pilha de mortos, ao tufão de cinzas enegrecidas. Só me permitirei pensar em você esperando por mim. Minha noiva. Você, Lenka, a jovem garota na estação de trem de Praga, com o broche de minha mãe na mão estendida.

Estou me enganando, eu sei, mas é a única coisa que posso fazer para continuar sobrevivendo.

Seu eterno,
Josef

Eu havia colocado aquela carta num envelope e escrito tão somente *Lenka Kohn.*

Agora o envelope fora aberto e a carta flutuava em minhas mãos trêmulas. Sobre a chama enfumaçada, recitei o *kaddish.*

Yit-gadal v'yit-kadash sh'may raba
B'alma dee-v'ra che-ru-tay
Ve'yam-lich mal-chutay b'chai-yay-chon uv'yo-may-chon
Uv-cha-yay d'chol beit Yisrael
Ba-agala u-vitze-man ka-riv, ve'imru
Amen. Y'hay sh'may raba me'varach
Le-alam uleh-almay alma-ya...

Deixo a última carta cair sobre a boca do fogão e penso em Lenka. Enquanto as cinzas do papel esvoaçam, eu a enxergo como minha noiva em meus braços, depois permito que ela finalmente flutue até os céus como um anjo. Tento não evocar a imagem dos meus filhos, pois eles não precisam conhecer a dor que precedeu os meus anos ao lado da mãe deles. Essa dor é apenas minha, para carregar, para levar até o túmulo. Para incinerar numa única chama ardente.

Capítulo 49

JOSEF

Na semana anterior ao casamento do meu neto, fui incapaz de dormir.

A insônia é o quarto do inquieto. Tirar as cobertas e pôr as pernas para fora da cama. Virar o relógio para a parede e não se dar o trabalho de acender a luz. Pois você sempre enxerga seus tormentos mais claramente no escuro.

Se aqueles que amamos nos visitam em nossos sonhos, aqueles que nos atormentam quase sempre nos visitam quando ainda estamos acordados.

E, naquelas noites de insônia, todos eles apareceram. Não, não Lenka. Mas meu pai. Minha mãe. Veruška.

Frequentemente consigo prever sua chegada, em especial na iminência de alguma data importante na minha família: a véspera do meu casamento com Amalia, a véspera do *bris* do meu filho, o Bar e o Bat Mitzvah dos meus filhos, o casamento de Rebbekah e, agora, o do filho dela.

Em outras vezes, eles apareceram sem motivo. Três vultos que conservavam a mesma aparência de dez, vinte e agora sessenta anos atrás.

Aos que não acreditam que os mortos os visitam, eu digo que têm cataratas na alma. Sou um homem da ciência, mas acredito em anjos da guarda e em assombrações. Testemunhei com meus próprios olhos o milagre da vida e a complexidade da gestação, e continuo acreditando que algo tão perfeito quanto um bebê não pode ser criado sem a assistência de Deus.

E assim, quando os mortos vêm me visitar, não me dou o trabalho de fechar os olhos. Sento e convido-os a entrar. Embora meu quarto continue escuro como um breu, eu os vejo com tanta clareza quanto se estivessem na minha sala, iluminados pela luz de um abajur de piso.

Papai. De terno cinza. Óculos quebrados sobre a testa. A cabeça calva e os olhos enrugados.

Em suas mãos perfeitamente macias, ele segura o livro que lia para mim quando eu era criança: *A história de Otesánek*.

Mamãe. Vestida com um terninho preto de botões dourados. Em seu pescoço, um longo colar de pérolas. Ela segura uma caixa de fotografias. Ali está uma foto minha bem jovem, montado num cavalo em Karlovy Vary, e outra no meu Bar Mitzvah. Sempre me perguntei se ela guardara minha foto com Lenka depois do nosso casamento junto com as outras fotos de nossa família, dentro daquela caixa.

Věruška. Toda envolta em tafetá vermelho. Os olhos escuros e brilhantes. Ela está sempre carregando algo que não consigo determinar direito. Há marcas no papel e não consigo saber se são de algo escrito ou de imagens rascunhadas. Certas manhãs, estou convicto de que é um cartão de dança com alguns nomes escritos no topo, outras vezes digo a mim mesmo que é um bloquinho de rascunho repleto de indicações para um dos quadros dela. Sempre que ela me visita, olho para seu rosto branco sem rugas e sinto vontade de tocá-la e conversar com ela.

Věruška, minha irmã, dançando e rindo pelos corredores do nosso apartamento repleto de livros, a barra da saia erguida acima dos joelhos.

Em muitas dessas noites sem dormir, me perguntei se deveria chamar seus nomes em voz alta. Sempre tive receio de que meus filhos acabassem escutando — ou mesmo Amalia, por mais compreensiva que ela fosse — e temessem que eu tivesse, finalmente, perdido a cabeça.

Mas não era um problema. Eu não precisava falar. Pois este é o negócio com as assombrações: raramente as coisas são comunicadas por palavras.

Sempre que minha família vinha me ver, eu sabia que todos voltariam de novo. A única exceção foi quando eles apareceram duas noites antes do casamento de Jason. Então pressenti que eles estavam vindo pela última vez.

Pude perceber que aquela era a visita final porque, quando eles apareceram, estavam todos sorrindo. Até os olhos tempestuosos da minha irmã caçula cintilavam.

Fiquei deitado na minha cama, o pijama úmido com a perspiração de um velho, e os observei uma última vez.

Papai pousou os óculos no nariz, e eles já não estavam mais quebrados. Mamãe abriu a caixa de fotos para mim e, no topo, estava o retrato de meu casamento com toda a família, mostrando Lenka, a noiva radiante.

E Věruška virou o bloco de rascunho para mim e revelou o desenho de duas mãos unidas.

Eu fiz menção de me levantar e tocá-los, tão reais eles eram para mim, brilhando ali no meio da noite. Hoje sou mais velho do que papai como fantasma — essa compreensão me atinge profundamente quando estendo a mão para tocá-lo.

Como é possível um filho ser mais velho do que o fantasma de seu pai? Como uma mãe pode continuar a vir consolar seu filho idoso, lá do seu túmulo lacrimoso? E como pode uma irmã querida vir perdoar seu irmão, quando ele tão claramente a decepcionou?

Tremi. Convulsionei. Pensei que aquela visita poderia ser um sinal de que eu estava prestes a morrer.

Tentei levantar-me, as mãos ainda estendidas, as pernas trêmulas, quando dei um passo na direção de onde eles estavam.

Eu me lembro do som do baque do meu corpo ao cair no carpete. Lembro vagamente o som da porta se abrindo, os passos pesados do meu filho vindo em minha direção, e a sensação dos seus braços me pondo de pé.

— Papai — sussurrou ele —, está tudo bem?

Disse a ele que sim. Pedi um gole d'água e ele saiu para apanhar.

Não me lembro de vê-lo voltar, mas, quando acordei, o copo estava lá.

Sonhei que não tinha sido o meu filho quem me levara de volta para a cama, mas os três membros da minha família. Que eles tinham se reunido em torno de mim e me levantado até o colchão, depois me coberto e me acalmado até dormir.

E eu soube que, dali em diante, se algum deles algum dia viesse me visitar de novo, não seria mais numa noite insone. Seria como quando Lenka aparece... em meus sonhos.

Capítulo 50

LENKA

Na primavera de 1944, fomos avisados de que visitantes especiais viriam a Terezín e que certas melhorias seriam feitas. O comandante Rahm, que administrava o gueto na época, ordenou a ida de transportes adicionais para o leste a fim de abrir espaço para o "embelezamento" do gueto. Dezoito mil pessoas já tinham sido despachadas de Terezín, e agora ele ordenava que todos os órfãos fossem para o leste. Em seguida, foi a vez dos tuberculosos. Algumas semanas depois, ele mandou que um adicional de 7.500 prisioneiros fossem transportados. O pânico se espalhou pelo gueto à medida que as famílias eram separadas. Uma mulher implorou para ser colocada na lista depois que seu filho foi escolhido para um dos transportes. Na estação, com o trem prestes a partir, ela notou que o menino não estava presente e que o nome dele não fora chamado. Instalou-se um pandemônio quando ela foi forçada pela SS a entrar num trem de gado. Ela berrou para os soldados a retirarem, mas eles não podiam abrir exceções, pois a cota determinada por Rahm precisava ser mantida. Naquela noite, eu vi seu filho adolescente chorando em desespero na frente do alojamento Sudeten. Algumas pessoas estavam tentando consolá-lo, mas ele se debatia como um animal moribundo.

— Estou completamente sozinho — repetia, sem parar. — Estou completamente sozinho.

Naquela noite, não consegui afastar o som dos gritos dele da minha cabeça. Estendi o braço para tocar minha irmã, que estremeceu ao sentir a ponta dos meus dedos.

Ela não acordou de seu sono, mas eu me senti confortada pelo simples fato de que seu corpo estava perto do meu. Tudo, menos ficar ali completamente sozinha.

Terezín estava se transformando num palco. Ao longo dos meses seguintes, o exterior dos alojamentos recebeu uma camada de tinta fresca, um café improvisado apareceu do nada e a cerca foi derrubada na praça central.

Vimos homens removerem beliches de alguns dos alojamentos, para que agora metade das pessoas que antes dormiam ali ocupasse o lugar. Muitos de nós, principalmente as mulheres e as crianças, ganharam roupas novas e sapatos que cabiam nos pés.

Os homens que organizavam óperas e concertos foram avisados de que poderiam apresentar espetáculos, e que deveriam preparar algo para impressionar os visitantes.

Hans Krása reuniu as crianças para uma nova encenação de *Brandibár*. Rudolf Schachter convenceu o coro a cantar algo que os observadores jamais esqueceriam.

Ao meu pai, que agora, com o nosso segundo ano de estada ali já bem avançado, não passava de pele e osso de tanto trabalhar, foi ordenado que ajudasse a construir um pequeno estádio de esportes.

Foram escolhidas equipes para uma partida de futebol. A enfermaria foi faxinada e recebeu lençóis novos. As enfermeiras ganharam uniformes novos e os doentes que estavam em pior estado foram mandados no próximo transporte para o leste. Uma grande tenda de circo no meio do gueto, onde mais de mil prisioneiros eram obrigados a fazer trabalho de fábrica, foi desmontada e, em seu lugar, foram plantadas flores e grama. Um pavilhão musical foi construído ao lado da praça, junto com um parquinho para as crianças, em frente a um dos alojamentos.

⁂

Três meses antes da chegada da delegação da Cruz Vermelha, os guardas fizeram uma batida tanto no departamento técnico como no alojamento de František Strass. Um dos desenhos que Haas enviara para fora foi publicado num jornal na Suíça, e a Gestapo, em Berlim, estava enfurecida. Era má publicidade para os alemães e poderia prejudicar sua tentativa de esconder as verdadeiras condições do campo de Terezín para a Cruz Vermelha e o mundo.

Durante a batida, os oficiais encarregados encontraram mais desenhos proibidos no alojamento de Strass, mas nenhum continha assinatura. O grosso dos desenhos de Fritta já fora enterrado no cilindro que Jíří fizera para ele. Otto escondeu seus próprios trabalhos dentro de uma parede de tijolos no alojamento Hannover, e Haas ocultou os dele em seu sótão no alojamento Magdeburg. Meu desenho, por sorte, já tinha sido enterrado também.

⁂

Nenhuma prisão foi feita, mas a tensão no departamento técnico pairou espessa no ar. Sempre que eu ia ao trabalho, sentia o cheiro do medo.

— Continuem trabalhando — dizia Fritta para nós, quando nos sentávamos às mesas de desenho. — Não podemos atrasar nenhum cronograma de trabalho.

No dia 23 de junho de 1944, a delegação da Cruz Vermelha e membros do ministério dinamarquês chegaram ao campo, acompanhados de oficiais de alto escalão de Berlim. O comandante Rahm roteirizou um cenário digno de filme de cinema para a chegada deles, e toda a visita foi de fato filmada, a fim de ser transmitida em escala mundial. O filme recebeu o título de *Hitler oferece uma cidade aos judeus*.

Quando os homens desembarcaram de seus jipes militares, foram recebidos pelas mais lindas garotas de Terezín, sua beleza embrulhada em aventais limpos, segurando ancinhos. Elas cantaram enquanto os homens atravessavam os portões.

A orquestra de Terezín tocou Mozart. Legumes frescos foram expostos numa loja. Padeiros com luvas brancas lotaram as prateleiras com pães frescos. Havia uma loja de roupas em que era possível comprar de volta suas próprias calças ou vestidos confiscados.

Café de verdade foi servido no "café judeu". Nossas crianças de repente tinham uma escola de verdade, alimentação para além do estritamente necessário e cuidados médicos adequados.

Ordenaram que gritássemos vivas quando um dos times de futebol marcava um gol. Nossos pratos estavam repletos de comida, molho e pão fresco, tudo servido em mesas cobertas com toalhas e talheres limpos.

Enquanto a Cruz Vermelha passeava pelo campo, uma equipe de filmagem alemã continuava documentando sua visita.

Fazíamos mesuras em nossas roupas e sapatos novos, os rostos limpos e o cabelo bem trançado, pois nos haviam dado acesso a chuveiros e nos entregaram pentes e escovas. Agora dormíamos em alojamentos com metade do número normal de pessoas, pois a outra metade tinha sido enviada para o leste. Recebemos permissão de cantar e dançar. Homens faziam fila diante do correio para receber pacotes falsos que não tinham nada dentro. As crianças apresentavam *Brandibár* e os membros da Cruz Vermelha aplaudiam com ampla aprovação, sem compreender as implicações politicas daquele espetáculo.

Após a sua partida, uma semana depois, porém, todos os luxos e liberdades nos foram retirados de um modo tão abrupto quanto nos haviam sido dados. Em 24 horas, os beliches extras foram recolocados nos alojamentos, o estádio foi desmantelado e a cerca reapareceu na praça central. A comida desapareceu, tal como o café improvisado. As mesas com toalhas e talheres limpos foram parar num caminhão que seguiria de volta a Berlim.

Capítulo 51

LENKA

Pouco tempo depois da partida da Cruz Vermelha, o departamento técnico foi revirado de ponta-cabeça. O comandante Rahm entrou furioso em nosso ateliê com dois outros oficiais da SS. Gritou insultos para Fritta e Haas. Exigiu ver no que eles estavam trabalhando. Haas, porém, não se abalou. Levantou uma placa que estivera pintando para o gueto. Havia uma ilustração de uma lata de lixo e, embaixo, os dizeres RECOLHA SEU LIXO. Notei que as mãos de Fritta estavam tremendo quando ele sacou um livrinho de rascunhos da sua escrivaninha.

Os dois oficiais da SS caminharam pelo estúdio olhando por cima de nossos ombros.

Rahm ficou parado na porta berrando insultos para todos nós. Gritou que era melhor não estarmos pintando nada ofensivo para o Reich. Na saída, pegou seu chicote e destruiu uma mesa coberta de vidros de tinta. Durante o resto daquela tarde, permaneci seriamente abalada. O vidro quebrado foi varrido, mas a poça de tinta preta se infiltrou no piso de ladrilho. Mesmo depois de várias lavagens, a mancha, do formato e da cor de uma nuvem de tempestade, não saiu.

A SS fez mais visitas-surpresa ao *Zeichenstube*, como o departamento técnico era chamado em alemão. Todos nós continuamos a trabalhar de cabeça baixa e desviando os olhos, sem olhar sequer uns para os outros. Durante uma das inspeções, um soldado da SS arrancou um bloco de rascunho da mão de um dos artistas e eu senti meu coração parar, de tanto medo de que um desenho pessoal pudesse cair do meio de suas páginas.

Na semana seguinte, fomos convocados aleatoriamente ao corredor e revistados. Quando chamaram meu nome, me senti nauseada, prestes a desmaiar.

— Eu disse *você!* — vociferou o oficial da SS para mim. Levantei cambaleante da minha cadeira e o segui até lá fora.

— Braços para cima e pernas afastadas — disse ele.

Apoiei as mãos na parede. Meus joelhos começaram a tremer quando afastei as pernas.

— Será que vou encontrar um lápis aqui? — perguntou ele, movendo a mão entre as minhas coxas. O toque dele foi nauseante. Seu hálito cheirava a querosene. Mais uma vez, ele me tocou, e eu acreditei estar a segundos de ser estuprada.

E então virei a cabeça para encará-lo. Ele pareceu ser pego de surpresa, como se a visão dos meus olhos de alguma maneira o arrancasse de sua maldade.

— Que porra você está olhando? — Ele me empurrou com força mais uma vez, mas agora eu fora atirada na direção da porta. Não olhei para trás. Ele começou a gritar com algumas pessoas no corredor. Corri até a porta do departamento técnico.

Lá dentro, segui depressa para a minha cadeira e a minha mesa. A sensação que tinha é de que poderia vomitar o pouco que havia no meu estômago.

Tentei me acalmar. Olho o rosto das pessoas à minha volta que ainda não haviam sido chamadas. Todos estavam tremendo de medo. Se eu tivesse a coragem de retratar a cena ao meu redor numa pintura, todos os nossos rostos teriam um tom medonho, doentio, de verde.

No dia 17 de julho de 1944, Fritta, Haas e o artista Ferdinand Bloch foram convocados a comparecer ao escritório do comandante Rahm. Eles também convocaram meu amigo Otto. *Não, Otto não*, rezei. Meu coração subiu até a garganta. Observei, com o corpo trêmulo, Otto levantar-se de sua cadeira. Ele tremia visivelmente quando eles o levaram pelo braço, e eu senti uma vontade desesperada de me agarrar a ele, de puxá-lo de volta para a sua cadeira. Minha cabeça começou a girar.

Os olhos dele se prenderam aos meus, que estavam arregalados como pires. Sei que precisava fazer um sinal para ele não fazer nada que pudesse irritar os oficiais. Tentei sussurrar para ele manter a calma. Queria dizer a ele que tudo ia ficar bem, embora eu tivesse a sensação de frio no estômago de que algo terrível estava prestes a acontecer aos três.

Uma hora depois, outro oficial da SS chegou ao estúdio e ordenou que o jovem arquiteto Norbert Troller se reportasse também à sala de Rahm.

Mais tarde naquela noite, Petr nos disse que falara com uma mulher chamada Martha, faxineira do alojamento VIP, onde se situava o escritório de Rahm. Ela escutou parte do interrogatório dos meus amigos. Como era amiga de Petr, já havia feito permutas por algumas de suas pinturas. Três dias antes, ela as escondera em uma porta de fundo falso.

O comandante Rahm não conduziu o interrogatório dos prisioneiros, a princípio. Deixou a primeira rodada de perguntas a cargo de seu imediato, o tenente Haindl. Haindl os acusou de criar propaganda de horror em prejuízo do Reich e de fazer parte de uma trama comunista.

Os artistas negaram tudo. Disseram que o único "crime" que haviam cometido foram alguns desenhos inofensivos. Que não eram comunistas, nem estavam envolvidos em nenhuma trama.

Mesmo assim, Haindl continuou a atacá-los. Queria os nomes de seus contatos lá fora. Atirou para eles um jornal da Suíça e exigiu saber quem havia pintado a imagem que estava reproduzida na primeira página.

— Seus merdinhas ingratos! Como ousam pintar imagens de cadáveres! — Ele socou a mesa. — A gente alimenta vocês, dá abrigo a vocês! Metade da porra do mundo está morrendo de fome!

Os artistas alegaram que não tinham ideia do que ele estava falando.

A SS os interrogou em separado. Eles tentaram fazer cada artista denunciar os outros. Mostraram uma pintura depois da outra e exigiram saber quem era o autor. Cada pergunta recebia a mesma resposta. Os artistas insistiam que "não sabiam".

O ódio de Haindl e Rahm aumentou ao nível da fúria. Os artistas foram espancados. Haas não gritou enquanto era chutado sem parar. Fritta xingou seus interrogadores, mas foi silenciado com uma bota na boca. A faxineira, Martha, relatou que Otto foi o mais espancado. Depois de o socarem sem parar, eles esmagaram sua mão direita com a coronha de um rifle.

— Precisei tapar os ouvidos... Até agora, ainda o ouço gritando de dor — relatou ela, sobre os berros terríveis e arrasadores de Otto.

Com o cair do sol, ela viu todos eles sendo colocados num jipe, onde já estavam a esposa de Fritta, Hansi, e seu filho Tommy; a esposa de Haas, Ema, e a esposa de Otto, Frída, e sua filhinha, Zuzanna. O jipe se dirigiu à *Kleine Festung*. A Pequena Fortaleza.

⚜

A Pequena Fortaleza ficava nos arredores do gueto, na margem direita do rio Ohre.

Todos nós sabíamos que coisas terríveis aconteciam naquele lugar e que ninguém que era mandado para lá jamais voltava. Havia boatos de que a SS fazia os prisioneiros encherem com terra carrinhos de mão usando a boca, e que as pessoas eram rotineiramente espancadas até a morte ou executadas.

Sem os nossos líderes, meus colegas e eu começamos a perder o pouco de confiança que tínhamos.

— Todos nós seremos enviados no próximo transporte — disse um deles.

— Eles não vão desperdiçar o espaço dos trens — comentou outro.

— Vão simplesmente nos mandar para a forca.

— Idiotas de merda — xingou um dos recém-chegados, referindo-se a Fritta, Haas, Bloch e Otto. — Todo mundo aqui vai pagar pelo que eles fizeram.

— O que eles fizeram? — perguntou uma das garotas mais jovens.

— O que eles fizeram?

— Calem a porra dessa boca! — Petr deu um soco na mesa. — Todos vocês, calem essa boca e vão trabalhar!

O departamento técnico agora havia se transformado num lugar de desespero.

Nos próximos dois dias, observei meu amigo Petr começar a ser incapaz de desenhar. Suas mãos tremiam incontrolavelmente. Eu o vi segurar uma das mãos e colocá-la em cima da outra para tentar se estabilizar e dar a impressão de estar trabalhando.

Todos que trabalhavam no *Zeichenstube* descobriram que seus alojamentos haviam sido revistados. Observei os soldados entrarem e revirarem nossos quartos. Remexeram em nossas camas, atiraram nossos colchões de palha no chão. Subiram a escada até as prateleiras onde nossas malas estavam guardadas. Eles as abriram e esvaziaram seus conteúdos no chão. Na minha vez, vi a mamãe fechar os olhos e abaixar a cabeça até o peito, como se estivesse rezando para que eu não tivesse feito nenhuma tolice.

Quando abriram a minha mala, tudo o que caiu de dentro foi uma fronha extra. Mamãe e Marta soltaram o ar enquanto ela caía silenciosamente no chão.

Não fui poupada do interrogatório, no entanto. Todos no meu departamento foram interrogados pela Gestapo.

Num quarto de paredes amarronzadas e uma única lâmpada pendurada no teto, cada um de nós foi interrogado. Desenhos que retratavam as agruras da vida no gueto estavam espalhados sobre a mesa.

Rahm estava de pé na minha frente, levantando um dos desenhos. Era um esboço feito com caneta-tinteiro do interior da enfermaria. As figuras, com rostos encovados e caixas torácicas ocas, haviam sido retratadas com traços negros e raivosos. Havia vários corpos sobre uma única cama. Os cadáveres estavam empilhados no chão.

— Esta pintura lhe parece familiar?

Balanço a cabeça.

— Não, senhor.

— Quer dizer que você não sabe quem fez isso?

Mais uma vez, digo que não.

Ele aproximou a pintura do meu rosto. O papel estava tão perto de mim que consegui sentir a umidade da polpa da fibra.

— Olhe melhor — ordenou ele. — Eu não acredito em você!

— Sinto muito, senhor. Não reconheço o artista.

Rahm apanhou outro desenho sobre a mesa. Este mostrava o interior lotado de um dormitório. Precisei apenas de um segundo para perceber que aquela era uma das composições de Fritta.

Rahm foi tirando pinturas de cima da mesa, uma após a outra. Nenhuma tinha assinatura, mas qualquer pessoa familiarizada com nuances de traço e composição seria capaz de identificar seus criadores. Consegui saber imediatamente que aquela era de Fritta pelo vigor do traço, a forma como ele retratava o absurdo e a desesperança da vida do gueto. Nos desenhos de Haas, sentia a angústia na linha de garatuja, nas pinceladas de aquarela fantasmagóricas e nos rostos que saltavam da página como aparições.

Mas não disse nada aos oficiais alemães que vociferavam comigo, ordenando que eu identificasse os artistas. Eles socaram o tampo da mesa e me perguntaram se eu conhecia os contatos dos pintores lá fora. Diziam que haviam "interceptado essas pinturas" e que conseguiriam encontrar outras.

— Se existe um movimento secreto dentro deste gueto, nós vamos descobrir e esmagá-lo — vociferou Rahm para mim. E eu, mais uma vez, lhe disse que não sabia de nada.

Por algum motivo, talvez porque estivessem conservando suas energias para espancar meus colegas, eles não me bateram. E por fim, depois do que pareceram horas de interrogatório incessante, avisaram que eu poderia ir embora.

Enquanto eu me dirigia à porta, olhei de relance para a mesa onde estava o jornal suíço que publicara na primeira página um desenho do campo de Terezín. Senti vontade de sorrir, sabendo que as pessoas de Strass haviam conseguido fazer os desenhos de um dos meus colegas alcançarem o mundo lá fora.

⚜

Sem os nossos colegas, o departamento técnico parecia despido de vida e repleto de terror. Os que permaneceram não falavam sobre seus interrogatórios, mas eu olhava com frequência para as cadeiras vazias onde meus amigos um dia haviam trabalhado, e sempre que o fazia, sentia vontade de chorar.

Fritta, Haas e Otto continuaram presos na Pequena Fortaleza até outubro. Havia boatos de que Ferdinand Bloch tinha sido torturado pela Gestapo e depois executado, e que a mão de Otto fora permanentemente mutilada, de modo que ele nunca mais poderia pintar. Comecei a sentir uma diferença perceptível no gueto. O número de transportes para o leste aumentara, e, assim, milhares de nós desapareciam da noite para o dia. Testemunhei o enforcamento de alguém que tentara escapar. O menino não tinha mais do que 16 anos, e até hoje consigo ver sua cabeça sendo forçada para o laço da forca, como se tivesse acabado de acontecer. O olhar de confusão e medo dele enquanto o oficial alemão berrava obscenidades pouco antes de o chão se abrir sob os seus pés. Houve ainda um incidente terrível envolvendo um rapazinho que tinha subido na cerca para apanhar flores para a namorada.

— Flores? — berrou o oficial da SS para ele. Segundos depois, esse oficial foi visto atropelando o rapaz com um trator, deixando seu corpo sangrento enrolado num dos pneus como uma advertência para todos nós.

No início de outubro, Hans, que agora tinha quase 5 anos, foi mandado para o leste com seus pais. Sua mãe me disse em frente ao alojamento que eles partiriam no dia seguinte. Ela segurou a mão de Hans, o pulso do menino tão frouxo quanto um dente-de-leão colhido. Estendi a mão para afagar seu cabelo castanho.

— Você tem algum lápis, Lenka? — perguntou-me ele. Seus olhos estavam muito tristes. Até hoje, posso fechar os olhos e imaginar os olhos de Hans, tão verdes quanto as folhas da primavera. As sombras de seu rosto pareciam aterrorizadas. Enfiei a mão nos bolsos torcendo para encontrar um pedacinho de carvão para lhe dar, mas não encontrei nada e isso me deixou agoniada.

— Vou conseguir alguns para você antes de você ir embora — prometi. Ilona, sua mãe, me disse que Friedl, o professor dele e colega da minha mãe, também partiria nesse mesmo transporte.

Estendi os braços e abracei os dois. Senti a agudeza de suas costelas e o coraçãozinho de Hans batendo com força pelas suas roupas. Sussurrei em seu ouvido:

— Eu te amo, meu doce menino.

Naquela noite, pouco antes do toque de recolher, fui encontrá-lo em sua cama, no alojamento. Embrulhei dois pedaços de carvão roubados em um papel pardo e desenhei uma pequena borboleta no topo, com caneta e tinta. *Para Hans*, escrevi, *5 de outubro de 1944. A cada nova jornada, que suas asas possam sempre voar alto.*

Capítulo 52

LENKA

Após a ausência de Friedl, minha mãe e os tutores-chefes do abrigo das crianças, Rosa Englander e Willy Groag, continuaram a trabalhar com as crianças de Terezín. A cada dia que se passava, contudo, prendíamos a respiração, sem saber quando receberíamos nossos documentos de transporte. No dia 16 de outubro de 1944, a esposa de Petr recebeu a notificação de seu transporte e ele decidiu ir com ela. Ele não me contou sobre sua decisão; só descobri quando encontrei sua cadeira vazia. Somente então, depois que perguntei a alguém onde ele poderia estar, é que me disseram que ele se oferecera para partir no transporte daquela manhã.

Senti como se tivesse passado do ponto da emoção. Desde o meu interrogatório, não tinha mais quase nada dentro de mim. No dia 26 de outubro, ouvimos a notícia de que a Gestapo enviara Fritta e Leo Haas no transporte para o leste também. Descobri que eu me via incapaz de chorar. Eu era como uma máquina. Existia à base de quase nada além de ar.

Em novembro de 1944, minha mãe foi informada do seu transporte.

Naquela noite, depois de recebermos a notícia, nossa família se reuniu em frente ao alojamento. O ar estava tão gelado que conseguimos ver nossas respirações ao falar. Marta estava com a mão na frente da boca para se aquecer. O braço comprido e exausto de papai enlaçava mamãe, que agora estava tão frágil que parecia a ponto de quebrar sob o peso dele.

— Eu e sua mãe discutimos o assunto, filhas. Eu vou me oferecer amanhã para ir junto no mesmo transporte. Vocês duas ficam aqui.

As palavras dele soaram de um modo estranho em meus ouvidos. Um eco dos anos anteriores, quando papai insistira para que eu partisse com os Kohn e que o restante da família permanecesse na Tchecoslováquia.

— Dessa vez o senhor está me dizendo que eu não posso ir? — questionei de tal maneira que ele reconheceu a ironia da situação.

— Lenka — disse ele. — Por favor.

— Viemos como uma família, vamos partir como uma família.

— Não — respondeu. — Não há dúvida de como é a vida em Terezín. Sua mãe e eu vamos ficar mais tranquilos sabendo que vocês duas ficaram aqui.

— Mas, papai... — interveio Marta. — Não podemos ficar separados. As fronteiras podem mudar durante a guerra e, se vocês forem forçados a ficar de um lado, e nós no outro...?

Papai balançou a cabeça e mamãe simplesmente ficou ali, parada, chorando.

Naquela noite, eu disse a Marta para não se preocupar. Eu mesma iria até o Conselho de Anciãos e inscreveria nossos nomes na lista do transporte. E foi exatamente o que fiz.

⚜

Meu pai ficou furioso quando descobriu minha transgressão.

— Lenka! — berrou ele. Seu rosto parecia uma caveira. Havia um hematoma azul logo abaixo do olho esquerdo, obviamente alguém tinha batido nele depois que o vi pela última vez. — Tanto eu como você sabemos que vocês estarão mais seguras aqui em Terezín do que naquele transporte.

— O gueto está mudando — disse a ele. — Não nos sentimos mais seguras aqui. Que diferença vai fazer outro lugar?

Ele começou a tremer na minha frente. Eu tinha vontade de estender a mão e tocar seu hematoma. Queria encontrar vinte quilos de carne e recolocá-los sobre seus ossos. Queria sentir que podia abraçá-lo de novo.

— Não podemos ficar separados — insisti.

— Lenka...

— Papai, se nos separarmos agora, que sentido tem eu ter ficado? Eu estava chorando. Meus olhos pareciam diques.

— Não podemos nos separar agora. Nunca, papai, nunca.

Ele assentiu. Suas pálpebras se fecharam como duas cortinas finas como papel.

— Venha cá — sussurrou ele. Abriu os braços e me trouxe de encontro a seu peito.

E, por um segundo, consegui esquecer o fedor, a sujeira, o esqueleto oco e côncavo que agora era o meu pai. Éramos dois fantasmas costurados um ao outro. Eu era filha dele. E o coração de meu pai batia de encontro ao meu.

***

Havia mais de cinco mil pessoas no nosso transporte naquele mês de novembro. Na noite anterior, fomos isolados. Fomos acordados assim que amanheceu. Então, sombriamente carregamos nossas malas e mochilas, agora perceptivelmente mais leves do que os cinquenta quilos que tínhamos trazido para Terezín. Não tínhamos mais nenhuma comida para levar, e o pouco de roupa que havíamos trazido, tempos atrás, já se desintegrara. Enquanto caminhávamos na direção do trem de gado que nos aguardava, jornais esvoaçavam na calçada vazia. Eu me esforcei para ler as manchetes. Um dos homens do nosso transporte tentou apanhar um deles, mas recebeu uma coronhada na nuca de um dos soldados que nos supervisionavam.

⁘

Preciso mesmo contar a parte seguinte da minha história? Preciso detalhar como era estar num trem de gado, onde estávamos extremamente apertados, e como o penico que servia de latrina transbordava em nossos pés, ou como o vagão era tão escuro que eu só conseguia enxergar o branco dos olhos dos meus pais e da minha irmã? Até hoje, posso sentir o medo, a fome. Numa das últimas lembranças que tenho da minha mãe, ela parecia um lobo faminto. Seu cabelo estava branco e seco. Dava para servir sopa no oco de suas faces ou reunir as lágrimas amontoadas nos vales sob os seus olhos.

Eu me lembro do braço emaciado do meu pai em volta de Marta. Da viagem de três dias — do trem que parava e voltava a andar —, do interior negro como um breu do vagão, do fedor, dos quase-mortos empurrados para um canto com as malas. Sabíamos que o lugar para onde estávamos indo seria ainda pior do que Terezín. Apertada ao lado da minha irmã, eu a ouvi sussurrando palavras que nunca conseguirei esquecer, não importa quantos anos se passem.

— Lenka, cadê o Golem agora?

Houve muitos empurrões quando chegamos. A porta do nosso vagão de gado foi deslizada para o lado e homens da SS com pastores-alemães que lutavam para se soltar das correias berraram para a gente sair. Tropeçamos em neve da altura do nosso joelho. Prisioneiros esquálidos de camisas e calças listrados, com bonés nas cabeças raspadas, carregavam caixas com uma expressão vazia e cansada. Vi uma placa em que estava escrito AUSCHWITZ, um nome que não me dizia nada.

Olhei para o céu cinzento como aço e vi as chaminés soprando fumaça preta. *Deve ser aí que vamos trabalhar*, pensei. Em fábricas destinadas a colaborar com o esforço de guerra dos alemães.

Como eu estava errada!

⚜

Fomos ordenados a deixar nossas malas em pilhas. Achei aquilo estranho. Em Terezín, podíamos carregar nossos próprios pertences, e, enquanto eu olhava fixamente para o enorme amontoado de valises e mochilas, todos eles etiquetados com os números do nosso primeiro transporte, mas não com os nossos nomes, imaginei como conseguiriam devolver a mala certa de cada pessoa.

Os idosos e as crianças menores foram ordenados a ir para a direita. Os jovens e mais fortes ficaram na esquerda. Meu pai foi empurrado tão rapidamente que eu o perdi de vista em questão de segundos.

Minha mãe também foi enviada para a direita junto com os idosos, os enfermos e as criancinhas pequenas. Eu me lembro de ter pensado que isso era uma bênção, pois ela não teria mais de trabalhar tão duro quanto nós, que parecíamos fortes. *Ela vai cuidar dessas crianças*, eu disse a mim mesma. *Vou encontrar materiais de arte, como fiz em Terezín, e ela vai continuar a ensinar as crianças a desenhar.*

Quantas vezes não retornei a essa última imagem que tenho dela? Minha mãe, que um dia fora tão linda, ali de pé como uma garça. Seu longo pescoço branco e tenso, acima do decote do vestido rasgado e sujo. Sua coluna curvada, esforçando-se para manter-se ereta. Ela já era uma aparição, a pele tão translúcida quanto cascas de ovos. Olhos verdes aquosos. Ela olhou para Marta e para mim, e, através do nosso medo, nós nos comunicamos. Como se fosse um código particular de gestos secretos — o piscar ligeiro de nossos olhos, o tremor de nossos dedos, que temos medo demais de levantar —, eu disse à minha mãe que eu a amava. Eu me conectei com ela, apesar de eu e minha irmã estarmos sendo encaminhadas para uma fila, e ela para outra. Minha mãe. Eu a abraço por dentro até hoje, um abraço eterno, guardado para sempre na minha mente.

⚜

Fomos obrigados a caminhar pela neve na direção do portão de ferro preto e das chaminés com suas nuvens de fumaça escura. As rajadas de vento pareciam agulhas de gelo em nossa pele, umedecendo até as minhas meias-calças. O casaco preto que eu havia trazido de Praga estava completamente gasto e coberto de buracos.

As pessoas pediam por suas malas.

— Vocês vão receber suas coisas mais tarde — vociferava o guarda da SS para nós.

Os cachorros espumavam pela boca. Fiquei petrificada ao ver seus dentes afiados como navalhas, o tom rosado de suas gengivas.

Não existia nenhum Conselho de Anciãos para nos receber, como em Terezín. Não havia nenhuma fila organizada movimentando-se lentamente. Em vez disso, só existiam caos e gritos constantes ao redor. Outros prisioneiros nos batiam com varas e nos davam ordens em polonês ou alemão para ficarmos na fila. Marta caminhava na minha frente, seus movimentos rígidos sugerindo que ela estava em transe. Senti vontade de correr até ela, segurar sua mão e lhe dizer que estávamos juntas — que iríamos proteger uma a outra —, mas tive medo demais. Vi a respiração dela no frio. Vi suas pernas tremerem.

Andamos mais um pouco e atravessamos o portão. Li a placa afixada acima dele, onde estava escrito em alemão ARBEIT MACHT FREI. O trabalho liberta.

As torres de vigia lançavam cilindros de luz branca ofuscante. Contra o arame farpado, vi os corpos cheios de mordidas daqueles que não haviam conseguido fugir dos cachorros.

Fomos obrigados a marchar até um edifício de madeira crua, onde nos disseram para tirar a roupa. Prisioneiros sentados diante de escrivaninhas anotavam de onde éramos e nossos nomes, e nos diziam para assinar os cartões.

Fomos enviados para um salão. Estávamos tremendo: nossos corpos não tinham nenhuma gordura para nos aquecer. Vimos o contorno das costelas uns dos outros, e o desenho serpentino das nossas espinhas. Tive vontade de enlaçar Marta e cobri-la, minha irmãzinha a quem eu era incapaz de proteger.

Todos tentamos nos cobrir com mãos trêmulas, mas de nada adiantava. Logo nos ordenaram que levantássemos as mãos enquanto homens raspavam nossas axilas e em torno de nossa genitália. Um homem cuidava das axilas, enquanto o outro trabalhava mais embaixo. Mais tarde eu viria a descobrir que também raspavam a cabeça de todos os outros prisioneiros, menos os que vinham dos transportes tchecos. Por algum motivo, eles nos permitiam conservar os cabelos.

Eles nos amontoaram em outro cômodo, onde nos deram banho de mangueira com água gelada. Depois, mulheres da SS vestidas com botas de montaria com pequenos chicotes nas mãos nos entregaram roupas. A essa altura, eu já havia me dado conta de que tudo em Auschwitz funcionava com a máxima eficiência. Tudo era metódico e preciso, tal como as linhas de montagem de uma fábrica bem-gerenciada.

Eu recebi um vestido marrom largo, vários números maior que o meu, e um par de tamancos de madeira tão apertados que mal conseguia andar com eles.

Naquela noite, mandaram-nos ficar agachados no chão de cimento com a cabeça abaixada. Se nos levantássemos, recebíamos uma varetada na cabeça.

De uma coisa, tenho certeza. Qualquer crença que eu ainda tinha em Deus enquanto estava em Terezín agora se havia dissipado por completo.

Acordei na manhã seguinte deitada no chão. Marta não estava ao meu lado, o que me deixou tomada de medo. Eu me levantei e vomitei bile na neve.

Uma garota que eu conhecia de Terezín me empurrou na direção de alguma coisa.

— Vão nos mandar para a câmara de gás — sussurrou ela. — Você consegue sentir o cheiro do crematório, não é?

Eu disse que não acreditava no que ela estava dizendo.

— É verdade — insistiu, enquanto me empurrava mais para a frente. Ela apontou para as duas chaminés altas que eu me lembrava de ter visto no dia anterior. — Elas queimam dia e noite — disse. — Todos nós vamos morrer.

Repeti que ela estava errada. Que não podia ser verdade.

— Precisam da nossa ajuda na guerra. Por que nos matariam agora, depois de todos esses anos em Terezín?

Ela parou de falar, mas continuou puxando a minha mão enquanto caminhávamos na direção da luz mais à frente. Ela estava enganada quanto ao que aconteceria conosco. Em vez de nos mandarem para a câmara de gás, nos mandaram para um cômodo onde tatuaram números em nossos braços.

Recebi o número 600454, e foi naquela noite que perdi o meu nome, Lenka Maisel Kohn. Agora eu deveria atender apenas por aquele número e me identificar apenas por ele. Eu era seis números azuis tatuados para sempre na minha pele.

Marchamos na direção do nosso alojamento e foi ali que encontrei Marta. Ela era uma das dez que estavam na cama. Deitada de lado, olhando para o seu número. Olhou para mim e percebi que ela estava com medo demais — e exausta demais — sequer para chorar.

Fomos chamados ao raiar do dia e ordenaram que arrastássemos rochedos de um lado do campo para o outro. Era um trabalho idiota e sem sentido, cuja intenção era nos exaurir e humilhar. Ouvimos o apito e vimos os homens dos alojamentos serem obrigados a correr em círculos. Os que não corriam com a velocidade correta eram alvejados, o sangue encharcando a neve suja de fuligem.

Nas paredes dos alojamentos, os alemães pintaram slogans. A LIMPEZA É SAGRADA estava escrito no nosso. Fui selecionada para pintar números em placas que eram usadas para identificar cada alojamento.

Encontrei Dina, minha amiga de Praga, em nosso alojamento. A última vez que a vi foi na rua perto do meu apartamento, quando ela havia escondido a estrela amarela no bolso para poder assistir à *Branca de Neve*, da Disney.

Mais de um ano atrás, ela me disse que havia pintado um mural nos alojamentos das crianças dali com tintas têmpera. Ela me contou que Freddie Hirsch, que ela conhecera em Terezín, pedira que ela o fizesse.

— Fiquei em Terezín somente dezoito meses. Quando cheguei a Auschwitz, um amigo me levou até o alojamento das crianças, onde vi uma parede imensa e sem graça na minha frente — sussurrou. — Olhei para aquela parede e fingi que era um chalé suíço. Comecei a pintar vasos de flores, depois vacas e ovelhas a distância. Quando as crianças começaram a me rodear, perguntei o que elas queriam que eu pintasse e todas clamaram que queriam a Branca de Neve.

Ouvi a história dela, espantada.

— Eu tinha visto *Branca de Neve* várias vezes lá em Praga e pintado o filme milhares de vezes na minha cabeça — disse ela. — Eu pintei todos os anõezinhos de mãos dadas dançando em torno da Branca de Neve. Você devia ter visto a cara das crianças depois que terminei!

Ela me disse que as crianças inclusive tinham dado um jeito de usar o mural como cenário para uma peça secreta que haviam encenado. Ela fez uma coroa de papel e pintou-a de dourado para a rainha. Com tinta preta, pintou tiras de papel e as prendeu na coroa para que parecessem cabelos negros.

Embora a peça devesse ser um segredo, alguns oficiais da SS assistiram.

— Um dos guardas contou ao Dr. Mengele que fui eu a autora do mural, e agora eu pinto retratos de ciganos na clínica dele.

Adormeci exausta naquela noite. Sonhei com o mural da minha amiga, desejando que tudo aquilo não passasse de um conto de fadas, de um feitiço maligno lançado por uma rainha má e que a bela Branca de Neve logo despertasse e arruinasse seu plano do mal.

CAPÍTULO 53

LENKA

Houve muitas perdas na minha vida. Sou capaz de contá-las como as contas de um beduíno. Cada uma aquecida e alisada por uma mão nervosa. Seguro este rosário na minha cabeça, e cada conta tem sua própria cor. Josef é do mais escuro azul; sua morte, da cor do oceano. Meus pais, que deixaram este mundo na mais imperdoável chaminé de fumaça, são da cor das cinzas, e Marta, do mais puro branco. A conta dela fica bem no meio do cordão.

Minha irmã e eu trabalhamos juntas em Auschwitz, lado a lado, num cômodo conjugado ao crematório. Depois que a SS ordenava que os homens, as mulheres e as crianças escolhidos para a câmara de gás tirassem suas roupas, era nossa tarefa vasculhar seus pertences.

Havia pilhas de casacos e de chapéus. Pilhas de vestidos e de meias. Pilhas de mamadeiras de vidro. Pilhas e pilhas de chupetas, de sapatinhos pretos. Até hoje, não consigo olhar para uma pilha de roupa lavada em minha casa. Dobro tudo e guardo rapidamente, para não me ver olhando para uma montanha de roupas e me lembrar de Auschwitz.

Mandavam que nos ajoelhássemos e vasculhássemos cada item descartado. Deveríamos abrir costuras e procurar itens de ouro escondidos, e diamantes costurados nos forros dos ternos, e procurar bolsos que ainda guardassem dinheiro. Também tínhamos de olhar dentro das cabeças das bonecas, procurando colares de pérolas ou braceletes que pudessem ter sido escondidos dentro de seus crânios de porcelana.

Todos os dias trabalhávamos do nascer ao cair do sol. As câmaras de gás e o crematório ardiam sete dias por semana, 24 horas por dia. De manhã, chegávamos e as roupas já estavam empilhadas quase até o teto. Nossos dedos aprenderam a trabalhar de um modo experiente, a sentir a barra de uma saia, não em busca da perfeição dos pontos, e sim com o toque explorador das mãos de um cego sentindo as letras de um livro em Braille.

Eu tentava me pôr em transe enquanto trabalhava. Não queria pensar na pobre mulher desesperada que havia costurado sua aliança dentro do forro do casaco, nos brincos de diamantes que estavam costurados dentro de uma gola, nem nas pequenas peças de ouro que eu descobrira na aba de um chapéu com forro de pele.

Marta e eu recebemos ordens de despejar tudo o que encontrássemos em caixas. Eu fazia conforme ordenado. Não tirava os olhos do meu trabalho, enquanto rasgava costuras e cortava forros de seda. Eu trabalhava como uma pessoa que já estivesse morta. Como poderia trabalhar de outra maneira, quando ouvia os gritos dos passageiros do transporte mais recente fazendo fila lá fora, berrando de pavor quando descobriam que estavam prestes a ir para a câmara de gás? O choro das crianças e das mães implorando por misericórdia? Para cada peça de ouro que eu descosturava de um tecido, um daqueles gritos era costurado em mim. Até o meu último suspiro, eu nunca, jamais conseguirei esquecê-los.

Por mais fraca e moribunda que minha irmã parecesse a cada dia que se passava, havia um ar de desafio nela que eu não conseguia entender. Quando trabalhávamos lado a lado, eu às vezes a via pegar uma das joias que descobria e atirá-la na latrina.

— O que você está fazendo? — perguntava baixinho, irritada, para ela. — Se virem você, vão te dar um tiro!

— Prefiro receber um tiro a dar isso aqui a eles! — Ela estava segurando uma saia de veludo e a visão de suas mãos era horrível. Elas não pareciam mais as mãos da minha irmã, e sim garras. Puro tendão e osso.

— Se o judeu que limpa a latrina encontrar esse diamante, talvez consiga trocá-lo e salvar sua vida...

— Vão atirar em você — falei para ela. — Se souberem que somos irmãs, vão atirar em mim primeiro. Fazer você assistir e depois atirar em você.

Mas Marta não arredava pé.

— Lenka, se eu der tudo para eles... a minha vida já estará perdida.

Naquela noite, eu me aninhei ainda mais perto de minha emaciada irmã. Senti a magreza de sua pelve ao lado da minha, o peso quase ausente do braço que ela atirou sobre mim em sua letargia espasmódica. Era como abraçar uma gaiola vazia, costelas de arame, corpo oco.

Se eu soubesse que seria a última vez que a tocaria, teria lhe abraçado com tanta força que seus ossos teriam saltado por baixo de sua bainha fina de pele.

Na manhã seguinte, um dos SS viu minha irmã atirar um broche na latrina. Berrou com ela, perguntando o que ela estava fazendo. Marta ficou ali, parada, como um cisne congelado. Suas pernas brancas saíam de baixo da barra de seu frouxo vestido marrom, mas eu não detectei nenhum tremor sequer nela.

— Vá apanhar o broche de volta, sua puta judia imunda! — gritou o guarda. Ela de início não se mexeu. Minha linda irmã ruiva. Ele se aproximou dela, enfiando o rifle bem na sua cara. — Entre naquela latrina agora, sua merdinha judia! — Eu a vi ali parada, olhando-o diretamente nos olhos, e não num sussurro, nem com o mais ligeiro tremor de voz, minha irmã disse sua última palavra, pronunciada em tom de desafio.

— Não.

E então, bem na minha frente, com a rapidez de que somente o mal é capaz, Marta recebeu um tiro na cabeça.

Capítulo 54

LENKA

Meus pais sumiram pelos ares de Auschwitz e minha irmã por sua terra encharcada de sangue. Algumas semanas depois da morte de Marta, os alemães, sentindo que os soviéticos chegariam aos campos a qualquer instante, começaram a nos transferir aos milhares para outros campos mais a oeste. Alojamentos inteiros sumiam da noite para o dia.

No início de janeiro de 1945, fomos despertados pouco depois da meia-noite e obrigados a ir para o frio terrível. Dava para ver as chaminés queimando ao longe. Até mesmo o crematório parecia estar ardendo.

— Eles estão queimando as evidências — sussurrou uma das garotas. — Os soviéticos já devem estar na fronteira.

Depois que os alemães chamaram cada um dos nossos números, começaram a berrar para a gente ir andando. Estávamos meio adormecidos e completamente emaciados, e muitos de nós tropeçaram na neve. Cada um que caía era alvejado. Os corpos não emitiam nenhum som ao atingirem a terra gelada. A única evidência das mortes era o rastro de sangue que serpenteava dos crânios.

Como gado, fomos levados no meio da neve de janeiro. A expectativa dos nazistas era que morrêssemos antes de atingir o pasto. Observei quase todo mundo que caminhava à minha frente cair e não levantar mais. Outros foram alvejados por andarem devagar demais, e outros ainda apenas por lançar um olhar desesperado a algum nazista. Eu só sobrevivi porque uma mulher logo atrás de mim, em seu luto, achou que eu parecia sua filha morta. Quando eu caía, ela me levantava. Quando eu estava quase morrendo de inanição, ela me fazia comer neve. Nos poucos momentos em que nos permitiam fazer uma pausa, ela segurava meus pés enregelados entre as suas mãos e fazia uma bandagem com tiras de lenço para os meus dedos sangrentos. Não tenho ideia do que aconteceu com ela e, até hoje, eu gostaria de ter tido a chance de lhe agradecer. Porque foi essa mulher sem nome, que, por engano, acreditou que eu fosse sua filha, que me fez continuar andando quando era muito mais fácil morrer.

Marchamos durante três dias antes de chegarmos a Ravensbrück, onde a SS continuou a nos espancar e a alvejar quem estivesse fraco demais para continuar de pé. Fiquei em Ravensbrück por apenas três semanas antes de ser transportada de trem até outro campo, menor, chamado Neustadt Glewe. Ali, eu e mais quinze outras garotas fomos levadas de avião até uma fábrica de aviões. Por três meses, cavei trincheiras antitanque de pé no frio, vestida apenas com um vestido de estopa marrom e um par de sapatos de madeira e lona. Todos os dias e todas as noites, as outras garotas e eu olhávamos para o céu e ouvíamos o som dos aviões americanos ou soviéticos sobrevoando lá em cima, e, para dizer a verdade, não pensávamos sequer em sermos libertadas. Simplesmente achávamos que iriam bombardear as fábricas e que seríamos vítimas infelizes.

Porém, no início de maio, o impensável aconteceu. Certa manhã, acordamos em um campo que tinha sido completamente abandonado durante a noite pela SS. Eles tinham fugido como covardes, de modo que, quando os americanos chegaram, a única coisa que viram foram pilhas de cadáveres e pessoas que estavam o mais próximo da morte que um ser vivente pode estar.

Ficamos ali por algumas semanas antes de os soviéticos tomarem conta do local e nos direcionarem para os campos de pessoas deslocadas que estavam sendo erigidos por toda a Alemanha. E foi ali, num pequeno campo nos arredores de Berlim, que conheci um soldado americano chamado Carl Gottlieb.

Do mesmo modo que uma mãe pode amar uma criança órfã ou uma criança pode amar um gatinho sem mãe, foi como Carl se apaixonou por mim.

Eu não podia ser nada muito agradável de olhar. Não pesava mais do que 36 quilos e, apesar de não terem raspado nossas cabeças nos alojamentos tchecos, meu cabelo negro estava tão sujo e infestado de piolhos que parecia um tapete velho manchado.

Carl me disse que se apaixonou pelos meus olhos. Disse que eram da cor do Ártico. Que viu muitas jornadas em seu pálido azul-claro.

Anos depois, eu diria a ele que foi somente com o nascimento da nossa filha que eles finalmente começaram a degelar.

Não posso lhe dizer que eu amava o meu marido quando me casei com ele. Mas eu era viúva, órfã, e estava completamente sozinha. Permiti que aquele homem bonito e afetuoso me abrigasse sob a sua asa. Deixei que me servisse sopa de colher. Permiti que me acompanhasse até a enfermaria para que me examinassem. Eu me permiti até mesmo sorrir quando ele dançava com seus colegas soldados ao som das músicas da rádio.

E, quando ele me disse que queria me levar com ele para os Estados Unidos, eu estava tão exausta que fiz a única coisa que conseguia fazer.

Eu lhe ofereci a minha mão.

Capítulo 55

LENKA

Retornei a Praga na primavera de 1946. Carl não pôde ir comigo porque não lhe era permitido sair da Alemanha, mas insisti que eu estava forte o bastante para viajar sozinha, e ele não teve escolha a não ser me deixar ir.

Como foi estranho viajar pela Alemanha devastada pela guerra e depois chegar a Praga, que tinha sofrido muito menos com os bombardeios e ataques que haviam assolado o restante da Europa. Ali estava a minha velha cidade, aparentemente intocada. Os lilases estavam em flor, e a intensidade de seu cheiro trouxe lágrimas aos meus olhos.

Caminhei como em transe até nosso velho apartamento na margem Smetanovo nábřeži, e descobri que ele estava ocupado pela família de um oficial do governo. A expressão da esposa, que atendeu a porta, era próxima do horror.

— É nosso apartamento agora — disse ela, sem me convidar para entrar. — Você vai ter de conversar com o comitê de realocação para conseguir uma nova casa.

Eu não sabia onde passar a noite e já estava ficando frio. Então, eu me lembrei da nossa amada Lucie.

Voltei para a estação e peguei o primeiro trem até o seu vilarejo, nas proximidades de Praga.

Numa casinha não muito distante da estação, fui recebida não por Lucie, mas por sua filha, Eliška, nomeada em homenagem à minha mãe. A menininha, que agora tinha quase 10 anos, era a cara de Lucie, com a mesma pele branca e cabelo negro. Os mesmos olhos compridos e amendoados.

— Sua mãe e eu fomos amigas... — Minha voz ficou presa na garganta quando tentei explicar. — Você tem o nome da minha mãe — falei, entre lágrimas.

A garota assentiu e me pediu para entrar na pequena sala. Sobre a prateleira da lareira, eu vi o retrato de casamento de Lucie e Petr. Havia pratinhos pintados à mão sobre uma cômoda e um pequeno crucifixo de madeira numa das paredes.

Eliška me ofereceu chá enquanto eu aguardava por sua mãe, e eu aceitei. Não conseguia parar de olhar para ela enquanto acendia o fogão e tirava alguns biscoitos de uma latinha. Enquanto nós havíamos passado a guerra morrendo em campos de concentração, ela passara de uma menininha a uma garota quase adolescente. Eu não sentia amargura por isso, mas estava impressionada com aquela transformação, de qualquer forma.

Foi somente uma hora depois, quando Lucie entrou pela porta, que percebi o quanto eu mesma tinha mudado. Lucie ficou parada à porta da sala me olhando como se estivesse vendo uma pessoa ressurgida dos mortos.

— Lenka? Lenka? — repetia, como se não conseguisse acreditar em seus olhos. Colocou as mãos no rosto e pude ouvi-la tentando sufocar o choro.

— Sim, Lucie, sou eu — disse, levantando-me para cumprimentá-la.

Caminhei até ela e retirei as palmas das suas mãos de seu rosto, segurando-as. A pele era de uma mulher mais velha, embora o rosto continuasse o da minha antiga Lucie, os ângulos agudos ainda mais pronunciados.

— Rezei todas as noites para que você e sua família retornassem em segurança — disse ela, por entre lágrimas. — Você precisa acreditar em mim. Espero que tenham recebido os pacotes que enviei para Terezín.

Não duvido de que ela tenha tentado nos mandar provisões, pois, verdade seja dita, aqueles pacotes com frequência eram roubados, e não recebíamos nem um único sequer.

— Sua mãe, seu pai e Marta? — perguntou ela. — Por favor, me diga que estão bem e a salvo.

Balancei a cabeça, e ela sufocou um grito.

— Não. Não. Não — disse, sem parar. — Diga que não é verdade.

Nós nos sentamos lado a lado e seguramos as mãos uma da outra. Perguntei de Petr, dos pais dela e de seus irmãos, e ela me disse que eles tinham passado dificuldades na guerra, mas que estavam todos vivos e bem.

— Nunca esqueci a promessa que fiz à sua família — disse ela. Ela se levantou e foi até o quarto; quando voltou, carregava a cesta onde havia tão cuidadosamente guardado as joias de mamãe, anos atrás. — Ainda tenho as coisas da sua mãe... e as suas também, Lenka. Agora são suas — disse ela, colocando-as em minhas mãos.

A filhinha de Lucie veio se sentar ao lado dela enquanto eu desenrolava as peças, uma a uma. A bela aliança e a gargantilha de mamãe, o camafeu da mãe de Josef e minha própria aliança, dourada e com uma inscrição gravada para mim.

— Obrigada, Lucie — disse, abraçando-a. Nunca pensei que teria alguma coisa que fora de minha mãe novamente.

Ela não conseguia falar, e eu via que ela olhava de relance diversas vezes para a própria filha.

— Você recebeu o nome da mãe de Lenka — disse-lhe finalmente. — Esta noite você vai ceder sua cama e deixar Lenka dormir no seu quarto, Eliska.

A menininha pareceu confusa com a minha presença. Obviamente, não tinha lembrança de quem eu era, muito menos de como, alguns anos atrás, eu a observara dar os primeiros passos.

— É uma honra ter você aqui, Lenka, e quero que fique o tempo que for necessário.

✺

Fiquei por uma semana, e naquele meio-tempo descobri que o jovem rapaz, Willy Groag, que trabalhava com a minha mãe, tinha sido libertado de Terezín. Ele retornara à cidade com duas malas cheias de desenhos das crianças, que a colega de mamãe, Friedl, confiara a outra colega, Rosa, na noite anterior àquela em que fora mandada para Auschwitz. Havia 4.500 desenhos.

Leo Haas também sobrevivera a Auschwitz e retornara a Terezín para retirar seus desenhos escondidos por entre os tijolos. Ele, junto com o engenheiro Jiří, que também sobrevivera à guerra, foram até o campo de plantio onde os desenhos de Fritta estavam escondidos e cavaram com pás até atingirem o cilindro de metal que continha todo o trabalho de Fritta.

Anos mais tarde, eu me encontrei com Haas e descobri que ele e sua esposa tinham adotado o filho de Fritta, que ficara órfão depois da guerra. Haas parecia mais doce do que em Terezín. Os tons ríspidos de que eu me recordava haviam sumido; agora ele falava como se fôssemos iguais, como se tivéssemos nos tornado iguais apenas por termos sobrevivido. Durante o chá, ele me contou que carregara Fritta, doente e fraco de disenteria, e o retirara do vagão de gado quando chegaram a Auschwitz. Ele e outro colega cuidaram dele para que recuperasse a saúde.

— Fritta durou apenas oito dias, escondido num alojamento — contou-me. — Um médico amigo nosso tentou lhe dar fluidos com um conta-gotas, mas ele morreu em meus braços.

— Petr e Otto? — Eu disse os nomes dos dois hesitante, como se minhas lembranças deles estivessem prestes a se estilhaçar em minhas mãos.

— Petr e sua esposa morreram na câmara de gás poucos dias depois de chegarem.

— E Otto? — Minha voz tremia.

— Otto... — Ele balançou a cabeça. — Foi visto com vida pela última vez em Buchenwald, mas morreu dias depois da libertação.

Haas, que nunca foi de demonstrar emoção, lutou para manter a compostura.

— A última imagem que alguém alega ter visto de Otto é dele agachado num canto da estrada com um carvão na mão esquerda, e a outra mão flácida, caída ao lado do corpo. Ele estava tentando desenhar os cadáveres ao seu redor num pedaço de papel que não era maior do que isso... — Haas desenhou um círculo em torno do centro da palma de sua mão.

Levei a mão à boca.

Haas ficou ali parado, balançando a cabeça.

Como nunca havíamos sido próximos, eu não lhe contei a minha história. A história de como retornei a Terezín alguns meses após a libertação.

Depois de me despedir de Lucie, peguei um trem que percorria a mesma rota que levara minha família a Bohusovice, alguns anos antes. Apesar de agora eu não carregar comigo nenhuma mochila, apenas uma pequena mala de lona, o peso dos fantasmas dos meus pais e da minha irmã era tão pesado quanto uma pilha de tijolos amarrada às minhas costas.

Caminhei silenciosamente pela estrada de terra até chegar aos portões do gueto. Tive a sensação de estar retornando a um sonho estranho, um sonho recorrente sobre uma peça de teatro; nesta versão, o cenário permanecia idêntico, mas todo o elenco havia sumido. Não havia sinal de Petr caminhando pela rua com seu bloco de desenho e seu vidro de tinta. Já não havia mais a visão antes onipresente do carro funerário puxando uma montanha de malas ou um amontoado de corpos idosos que já não conseguiam mais andar. Ao contrário, quase não havia ninguém naquele lugar que um dia estivera fervilhando de pessoas.

Tive de piscar várias vezes para me acostumar com a visão de Terezín vazia. O gueto se transformara numa cidade-fantasma.

O alojamento também estava completamente vazio e apenas uns poucos soldados aliados patrulhavam as ruas.

— O que você está fazendo aqui? — perguntou um deles para mim.

Parei onde estava, subitamente aterrorizada, a adrenalina correndo pelo meu corpo. Eu levaria uma eternidade até superar esse medo. Embora agora eu fosse tecnicamente uma pessoa livre, ainda não acreditava nisso.

— Deixei uma coisa aqui. — Minha voz tremia. Enfiei a mão na bolsa para mostrar a ele o cartão de identificação que me haviam dado na libertação. — Fui prisioneira e quero ver se o que estou procurando continua aqui.

— É valioso? — perguntou o soldado. Seu sorriso era torto e não tinha um dos dentes de baixo.

— Para mim, é. É uma pintura que eu fiz.

Ele encolheu os ombros, obviamente nada interessado.

— Vá em frente, mas não demore o dia inteiro.

Assenti e caminhei depressa até o alojamento Hamburgo.

⚜

Se as sombras tivessem cheiro, o cheiro de Terezín seria esse. Eu ainda conseguia sentir o odor horroroso dos corpos atulhados. Das paredes úmidas. Do chão de terra. Mas, enquanto descia os degraus do porão do alojamento, ocorreu-me que era a primeira vez que eu ouvia os sons dos meus próprios passos em Terezín. De repente, senti frio, o eco dos meus próprios sapatos reforçando quão sozinha eu de fato estava.

Tentei pensar em Carl para acalmar os meus nervos. Tentei ouvir a voz dele na minha cabeça, dizendo para eu me manter decidida. Eu voltaria ali e encontraria a minha pintura. E, quando a tivesse em minhas mãos, deixaria aquele lugar para sempre.

⚜

Entrei numa antecâmara no porão, exatamente como Jiří descrevera. Fiquei ali parada por um instante, como uma criança numa casa de espelhos, sem saber para onde olhar ou por onde começar minha escavação. Chutei o chão de terra com a ponta do meu sapato. O solo estava duro e compacto.

Enfiei a mão na minha mala de lona e tirei de lá a pequena pá que Lucie me emprestara. Puxei a saia para cima e caí de quatro no chão, como um animal cavando em busca de algo perdido.

Eu disse a mim mesma que não pararia de cavar, até encontrá-la. Que não pararia nem por um instante. Eu desenterraria o desenho de Rita e Adi do mesmo modo como o criara, com as cutículas arrancadas, as mãos cansadas e a pele rachada. Meu próprio sangue encharcando a terra.

⚜

Levei quase duas horas para encontrar a obra. Lá estava ela, exatamente como prometera Jiří, guardada dentro de um tubo fino de metal.

Capítulo 56

LENKA

Eu me casei com meu segundo marido no consulado americano em Paris. Uma dúzia de outros casais, todos eles soldados do exército dos Estados Unidos e suas noivas europeias, esperavam lá fora. No caminho, compramos flores na Rue du Bac e tropeçamos nas ruas com calçamento de pedra, meus pés desacostumados com sapatos de numeração correta. Usei um terninho azul-marinho e arrumei o cabelo sem nenhum cuidado especial, apenas uma fivela marrom acima da minha orelha.

Depois da cerimônia, Carl me perguntou aonde eu gostaria de ir para comemorar.

A única coisa que eu queria era palačinka.

— Crepes — disse a ele, que apertou a minha mão como alguém faria com uma criança. Imaginei-me criança sentada à mesa da minha mãe. A toalha de ilhós branco, o prato de porcelana repleto de crepes com geleia de abricó polvilhados com açúcar de confeiteiro.

— Como você é fácil de agradar! — disse ele, com um sorriso. Encontramos um pequeno café e sentamos. Pedi crepes com manteiga derretida e geleia, e ele, um *croque monsieur*. Brindamos com xícaras de chá quente e uma taça compartilhada de champanhe. Perdi as flores no caminho para casa.

Naquela noite, num hotelzinho à margem esquerda do Sena, Carl fez amor comigo, sussurrando que me amava, e que estava muito feliz de eu ser sua esposa. Eu me lembro de tremer em seus braços. Vi meus membros brancos parecidos com varetas enlaçados nos dele, meus tornozelos presos em torno das suas costas poderosas. Para mim, suas palavras pareciam ter sido feitas para outra pessoa. Quem era eu para evocar tais sentimentos? Já não pensava em meu coração como um órgão de paixão, mas sim como um órgão cuja única lealdade era com o sangue que bombeava em minhas veias.

Nos Estados Unidos, eu me esforcei para ser boa e zelosa. Comprei o livro de receitas Fannie Farmer e aprendi a fazer uma boa caçarola e uma gelatina de framboesa com fatias de tangerina no meio. Disse ao meu marido que ele era muito gentil de me dar um aspirador de pó de aniversário e me trazer rosas brancas no nosso aniversário de casamento.

Mas, para sobreviver neste mundo estrangeiro, precisei ensinar a mim mesma que o amor era muito parecido com uma pintura. Os espaços negativos entre as pessoas é tão importante quanto os espaços positivos que ocupamos. O ar entre nossos corpos em descanso e a respiração entre nossas conversas pareciam o branco da tela, e o restante do nosso relacionamento, as risadas e as lembranças, eram as pinceladas aplicadas ao longo do tempo.

Quando abraçava aquele que foi meu marido por 52 anos, eu não conseguia escutar as batidas de seu coração como escutava as de Josef naquele punhado de dias e noites que compartilhamos. Seria porque eu engordei com o passar dos anos, e a gordura extra em torno do meu peito me impedia de sentir o fluxo sanguíneo do corpo dele da mesma maneira como me lembro de sentir fluindo no corpo de Josef? Ou seria porque no segundo amor não estamos tão atentos? Meu coração estava mais calejado no meu segundo amor. Criou um revestimento em torno de si, e não sei o que mais ele deixou, trancado, do lado de fora ao longo dos anos.

No meu coração também havia rachaduras, por onde sentimentos muito profundos e crus conseguiam passar. O nascimento da minha filha foi um desses momentos. Quando a segurei nos meus braços e vi meu reflexo em seus olhos azuis, senti a emoção mais poderosa que já tinha sentido na vida. Tracei cada contorno do rosto de sua perfeição de recém-nascida, e vi a testa alta do meu pai, meu queixo pequeno e estreito e o sorriso da minha mãe. E, apesar do isolamento de nossas próprias vidas, vi pela primeira vez como sempre estamos conectados com nossos ancestrais; nosso corpo detém a lembrança daqueles que vieram antes de nós, seja nas feições que herdamos, seja nas disposições traçadas em nossa alma. À medida que fui envelhecendo, percebi quão pouco controle de fato temos em relação ao que nos é dado neste mundo. E já não mais batalhava contra os meus demônios: simplesmente passei a aceitar que eles faziam parte de mim. Como uma dor em meus ossos que tento afastar todos os dias em que desperto, uma luta interna comigo mesma para não olhar para trás, para focar em cada novo dia.

Dei à minha filha o nome de Elisa, em memória à minha mãe. Eu a vesti com lindas roupas e lhe dei um caderno de desenho quando ela ainda não tinha nem 5 anos. Quando a observei segurando seus lápis coloridos pela primeira vez, soube que ela herdara o talento da minha família. Ela sabia não apenas como replicar o que via diante de si, mas também como ver mais além, além da superfície. Ver além da linha. Minhas mãos estavam danificadas por causa dos anos de privação, de frio e das condições de Auschwitz, mas às vezes, apenas para instruí-la, eu segurava um lápis ou um pincel e enfrentava a dor para ilustrar algum conceito à minha filha, sempre ansiosa em aprender.

Nunca contei a ela quando era pequena os detalhes da minha vida antes de seu nascimento. Ela apenas sabia que tinha o nome da minha mãe.

Da fumaça de Auschwitz, eu não falava. A escuridão, as cicatrizes mentais — o motivo daquela dor nas minhas mãos —, eu mantinha tudo isso em segredo. Como uma roupa de luto escondida embaixo das minhas vestes, costurada à minha pele, que eu usava todos os dias, mas nunca revelava a ninguém.

Nem a minha pintura, eu compartilhava. Algumas noites, quando Carl e Elisa estavam dormindo, eu entrava no closet do meu quarto, acendia a luz e fechava a porta. Ali num canto, atrás da minha caixa de costura, das caixas de plástico de minhas sandálias e sapatos, eu guardava minha pintura adorada. Doía ter de guardá-la entre coisas tão cotidianas, doía que eu não tivesse a coragem de exibi-la ou contar à minha família sobre a sua existência. Porém, era como uma ferida aberta que eu mantinha escondida, mas cuidava à noite em segredo. Nas noites em que eu não conseguia dormir, quando meus pesadelos me dominavam, eu a retirava de seu tubo de papelão e olhava os rostos de Rita e seu filho recém-nascido. Ouvia a respiração de Carl, imaginava minha doce menina dormindo no quarto ao lado, e finalmente me permitia chorar.

Capítulo 57

LENKA

Dei à luz apenas uma criança. Uma filha. Carl e eu tentamos durante anos ter outro bebê, mas era como se meu corpo não pudesse produzir mais do que uma única cria. Cada veia, cada pedacinho de osso, tudo foi extraído de mim para fazer aquela criatura perfeita.

Elisa cresceu forte e alta. Tinha os braços e as pernas de seu pai norte-americano. Corria tão rápido quanto um potro, suas pernas cor de âmbar esticando-se em saltos poderosos. Lembro-me de ficar sem fôlego quando eu a via no parquinho correndo atrás dos meninos. Quem era aquela garotinha capaz de saltar mais rápido do que uma gazela, que desfazia suas tranças apertadas porque amava a sensação do vento em seus cabelos? Era minha, mas era, ao mesmo tempo, tão selvagem e livre.

Eu amava esse traço em minha filha. Amava que ela fosse intrépida, que tivesse paixão no coração, que adorasse sentir o sol no rosto e correr até a praia apenas para sentir a água lambendo os dedos de seus pés.

Eu me preocupava em segredo. Nunca contei a ela como todas as noites eu precisava lutar contra a ansiedade que disparava em minha cabeça, o medo de que alguma coisa terrível acontecesse com a minha filha.

Eu enfrentava os meus pensamentos como se fossem leões dentro de mim. Eu lutava contra mim mesma para não permitir que a escuridão do meu passado contaminasse qualquer parte da vida de Elisa. Ela teria uma vida pura e dourada, sem sombras, eu jurava. Jurava sem parar.

Minha filha tinha 5 anos quando me perguntou pela primeira vez o que era a minha tatuagem. Nunca esquecerei o peso quase nulo do dedo dela tracejando os números em meu braço.

— Para que esses números? — quis saber, quase espantada.

Eu temia aquele momento desde o nascimento dela. O que eu lhe diria? Como poderia poupá-la dos detalhes do meu passado? Não havia maneira alguma na face da Terra de permitir que uma única imagem do meu pesadelo se imiscuísse naquela bela e angelical cabecinha.

E assim, naquela tarde, com Elisa sentada no meu colo, o dedo sobre a minha pele, a cabeça sobre o meu peito, menti para minha filha pela primeira vez.

— Quando eu era pequena, sempre me perdia — contei a ela. — Esse era o meu número de identificação, caso a polícia precisasse saber a quem tinha de me devolver.

Ela pareceu aceitar aquela explicação por um tempo. Foi quando se tornou adolescente que aprendeu sobre o Holocausto e percebeu o que aqueles números significavam realmente.

— Mamãe, você esteve em Auschwitz? — Eu me lembro de ela perguntar no verão em que fez 13 anos.

— Sim — respondi, com a voz falha. *Por favor. Por favor*, rezei, com o coração batendo enlouquecidamente em meu peito. *Por favor, não me pergunte mais nada. Não quero lhe contar. Deixe essa parte de mim em paz.*

Vi as sobrancelhas dela se levantarem quando meu corpo se enrijeceu, e soube que ela havia reconhecido o medo que atravessou o meu rosto.

Ela me olhou com aqueles seus olhos azuis como gelo. Meus olhos. E neles vi não somente tristeza, mas também a capacidade de minha filha de sentir compaixão.

— Sinto muito, mamãe — disse ela, e me abraçou com seus longos braços, depois ninou minha cabeça contra o seu peito magro.

E percebeu que não deveria me perguntar mais nada.

⁂

Embora eu jamais tenha dito nenhuma outra palavra sobre Auschwitz à minha família, ainda sonhava com aquele lugar. Quando se passa por um inferno desse tipo, ele jamais abandona você. Tal como o cheiro do crematório que está para sempre no fundo do meu nariz, meus sonhos com Auschwitz estão sempre em alguma parte escondida da minha mente, apesar de todos os esforços que fiz para afastá-los.

Quantas vezes sonhei com a última vez que vi minha mãe, meu pai, minha irmã? Cada um de seus rostos surgia para mim como aparições ao longo dos anos. Porém, o pior sonho era sempre aquele em que estou em Auschwitz com a minha filha, Elisa. Este, quando vinha, chegava a me torturar por dias a fio.

Os sonhos mudavam à medida que Elisa mudava. Quando ficou adolescente, minha filha passou a ser tão preguiçosa quanto seus amigos norte-americanos. Quantas vezes não lhe pedi para limpar o quarto, apanhar as roupas ou me ajudar a descascar legumes antes de seu pai voltar do trabalho? Mas Elisa nunca tolerava tamanho tédio. O que importava eram sempre seus amigos ou os rapazes.

E, naqueles anos, meus sonhos sempre começavam com o processo de seleção no campo de concentração. Ela estava ao meu lado, a minha linda filha, e no meu sonho eu implorava para que o oficial da SS a colocasse na mesma fila que eu.

— Por favor! Ela trabalha muito bem!

Eu implorava, mas ele mandava Elisa para a outra fila. Ao despertar, com a camisola molhada de suor, Carl sempre me confortava, sussurrando que tinha sido apenas um pesadelo terrível.

Era sempre nesses momentos, em que meu marido me abraçava, que eu sabia quanto tivera sorte de encontrá-lo. Aquelas mãos sobre os meus ombros jamais perderam seu calor durante todos os anos de nosso casamento. Eram sempre as mãos do jovem soldado que me encontrara no campo de pessoas deslocadas. Que me trouxera um cobertor e uma refeição quente. Que me dissera num alemão truncado que ele também era judeu.

Todas as noites, ao me deitar, eu olhava para a foto em preto e branco dele em seu uniforme do exército. A cabeça com os cabelos cheios, os olhos castanho-escuros repletos de compaixão, que ele já sentia desde aquele primeiro dia. Foi assim que preenchi a tela do nosso casamento. Eu a preenchi com gratidão. Pois, não importava o que mais viesse a acontecer, eu sempre pensaria em Carl como aquele que me salvou.

Ele americanizou o meu nome para "Lanie" e me deu uma boa vida e uma filha saudável. Ela aprendeu a arte bastante valorizada da restauração de obras de arte e tornou-se também mãe, de minha linda Eleanor. Eleanor, que herdou a graça de cisne da minha mãe e que fazia as cabeças de todos se virarem quando entrava em algum lugar. Os idiomas para ela eram tão familiares quanto a água para um pato. Em sua formatura da Amherst, ela levou para casa quase todos os prêmios.

⚜

Quando Carl adoeceu, assumi por fim a posição de cuidadora no casamento. Segurei sua cabeça quando ele precisava vomitar, e só preparava comida macia para ele quando seu estômago não conseguia digerir mais nada. Quando a quimioterapia levou embora seu espesso cabelo branco, eu lhe disse que ele continuava sendo o meu soldado bonitão. Levava sua mão com manchas castanhas aos lábios e a beijava todas as manhãs e todas as noites. Às vezes, eu até a pousava no centro da minha camisola semiabotoada para que ele pudesse sentir as batidas do meu coração. Pude ver o fim da pintura do meu casamento, e corri para colocar algumas pinceladas a mais.

Devo dizer que, embora eu seja uma pessoa extremamente reservada, aquele nosso último instante juntos provavelmente foi o mais lindo de todos. Aquela noite final, depois que ele estava deitado sob as cobertas. Eu lhe dera seu analgésico e estava me preparando para tomar um banho.

— Vem aqui — conseguiu sussurrar Carl. — Vem aqui perto de mim, antes que o remédio faça a minha cabeça ficar tonta.

Acredito que os que têm o luxo de morrer em seu próprio leito podem muitas vezes sentir quando o fim está próximo. E foi esse o caso de Carl. Sua respiração subitamente ficou difícil, sua pele assumiu uma palidez sobrenatural. Porém, em seus olhos, havia uma força — uma determinação de utilizar cada grama de suas forças para me ver com clareza pela última vez.

Segurei a mão dele.

— Ponha a música para tocar, Lanie — sussurrou ele. Eu me levantei e fui até o velho toca-discos e pus seu disco preferido de Glenn Miller. Então, voltei para me sentar ao seu lado, deslizando minha mão velha e enrugada para baixo da dele.

Com toda a sua força, meu Carl ergueu suavemente o braço, como se estivesse prestes a me conduzir em uma dança. Balançou o cotovelo, e meu braço acompanhou seu movimento. Ele sorriu em meio à névoa da medicação.

— Lanie — disse ele. — Sabe, eu sempre amei você.

— Eu sei — falei, e apertei sua mão com tanta força que senti medo de tê-lo machucado.

— Cinquenta e dois anos... — Sua voz agora mal passava de um sussurro, mas ele estava sorrindo para mim com aqueles seus olhos castanho-escuros.

E foi como se o meu velho coração finalmente se abrisse. Pude sentir a casca que eu havia mantido com tanto cuidado durante todos aqueles anos finalmente se rachar. E as palavras, os sentimentos, emergiram como a seiva de uma árvore antiga e esquecida.

Foi ali, no nosso quarto, com as velhas cortinas desbotadas e a mobília que havíamos comprado tantos anos antes, que eu disse a ele o quanto eu também o amava. Eu disse a ele que, por 52 anos, eu fora abençoada por passar a minha vida com um homem que me abraçou, me protegeu e me deu uma filha forte e sábia. Disse que o amor dele havia transformado uma mulher que depois da guerra só desejava morrer em alguém que teve uma vida repleta e bela.

— Me diga isso mais uma vez, Lanie — sussurrou ele. — Me diga mais uma vez.

E eu disse mais uma vez.

E mais uma.

Minhas palavras soaram como um *kaddish* para o homem que não foi o meu primeiro amor. Mas que foi um amor, da mesma maneira.

Repeti para ele até que finalmente partisse.

Querida Eleanor,

É difícil para mim acreditar que amanhã você se casará. Sinto como se eu tivesse vivido muitas vidas em meus 81 anos. Mas, se tem uma coisa de que tenho certeza, é que os dias em que você e sua mãe nasceram foram os mais felizes da minha vida. No dia em que a vi pela primeira vez, a visão de seu cabelo ruivo, de sua pele branca, me deixou sem ar — eu não tive como não me lembrar de minha mãe, sua bisavó, e de minha amada irmã. Que maravilha esta cor de cabelo reaparecer na família depois de todos esses anos! Você me lembra tanto a minha mãe! Tem o mesmo corpo esguio e o pescoço comprido que se vira como um girassol em direção à luz. Você não tem ideia do que isso me faz sentir, vê-la em você. Vê-la viver através do sangue em suas veias, da cor dos seus olhos.

Rezo para que você entenda o presente de casamento que estou oferecendo a você e Jason. Eu o carreguei comigo por mais de 55 anos. Eu o fiz para uma amiga muito querida, que já não está mais aqui. Eu o fiz em homenagem ao filho dela, que ela só pôde segurar nos braços por umas poucas horas. Esta pintura foi feita com meu coração, e meu sangue, cada parte de mim se esforçando para manter este momento vivo para minha amiga.

A pintura ficou enterrada durante a guerra sob um chão de terra, escondida por um homem que arriscou a própria vida para ocultar centenas de obras que foram feitas por homens e mulheres como eu, que necessitavam registrar suas experiências em Terezín.

Retornei a Terezín depois da guerra e eu mesma a desencavei. Minhas mãos trabalharam depressa enquanto minha pá cavava a terra para encontrar o tubo metálico dentro do qual ela estava enrolada. Finalmente, encontrei minha pintura enterrada e chorei de alegria ao ver que ela continuava ali. Sabe, minha amiga está agora com seu filho e seu marido em seja lá qual paraíso for, mas este desenho permanece como um testamento às vidas deles, que foram ceifadas antes do tempo e, ainda assim, repletas de amor.

Aguardei até agora para compartilhá-la. Não quis perturbar a vida da sua mãe ou a sua com histórias do que sofri durante a guerra, mas esta pintura não pode mais permanecer escondida em meu armário. Ela passou a vida na escuridão e agora merece ser vista por outros olhos que não os meus.

Eleanor, estou oferecendo esta pintura não como um sinal de morbidez, mas porque desejo que você seja a sua guardiã. Quero que você conheça a história que existe por trás dela. Que a veja como um símbolo não apenas de resistência, mas de amor eterno.

Coloquei este bilhete dentro da tela e enrolei a pintura.

Capítulo 58

JOSEF

Eu me visto para o jantar de ensaio do casamento do meu neto com cuidadosa reverência. Já havia escolhido minhas roupas na noite anterior. O terno azul-marinho e a camisa branca que tinha mandado para a lavanderia na semana passada. Penso em Amalia neste dia, em como ela ficaria feliz de ver o nosso neto com sua linda noiva. Será um casamento grandioso. A família da noiva não está poupando despesas para casar sua única filha, uma garota que parece tão familiar para mim que mal consigo saber o motivo.

Eu me barbeio devagar, abaixo do pescoço e ao longo da linha da minha mandíbula de pele flácida. O espelho é cruel. Meu cabelo, antes negro, e minhas sobrancelhas estão brancos como algodão. Em algum lugar sob as minhas rugas, e sob a minha pança, existe um jovem que se lembra do dia em que se casou. Sua esposa esperando por ele sob um véu branco de renda, um corpo trêmulo que receberia a sua mão gentil. Sinto tanto amor pelo meu neto! Vê-lo se casando é um presente que eu jamais pensei que viveria o bastante para receber.

Coloco minha camiseta de baixo, depois passo os braços pelas mangas da camisa e a abotoo com cuidado para não saltar nenhum botão. Passo um pouco de creme nas mãos e ajeito os poucos cachos que me restaram.

Isaac chega às quatro. O cabelo grisalho que ele exibiu no funeral de Amalia agora está completamente branco. Ele entra no meu quarto e fica atrás de mim, e os reflexos de nós dois são lançados no espelho acima da antiga penteadeira de Amalia. Vejo os olhos dele caírem sobre a bandeja de porcelana que ainda contém a escova de prata dela, seu potinho de creme e um vidro alto e verde de Jean Naté, que ela nunca encontrou a ocasião de usar.

Ele não trouxe o estojo de seu violino e, de alguma maneira, vê-lo sem o estojo de couro com o arco enfiado embaixo do braço me conforta. Fico espantado com a visão de seus braços vazios, pendendo como os de um garotinho em seu terno de mangas escuras, os olhos cinzentos cintilando como duas luas prateadas.

Jakob já saiu do seu quarto e nos cumprimenta no corredor. Meu filho de 50 anos me surpreende com um sorriso.

— Isaac — diz ele, assentindo num cumprimento simpático. — Papai. — Eu o vejo entrelaçar as mãos para acalmar os nervos. — Você está ótimo.

Sorrio para ele. Ele parece bonito de terno, os primeiros tufos de cabelo grisalho em torno das têmporas me fazem lembrar os meus. Seus olhos me lembram os de Amalia.

— Que noite — diz Jakob enquanto nós três caminhamos sob a marquise do meu edifício. O porteiro assovia para parar um táxi. A lua está brilhando sobre o horizonte de prédios da cidade. O ar cheira a outono. Fresco como maçãs. Doce como açúcar de bordo.

Nós três deslizamos para os assentos de vinil azul do táxi e cruzamos as mãos sobre o colo no caminho do jantar de ensaio para o casamento do meu neto.

Olho pela janela enquanto atravessamos a cidade, passando pelas luzes do Central Park, iluminando como joias, e penso que vivi até os 85 anos, e que verei o meu neto se casar. Sou um homem de muita sorte.

Epílogo

Numa mesa nos fundos do restaurante, longos dedos de luar banham um casal de idosos. Os futuros noivos estão dançando.

A manga dela agora está puxada para cima. Não são os seis números azuis que fazem o velho chorar; é a pequenina marca de nascença castanha na carne logo acima deles. Ele treme ao esticar seu dedo velho para tocá-la, aquela manchinha em forma de uva-passa que ele beijou há uma eternidade.

— Lenka... — Ele repete o nome dela mais uma vez. Mal consegue fazer aquela palavra sair de sua boca: esteve presa ali durante sessenta anos.

Ela olha para ele com olhos que já viram fantasmas demais para acreditar que ele é quem ela acha que pode ser.

— Meu nome é Lanie Gottlieb — protesta ela fracamente.

Ela toca o pescoço, envolto por um colar de pérolas miúdas que um dia pertenceram a uma mulher ruiva elegante de Praga. Olha para a sua neta norte-americana, com os olhos repletos de lágrimas.

Ele está prestes a pedir desculpas, a dizer que ele deve ter se equivocado. Que durante anos pensou ter visto o rosto dela no metrô, no ônibus, em alguma mulher na fila do supermercado. Que agora ele teme ter, finalmente, perdido a sanidade.

Ela puxa a manga para baixo e olha diretamente em seus olhos. Ela o analisa como uma pintora analisa uma tela que abandonou há muito tempo. Na sua mente, ela tinge o cabelo dele de preto, traceja o arco de suas sobrancelhas.

— Sinto muito — diz por fim, com a voz trêmula e lágrimas nos olhos. — Há quase sessenta anos ninguém me chama de Lenka. — Ela está cobrindo a boca e, sob um leque de cinco dedos brancos, sussurra o nome dele: — Josef.

Ele começa a tremer. Mais uma vez ela está à sua frente, um fantasma que milagrosamente voltou à vida. Um amor que retornou para ele em sua velhice. Incapaz de falar, ele levanta a mão e cobre a dela.

Nota da autora

Este livro foi inspirado em diversas pessoas cujas histórias estão entremeadas em sua narrativa. Eu havia planejado escrever um romance sobre uma artista que sobrevive ao Holocausto, mas terminei escrevendo uma história de amor. Em qualquer romance, uma trama e outros desdobramentos inesperados costumam surgir, e você se vê seguindo numa direção que não havia planejado originalmente. Neste caso, quando estava cortando o cabelo certa tarde, ouvi por acaso uma das clientes contar uma história em que a avó da noiva e o avô do noivo, que não haviam se encontrado antes da cerimônia, percebem que foram marido e mulher antes da Segunda Guerra Mundial. A história ficou em mim, e decidi usá-la no primeiro capítulo deste romance. Então, criei dois personagens e me dediquei a cobrir o espaço dos sessenta anos que eles passaram separados.

A experiência de Lenka foi em parte inspirada por um dos personagens reais mencionados no livro, Dina Gottliebová, aluna de artes plásticas em Praga e que trabalhou mais tarde por um curto período no departamento Lautscher em Terezín, pintando cartões-postais antes de ser deportada para Auschwitz. Ela imigrou para os Estados Unidos depois que os campos foram libertados e morreu na Califórnia, em 2009. O Museu Memorial do Holocausto, em Washington D.C., provou-se uma fonte valiosa de informação, fornecendo testemunhos orais das experiências de Dina Gottliebová tanto em Terezín como em Auschwitz, onde ela pintou o mural de *Branca de Neve e os Sete Anões* para o alojamento das crianças tchecas. O mural foi um consolo para essas crianças e também ajudou a salvar a vida de Dina. Depois de concluí-lo, um guarda da SS informou a Mengele do talento artístico dela, e Mengele prometeu então poupar a vida de Dina e de sua mãe caso ela pintasse retratos dos homens e mulheres que ele utilizava em seus tenebrosos experimentos de medicina.

Vários outros personagens que aparecem no livro também são reais. Friedl Dicker Brandeis chegou a Terezín em dezembro de 1942 e quase imediatamente começou a dar aulas de arte para as crianças dali. Em setembro de 1944, após saber que seu marido, Pavel Brandeis, seria mandado num transporte para o leste, ela se ofereceu para acompanhá--lo. Faleceu logo depois de sua chegada em Auschwitz. Antes de ir, entretanto, entregou duas malas contendo 4.500 desenhos, a Rosa Englander, a tutora-chefe do abrigo das meninas em Terezín. No fim da guerra, Willy Groag, diretor do abrigo das meninas, recebeu essas malas e as carregou consigo até a comunidade judaica em Praga. Das 660 crianças que criaram obras de arte com Friedl Dicker Brandeis em Terezín, 550 morreram no Holocausto. Todos os desenhos remanescentes agora pertencem ao acervo do Museu Judaico de Praga, e muitos estão em exibição para que o mundo inteiro possa vê-los.

Bedřich Fritta faleceu em Auschwitz, em 5 de novembro de 1944. Sua esposa, Johanna, morreu ainda em Terezín, mas o filho dos dois, Tommy, milagrosamente sobreviveu. Leo Haas sobreviveu à guerra e voltou a Terezín para desencavar as obras que escondera no sótão do alojamento Magdeburg. Com a ajuda de um engenheiro, Jíří Vogel, ele conseguiu recuperar as pinturas escondidas de Fritta e de outros colegas do departamento técnico: Otto Unger, Petr Kien e Ferdinand Bloch, todos então falecidos. Ao saber que Tommy Fritta estava órfão, Haas e sua esposa, Erna, adotaram o menino e mudaram-se com ele de volta para Praga.

Quando estive na República Tcheca, encontrei-me com Lisa Míiková, uma artista que trabalhou no departamento técnico de Terezín. Mesmo tantos anos depois, ela pôde descrever vividamente as circunstâncias pouco usuais em que os artistas criavam as plantas e os diversos desenhos para os alemães, enquanto surrupiavam materiais de arte do escritório para trabalhar em suas próprias obras à noite. Ela me contou como os materiais eram escondidos entre os tijolos das paredes de Terezín e como Jírí Vogel enterrou o trabalho de Fritta, depois de escondê-lo num cilindro de metal.

Devo a muitas pessoas que compartilharam suas histórias comigo, e me sinto muito grata pela oportunidade de preservar seu legado. Sem elas, este livro não teria sido possível. São elas: Sylvia Ebner, Lisbeth Gellmann, Margit Meissner, Lisa Míková, Nicole Gross Mintz, Iris Vardy e Irving Wolbrom. Também gostaria de agradecer a Dagmar Lieblová, que tão generosamente me ofereceu seu tempo, seus contatos e um tour por Terezín durante a minha estada em Praga. E também a Martin Jelínek, do Museu Judaico de Praga, e a Michlean Amir, do Museu Memorial do Holocausto dos Estados Unidos, pela assistência valiosa nas minhas pesquisas, tanto durante como após as minhas viagens a estas instituições maravilhosas; a Jason Marder, por servir como assistente de pesquisa no início do meu trabalho; a Alfred Rosenblatt e Judith e P. J. Tanz, por me fornecer material complementar; a Andy Jalakas, por seu apoio constante; a Linda Caffrey, Antony Currie, Marvin Gordon, Meredith Hassett, Kathy Johnson, Robbin Klein, Nikki Koklanaris, Jardine Libaire, Shana Lory, Rita McCloud, Rosyln e Sara Shaoul, Andrew Syrotick, Ryan Volmer, meu marido, minha mãe e meu pai, pelas leituras cuidadosas das primeiras versões deste romance; a Sally Wofford-Girand, minha maravilhosa agente, que me incentivou a ir ainda mais longe do que pensei que poderia ir e tornou este livro melhor; à minha fantástica editora, Kate Seaver; a Monika Russell, por suas histórias e sua assistência em tudo, desde as traduções do tcheco até a reduzir o meu caos diário, sempre demonstrando carinho por mim e por meus filhos. E aos meus filhos, pais e marido, um agradecimento especial por sua paciência e amor infinitos.

Impresso no Brasil pelo
Sistema Cameron da Divisão Gráfica da
DISTRIBUIDORA RECORD DE SERVIÇOS DE IMPRENSA S.A.
Rua Argentina, 171 – Rio de Janeiro, RJ – 20921-380 – Tel.: (21)2585-2000